UN FIORE tra LE ROCCE

Barbara Morgan

Website: http://www.ghostlywhisper.com

Facebook: https://www.facebook.com/ghostlywhisperltd

Instagram: https://www.instagram.com/ghostlywhisperltd

Twitter: https://twitter.com/GW_BooksEtc

Whisper of the Heart

CAPITOLO 1

A volte capita a una persona di vivere una vita che non è la sua. Avendone piena consapevolezza. E la tentazione c'è, certo che c'è, di buttare tutto all'aria e ricominciare da capo. Scusa vita, io non sono d'accordo. Dammi un'altra possibilità, riavvolgi il nastro. Scusa vita, ho sbagliato destino. O qualcuno l'ha strappato a forza il mio destino.

In questo preciso istante della mia vita mi ritrovo io, Wilhelmina Whitmore. In giro per Londra a fare shopping. Per il mio matrimonio. Unito allo shopping natalizio. E io all'istituzione del matrimonio non ho mai creduto. E per quanto riguarda il Natale... il Natale è per le persone che ancora hanno una speranza.

Salto sull'autobus a Hyde Park Corner. Non ho nemmeno controllato la destinazione. Probabilmente è il 74 diretto a Baker Street ma non ci giurerei. È stato istintivo voltarmi e salire. Jenna Harris mi segue senza comprendere le mie intenzioni. Già non le era chiara questa mia voglia di camminare per Londra, anche in zone a bassa concentrazione di negozi. Non eravamo in giro per lo shopping?

No, Jenna. Almeno non io. Io sono in giro per respirare. Perché tra meno di sei mesi mi sposerò, così è stato deciso e annunciato, gli inviti sono già stati mandati a quanto ne so. E io smetterò davvero di respirare, una volta per tutte. Continuerò a vivere senza ossigeno nei polmoni.

Salgo le scale per sedermi al piano superiore dell'autobus. Cerco un posto libero in zona centrale e mi infilo. Adoro sconvolgere le aspettative delle persone. Anche perché una donna adulta come me non dovrebbe essere in giro con una baby-sitter che si spaccia per amica. Timore che faccia ancora altre sciocchezze? Timore di cosa, se ormai tutte le sciocchezze

5

possibili le ho già compiute? Attimi di lucidità sono stati per me. Attimi in cui la vita era vera, non una farsa, non una manipolazione della realtà.

«Non abbiamo ancora comprato niente, Willy.»

Jenna si siede al mio fianco con un'aria sopraffatta dalla stanchezza. Non so se è per il fatto che non abbiamo comprato niente o se è perché la sto trascinando in giro da tre ore senza un programma preciso. E senza un taxi o una macchina con l'autista.

«Non c'è niente che mi piace. Ma qualcosa troverò prima o poi, stai tranquilla Jenna.»

Butto leggermente la testa indietro e chiudo gli occhi.

Cosa vuoi che mi importi dello shopping? Ho tutta la vita per fare shopping e per essere la moglie devota di Charles Greenwood, quel grandissimo rompipalle che diventerà presto mio marito. Certi uomini nascono rompipalle, altri lo diventano. Lui lo è da sempre, da quando ne ho memoria. Rompipalle e frignone fin da ragazzino. Ma almeno so di che male devo morire. Almeno mi libero dei miei e loro si liberano di me. È mutua sopravvivenza, la nostra.

Se solo fossi stata in grado di sopravvivere con il mio lavoro... se solo avessi persistito, magari sarei diventata brava come fotografa, abbastanza da farmi pagare. Invece sono rimasta una donna inutile, una donna che sa fare di tutto un po' ma nulla abbastanza bene. Come tante signorine di buona famiglia delle epoche passate, educate principalmente a diventare buone mogli e madri. Che tristezza!

«Wilhelmina... dove stiamo andando?»

La voce stridula di Jenna mi ferisce i timpani. E detesto essere chiamata Wilhelmina, dovrebbe saperlo ormai. Come sento quel nome mi si raffigura davanti l'immagine di mia nonna, austera e imperturbabilmente impassibile nello scorrere degli anni.

«Boh...»

Non ho voglia di risponderle e giro la faccia dall'altro lato, appoggiando la fronte al finestrino. Un autobus proveniente dalla direzione opposta accosta talmente vicino al mio che se non ci fosse il vetro darei una capocciata al tizio seduto dall'altra parte.

Stacco la fronte bruscamente e appoggio entrambe le mani. Quel profilo così perfetto, il sopracciglio lievemente arcuato, le labbra morbidamente modellate. Ha i capelli un po' più lunghi e mossi sul davanti, un filo di barba, ma...

«Nate...»

Boccheggio come se mi mancasse l'aria, potrei anche smettere di respirare. Cerco di alzare la voce senza riuscirci, è come se mi si fosse bloccata in gola.

L'uomo dall'altra parte del vetro, sull'autobus così appiccicato al mio non può sentirmi, rimane immobile con gli occhi chiusi. Batto una mano sul finestrino. Tutto inutile. Cerco spasmodicamente nella borsa, mentre l'autobus accenna a muoversi nel traffico. No, no! Non ora, ti prego!

Afferro la mia vecchia macchina fotografica digitale e inizio a scattare fotografie, una dietro l'altra, all'uomo che non mi vede e non mi sente.

Recupero finalmente la voce per urlare a pieni polmoni. «Nate! Ti prego...»

Batto disperatamente le mani sul vetro. Proprio in quel momento l'uomo si volta e mi guarda. E ha proprio l'aria un po' smarrita di Nate Carpenter. Quel suo modo di indugiare, di fissare gli occhi grigio azzurri nei miei e accarezzarmi con lo sguardo. Quella tonalità di azzurro che può essere solo sua. E ancora una volta io sento la stessa carezza che mi sale dal petto fino a bloccarmi il respiro. Nate. Poi l'autobus prende velocità e io lo perdo.

Qualcuno cerca di staccarmi dal finestrino ma io lo respingo con furia. Mi volto disperata, rabbiosa. È Jenna che sta tentando di tenermi ferme le braccia. Gli altri passeggeri mi scrutano con un misto di compassione e disprezzo.

«Era… Nate…»

Cerco di giustificarmi, ma ovviamente a nessuno importa qualcosa. Vedono solo una donna che probabilmente considerano isterica, pazza. Certo, pazza per credere ancora, nonostante il tempo trascorso. Pazza per non essersi mai voluta arrendere.

Un brivido mi percorre tutto il corpo. Mi alzo, oltrepasso Jenna e corro giù dai gradini. Mi gira la testa e rischio di cadere ma mi trattengo aggrappandomi al corrimano.

«Devo scendere, per favore» dico all'autista cercando di mantenere un tono pacato e gentile. Ma lui nemmeno mi considera. «Devo scendere! Devo scendere! Mi sento male…» Ecco, magari così otterrò quello che voglio. Alzo gradualmente il tono di voce. «Mi faccia scendere, subito!»

Si ferma e apre poco prima che io inizi a prendere la porta a calci e pugni.

Nella mente un unico pensiero. Nate. Era lui. È lui. Se non si fosse voltato, se non mi avesse guardata avrei potuto credere a una somiglianza, anche molto spiccata. Ma il suo sguardo su di me… Il suo soffermarsi sul mio viso come se volesse cogliere ogni frammento della mia pelle, dei miei lineamenti, ogni turbamento nel mio sguardo.

Se mi ha riconosciuta forse scenderà anche lui da quell'autobus. Inizio a correre verso la sua direzione. Forse anche lui sta facendo lo stesso in questo momento, sta correndo verso di me. Non riesco a ragionare razionalmente. Ma del resto ho trascorso un'intera esistenza a non essere razionale. Solo una ragione posso ascoltare in questo momento. Quella che mi dice che mi hanno mentito tutti per quasi quattordici anni. Perché, a differenza di ciò che si sono tanto affannati per farmi credere, Nate Carpenter è vivo.

CAPITOLO 2

Mi guardo intorno, come aspettandomi di vederlo comparire da un momento all'altro. Questo è il Nate Carpenter che conosco io. Mi correrebbe incontro, mi stringerebbe tra le braccia annullando qualsiasi distanza tra noi, anche e soprattutto quella del tempo.

Intanto non riesco a comprendere. Perché? Perché non è tornato da me? Non voglio pensare. Continuo a correre. Riesco ancora a vedere il suo autobus, non devo perderlo di vista, non posso. Lui forse è ancora lì sopra. Magari non gli hanno permesso di scendere. In ogni caso non perdo di vista nemmeno la strada e controllo anche l'altro lato.

I tacchi pur non essendo alti mi ostacolano il movimento, mi impediscono di correre in modo più fluido. Mi scivola il piede e il tacco si rompe costringendomi a piegare la caviglia e causandomi una storta. Me ne infischio del dolore. Mi sfilo entrambe le scarpe e riprendo a correre dietro all'autobus.

Nate... Nate ti prego non mi lasciare ancora. Nate se sei davvero tu...

Rivedo il suo profilo, il modo in cui si è voltato verso di me, il suo sguardo, i suoi occhi azzurri e grigi al tempo stesso. Sei tu. Non c'è spazio per il dubbio. Sei tu. Non mi lasciare ancora o sarò costretta a credere che le tue promesse siano state tutte bugie.

E non posso crederlo, nemmeno forzandomi. Non posso dubitare. Sarebbe come dubitare che il mondo continua a girare. Sarebbe come dubitare dell'umanità stessa, del mio cuore da anni indissolubilmente legato al tuo pure in quella tomba in cui hanno tentato di convincermi che tu fossi.

Non ci riesco. L'autobus, non più bloccato dal traffico, ha preso velocità. Mi fermo mentre il petto è come squarciato da un singhiozzo che non posso trattenere. Un singhiozzo atroce rimasto lì per anni. Anni senza te. Anni senza la mia vita. Resto immobile e scalza mentre il mondo inarrestabile mi scorre accanto. E io ti cerco ancora in quel mondo. Non puoi avermi vista, e io so che anche tu mi hai vista, e restare indifferente, proseguire verso la tua destinazione.

Sento un tocco leggero sulla spalla. Mi volto ma la mia speranza soccombe in un istante. Jenna. È solo lei. Mi guarda nel modo che detesto. Mi guarda come negli anni della mia follia, di desolazione e polsi legati a un letto qualunque. Gli anni in cui mi rifiutavo di credere, di ascoltare, di accettare.

«Cosa ti è preso, Willy?»

Se continua a guardarmi con quella sorta di compassione mista a tristezza mi metterò a urlare.

«Nate. È vivo. Nate è vivo e io lo ritroverò. Mi hanno ingannata. Nate è vivo. Lo ritroverò.» Continuo a ripeterlo incessantemente, come un mantra. Nate è vivo. Lo ritroverò. Il compatimento di Jenna nei miei confronti cresce a ogni mio "Nate è vivo", ma non importa. «Mi hanno ingannata. Non ho mai creduto che fosse…»

Non voglio ripetere quella parola collegata a lui e riaccendere la disperazione. Non lo farò mai più. Avevo ragione io.

«Calmati, Willy.» Lo sguardo che mi rivolge Jenna non accenna a cambiare, come lei non accenna a volermi credere. «Forse è solo il ricordo di lui che riaffiora, ora che il matrimonio si sta avvicinando. Io penso che tu sia solo un po' stanca e anche spaventata di fronte al passo importante che stai per compiere.»

«Non compirò nessun passo.» Cerco nella borsa. Dov'è? Non posso averla persa. La trovo finalmente. Le mani mi tremano ma riesco in qualche modo a controllarle a sufficienza per selezionare la fotografia. Il profilo del nuovo Nate Carpenter. Il Nate con quindici anni in più, ma sempre lui, sempre con lo stesso sguardo appassionato e vibrante su di me. «Questo non è un ricordo, Jenna.»

Mi sforzo di mantenere un tono tranquillo, pacato. Mi impegno per parlarle con calma, per mostrarle che sono in grado di ragionare coerentemente. Ma lei non cambia.

L'espressione di compatimento che mi rivolgevano negli anni bui la ritrovo anche in Jenna. Così presente, ineluttabile. Come una pugnalata che partendo dal cuore mi squarcia e mi dissangua l'anima. Lei non mi crede. Non vuole credermi. Nessuno ha mai voluto credermi. E Nate non è corso da me per testimoniare la mia verità con la sua presenza. Perché? Perché mi ha lasciata sola ancora una volta?

Urlo. Devo urlare per farmi sentire da qualcuno. Urlare una verità che non può più restare sepolta, solo mia.

«Questo non è un ricordo! Questo è lui!» Avvicino la macchina fotografica al viso di Jenna sempre di più e la afferro per una spalla scuotendola con forza, come per costringerla ad ammettere l'unica verità. «Nate è vivo. Il mio Nate…»

Singhiozzi e lacrime non possono più restare fermi, incastrati nel petto da troppi anni, imprigionati da un dolore inespresso, costretto a implodere.

Crollo in ginocchio, indifferente alla botta che le mie ginocchia ricevono a contatto con il cemento. Piango e rido insieme, rido forte perché il mio universo personale ha finalmente ripreso vita, colore, vivacità. Ora gira intorno a me come una giostra impazzita.

Saranno costretti a credermi. E lui mi ha vista. Non può avermi vista e restare lontano. Stringo la macchina fotografica al petto, la sua fotografia scattata di fretta dal mio autobus al suo. Presto stringerò lui tra le mie braccia. Ci sarà una spiegazione a tutto, deve esserci.

La testa mi fa male, tanto male. Come un tormento che partendo da un punto piccolo e trascurabile incalza e si espande ovunque diventando martellante. Non riesco più a controllare il mio corpo. Ma devo resistere. Se crollo torneranno i piccoli mostri a dirmi che tutto andrà bene e devo solo stare tranquilla. Dormire, dormire e basta. Io non voglio stare tranquilla, non voglio più dormire. Io devo muovermi, devo ritrovare Nate. Devo riavere lui, riappropriarmi della vita che mi è stata strappata.

CAPITOLO 3

Ora lo so. Ne sono consapevole. Ho sbagliato ancora. Avrei dovuto trattenermi, resistere. Del resto, è una vita intera che mi trattengo, che resisto. Per poi esplodere ed eruttare lava incandescente, proprio come un vulcano. Ma sono gli altri.

Le mie urla silenziose sono rimaste inascoltate per troppo tempo. Solo lui sapeva ascoltare, sempre. Solo lui mi ricomponeva e mi restituiva la pace, l'armonia, la gioia di vivere. La "joie de vivre" in cui l'anima esulta senza malintesi né condizionamenti.

«Joie de vivre» bisbiglio tra me, mentre nessuno mi ascolta. Che importa a loro dei mormorii di una come me?

Mi hanno riportata a casa e messa a letto. Jenna si è sentita in obbligo di chiamare mio padre. Non si fanno certe cose in centro città. Non si evocano le ombre, non si rincorrono i fantasmi. Queste follie una brava ragazza non le fa. Una brava ragazza chiude gli occhi, atrofizza il cuore e percorre la sua strada senza guardarsi indietro. Una brava ragazza si sposa, possibilmente con il Charles Greenwood di turno. Perché è buono, la tratta bene e non le farà mai mancare nulla. Che poi mancherà lei a se stessa poco importa.

Perché non riesco a muovermi? Perché anche i miei pensieri hanno subito un processo di rallentamento? Sono diventata di nuovo tutta anima, tutto cuore. Lo sento palpitare enorme nel mio petto. In un certo senso è come se potessi vederlo. Tum-tum-tum. Vederlo e sentirlo.

Cosa mi hanno dato questa volta? Mi sento di nuovo come un fiore, un fiore schiacciato tra rocce che mi opprimono. Una violetta per la precisione. Lotta, lotta per crescere, lotta per emergere, ma viene oppressa, martoriata. Tuttavia, non si arrende, continua a lottare. Quello che tu mi dicevi: "Non ti arrendi, continui a lottare." Nate. Nathaniel Carpenter. La nostra fotografia è stata il capolavoro della mia vita. L'immagine di te riflessa in me, qualunque universo tu abbia deciso di percorrere.

Vorrei riuscire a raggiungere il diario in cui la conservo. "Un fiore tra le rocce" non sono mai riusciti a portarmela via. L'immagine del nostro amore. Centuplicata, è sempre ricomparsa, per quanto si siano impegnati a fare a pezzi l'originale. È stata astuta, beffarda, guardinga. Mi ha sempre riportata nella casa del mio cuore, dove tu hai sempre abitato.

L'hai chiamata tu così. E così hai chiamato anche me. Io lo chiamavo banale, questo nome. E chiamavo banale anche me stessa. Stupido, stupido quanto te, quando mi ero intestardita a chiamarti stupido, cafone, ignorante, pretenzioso, arrogante. Ti puntavo pugni sul petto per disperazione di non poterti somigliare. Vedevo in te la mia libertà da sempre negata.

Apro il mio diario, con gli occhi della mente. Rivedo la fotografia tra le mie parole. Probabilmente non esiste più né il diario né la fotografia. Fare a pezzi, loro hanno saputo solo fare a pezzi. Come se il cuore non ricordasse, non avesse memoria, più degli occhi.

Sento dei passi provenire dall'esterno e avvicinarsi, fino a diventare ingombranti all'interno della mia stanza. I suoi passi. I suoi piccoli maledetti passi sulle punte di tacchi indossati allo scopo di renderla slanciata e ancheggiante. E in un attimo lei è qui. E mi fissa con quei suoi occhi avidi. Li ho sempre paragonati a due ragni disgustosi. Le ciglia ben delineate dal rimmel sono le zampette. Che schifo, che schifo! Mi devo voltare per non vederla. Sento la nausea salirmi alla bocca dello stomaco. Che mi ha fatto stavolta? Che mi ha dato per paralizzarmi?

«Tu non rovinerai tutto ancora una volta.» La sua voce mi scende fin nelle viscere, come un virus iniettato sottopelle. Per quanto io possa chiudere gli occhi per non vederla, non posso fare nulla per evitare di udirla. Sorda, perché non sono sorda? «Mi hai sentito bene? Tu non rovinerai tutto ancora una volta. A costo di trascinarti di peso.»

Non sarebbe comunque la prima volta. Lo penso ma non le rispondo. Non so nemmeno se sarei in grado di risponderle. Probabilmente la mia voce non funziona, ne uscirebbe un mormorio confuso come quando borbottavo tra me.

Io non condannerei gli assassini a morte, nemmeno quelli più brutali. Li condannerei a lei. Letale rovina della mia esistenza. Athilia Whitmore. Non rammento la prima volta che l'ho vista apparire. Forse dovrei. Ricordo però la voce entusiasta di mio padre mentre pronunciava le parole "seconda madre", quando l'immagine della prima ancora aleggiava sulla nostra casa.

Non tutti siamo uguali, del resto. Io da una vita rincorro fantasmi. Nate Carpenter non avrebbe avuto nessun bisogno di manifestarsi nella realtà, lo avrei cercato comunque per sempre accanto a un uomo che non è lui.

Mio padre, Edward Whitmore, ha rincorso immediatamente una sostituta della mia "prima madre". Per il mio bene, ha continuato a ripetere a se stesso e al mondo, per il mio bene. Così ha fatto la sua comparsa nella mia vita Athilia Whitmore, slanciata e ancheggiante sui suoi tacchi.

CAPITOLO 4

Ordinato e ribadito. Detto e ridetto. Reso chiaro. Limpido. Trasparente. Poi se n'è andata liberandomi della sua nefasta presenza. Io non devo rovinare tutto. Io non devo fare scherzi questa volta.

Sono sola. Inizio a muovermi, poco alla volta. Un dito, una mano e poi un braccio. Tutto è fatto per il mio bene, ha sempre spiegato papà. Avrei preferito che mi facessero male. Il mio bene è stato il mio tormento, per anni. Piccoli folletti iniettati a raffica nel cervello. Blu e gialli e poi multicolori. Li vedevo correre nel sangue, dilettandosi tra le mie vene. Erano carini a vedersi. Ma tante, troppe cose sono carine a vedersi.

La mia macchina fotografica. La foto che ho scattato all'uomo che sembrava Nate. No, all'uomo che era Nate. Che è Nate. Sento le lacrime scendere lateralmente. Tra i lati del collo e il cuscino diventano un lago in cui potrei annegare. L'uomo che è Nate. La sua fotografia. Non per dubbio, ma per consolazione. Per dare pace alla mia dannazione.

Mi ha guardata. Come ogni donna desidera essere guardata, almeno una volta nella vita anche solo per una frazione di secondo. Lo sguardo di Nate Carpenter su di me, ancora una volta.

Mio padre non ha mai guardato Athilia così. Non ricordo come guardava mia madre, non ho mai prestato attenzione prima di sapere che si potesse essere guardati così. Forse non è da tutti, forse semplicemente alcuni uomini non sono in grado. O forse quello di Nate è sempre stato l'unico sguardo che contasse per me.

È come uscire dal mio stesso corpo quando riesco a sollevarmi con uno scatto del bacino. I miei occhi percorrono la stanza illuminata dalla luce proveniente dall'esterno. Non mi hanno barricata qui al buio, almeno questa volta. Non ho idea di che giorno sia, di quanto tempo sia trascorso.

Mi sollevo, sono in piedi. Abbasso il viso su me stessa. Mi hanno infilato addosso una camicia da notte che sembra un sacco e mi rende deforme e incolore. Cerco sul comodino, cerco la mia borsa, cerco finché non so più dove cercare. Oppure ci sono fin troppi luoghi in cui cercare.

Niente macchina fotografica, niente cellulare. Bambina cattiva, bambina in punizione. Ma io fuggirò da qui. Fuggirò e mi confonderò con le nuvole, con l'oceano. Fuggirò per non tornare mai più. E cercherò lui e lo troverò come la prima volta, quando l'ho trovato senza nemmeno cercarlo.

Casco sul letto con un tonfo sordo. Lo rivedo. Rivedo lui, me stessa, tutti quanti. Non me ne importava nulla delle conseguenze. Come ora del resto. È il bello di non avere più nulla da perdere, si può vagabondare nella vita come una sprovveduta senza ritegno.

Era Natale. Era Natale anche quindici anni fa. Il numero 2000.

CAPITOLO 5

Anno 2000

Wilhelmina Elizabeth Whitmore, diciannovenne figlia del barone Edward Whitmore, aveva solennemente deciso che avrebbe fatto di testa sua. Questa volta più di tutte le altre messe insieme. Aveva architettato bene il suo piano. Aveva corrotto e ingannato. Era stata abile, un genio della menzogna e della truffa.

Qualunque prezzo sarebbe stata disposta a pagare, ma quel santissimo Natale dell'anno 2000 non sarebbe tornata a casa. L'avrebbe trascorso, al contrario, all'insegna della libertà. Le era stato sufficiente far credere a suo padre che sarebbe rimasta in collegio a studiare. Perché ne aveva bisogno, perché a diciannove anni era ancora bloccata al terzo anno delle superiori. Perché nemmeno faceva finta, abitualmente, di presentarsi alle lezioni.

Ma improvvisamente, con l'avvicinarsi del santissimo Natale dell'anno 2000, Wilhelmina Elizabeth Whitmore aveva visto la luce della conoscenza e ne era rimasta abbagliata, anzi, folgorata. E la luce le aveva dettato di mettersi in pari con gli studi. Insomma, in pari sarebbe stato impossibile ormai. Di non perdere ulteriori anni, ecco. Di diplomarsi il prima possibile invece di trascorrere le giornate a ballare, ad ascoltare musica rock, metal e alternativa e a torturare psicologicamente i suoi insegnanti con il suo sarcasmo. Di conseguenza per quell'anno sarebbe rimasta in collegio a Oxford e non sarebbe tornata a casa. Lo studio prima di tutto, amava ripetere suo padre. E lei lo aveva così accontentato, finalmente. Lo studio prima di tutto.

Peccato che di questi suoi encomiabili propositi la direzione del collegio, che l'aveva rispedita a casa per le vacanze natalizie come tutte le altre studentesse, fosse totalmente all'oscuro.

«Chi se ne frega» si ripeteva Wilhelmina. «Tanto sono maggiorenne!»

Quel "tanto sono maggiorenne" non sarebbe valso a nulla se suo padre e la strega avessero saputo. Ma suo padre e la strega non sapevano.

Così aveva raggiunto Londra. Vagato tra pub e club, conosciuto compagnie per una nottata di cocktail e baldoria, atteso l'alba a Piccadilly Circus a smaltire la sbornia. Anche con il freddo, con la pioggia. Il freddo la rendeva consapevole della propria esistenza, in fondo lo aveva sempre gradito. Almeno finché non aveva imparato a sue spese quanto pungente potesse diventare senza un luogo dove ripararsi.

Colta da uno sfizio di trasgressiva ribellione si era tagliata i capelli che da tempo teneva lunghi fin sotto alle spalle.

«Corti… no, ancora più corti. Anzi, mi rapi proprio a zero! Non ce l'ha un rasoio?» Lo sguardo allibito del parrucchiere di alta classe, che dal riflesso dello specchio la fissava con espressione sconvolta e costernata insieme, la spinsero a ridimensionare la richiesta. «Va bene, lasciamo perdere. Comunque, più corti. Ma con ciocche arancioni e viola.»

Era stata accontenta e pronta per un'altra notte di follie. Nel pomeriggio si era comprata la bigiotteria più strana e varia al mercato di Notting Hill che aveva percorso allegramente in lungo e in largo. In un charity shop di Chelsea si era acquistata jeans stinti e di almeno due taglie più grandi, la comodità fatta capo d'abbigliamento insomma, e un maglione blu elettrico di seconda mano. In cambio aveva lasciato pochi spiccioli e i suoi capi firmati.

Di Wilhelmina Elizabeth Whitmore ormai era rimasto ben poco. Willy, come lei si era sempre chiamata mentalmente, era finalmente venuta alla luce. E come Willy era rimasta ben presto senza un centesimo. Utilizzare la carta di credito era fuori discussione. Sarebbe stato come dire: "Sono qui, venite a prendermi."

Vagando per la zona di Hammersmith si era resa conto che anche il freddo stava diventando sempre più pungente. No, non era affatto suo amico senza un riparo.

Willy, appoggiate le spalle al muro tra le vetrine di due negozi di abbigliamento, si lasciò cadere a terra. Accanto a lei una striminzita donna di mezz'età, probabilmente una senzatetto, sorseggiava una bevanda da un bicchiere di cartone che magari qualche passante di buon animo le aveva offerto.

«Un goccio di caffè?»

Le offrì la donna dalla voce rauca di fumo porgendole il bicchiere.

«Grazie...» Willy accolse riconoscente il bicchiere e si accorse che del caffè macchiato della donna ne era rimasto meno di metà. Lo sorseggiò appena e lo restituì. «Grazie» ripeté ancora, riflettendo sul fatto che c'era più carità cristiana in chi non possedeva nulla. I ricchi diventavano semplicemente sempre più ricchi e avidi, esattamente come suo padre e la strega.

«Ci verranno a prendere» farfugliò la donna, i cui occhi acquosi e un po' sporgenti sembravano enormi su quel volto scarno.

«Chi ci verrà a prendere?»

Willy attirò le ginocchia al petto. Sarebbe morta congelata prima di Natale. Nemmeno ricordava quando sarebbe stato Natale, aveva perso il conto dei giorni e non aveva voglia di chiedere a uno dei passanti. Se almeno avesse avuto ancora qualche soldo si sarebbe comprata un bel cappello di lana.

«Quelli della mensa di Delia. Ci verranno a prendere e ci daranno da mangiare. Brodaglia di solito, ma meglio che niente.»

La donna sorseggiò con calma le ultime gocce di caffè.

Una mensa per i poveri. Probabilmente a questo si riferiva la donna.

«Non ci possiamo andare noi, adesso?» suggerì Willy. Se poteva evitare di morire congelata sul marciapiede, ne avrebbe approfittato.

La donna scosse il capo, perentoria.

«Io non chiedo mai nulla, se non mi viene offerto. Quindi aspettiamo qui. Ci verranno a prendere.»

Ecco, come non detto. Probabilmente l'unica senzatetto orgogliosa di tutta Londra l'aveva beccata lei.

«Come ti chiami, cara?» La donna continuava a tenere tra le mani il bicchiere di cartone, sebbene fosse ormai vuoto.

«Willy» Willy e basta, disse tra sé. Finalmente. «Willy e basta.» Aggiunse ad alta voce.

«Va bene, Willy e basta. Io sono Alisa Wagner. Wagner, come il compositore.»

Il tono della donna si era fatto orgoglioso. Forse si aspettava che Willy le chiedesse il grado di parentela tra lei e il compositore tedesco.

«So chi è Wagner» replicò Willy, senza aggiungere altro. E anche se avesse voluto, solo per compiacere Alisa, non avrebbe potuto farlo perché una persona sostava davanti a loro interrompendo la conversazione.

«Abbiamo preparato per festeggiare la vigilia di Natale alla mensa, tutti insieme.» Sollevando lo sguardo, Willy vide una ragazza dall'espressione gentile e dai lunghi capelli biondi. «Se volete seguirmi, signore, prometto che non ve ne pentirete.»

CAPITOLO 6

Anno 2000

Il nome della ragazza dai capelli biondi era Leila. La mensa consisteva in un ampio locale, simile a una palestra ma in pessimo stato, con lunghi tavoloni in legno posizionati un po' ovunque. Ogni angolo era stato sfruttato. I volontari giravano con enormi mestoli e riempivano di zuppa di pollo i piatti di plastica che venivano svuotati a tempo di record.

Willy aveva trovato posto in un angolo accanto ad Alisa, la sua senzatetto personale, come la definiva tra sé. Mentre si avviavano verso la mensa con Leila si era resa conto che la donna, che in piedi aveva un aspetto ancora più scheletrico di quando stava seduta a terra, aveva serie difficoltà a camminare. Un passo e poi trascinava l'altra gamba. Un passo, un passo, un passo. Avevano impiegato più di mezz'ora a percorrere pochi metri.

Willy era stata tentata, soprattutto a causa del freddo che le stava congelando le ossa a un livello inaccettabile, di correre avanti. Invece aveva atteso con pazienza, imitando lo sguardo tranquillo di Leila. Un passo, un passo, un passo. Sarebbero arrivate alla meta prima o poi.

Dopo averla sfamata le avevano fatto presente che, non avendo alcun problema fisico che le impedisse il movimento ed essendo anzi giovane e sana, sarebbe stato carino da parte sua aiutare nella distribuzione del cibo ai nuovi arrivati. Oppure nel ritiro dei piatti.

Ma Willy aveva risposto che non aveva più nulla da fare lì, non aveva più nulla da spartire con quei relitti umani, quindi preferiva andarsene.

«Non dovresti restare da sola a Natale.» Leila si avvicinò, sempre con quell'espressione ostinatamente e fastidiosamente premurosa. Ma come faceva a mantenerla? Si chiedeva Willy. L'aveva incorporata?

«A me non me ne frega niente del Natale» replicò Willy, tirandosi le maniche del maglione fino a coprire le dita.

«Ma qui ci sarà musica, ci sarà intrattenimento. Sta per arrivare una band, i ragazzi sono veramente molto bravi. Volendo potremmo anche ballare!»

Sperava davvero di trattenerla con la musica di un complessino improvvisato per far felice una massa di poveracci? Ci mancava soltanto che suonassero e cantassero musichette natalizie.

«Senti, io ti ringrazio, davvero. Ma non mi interessa...»

Willy accennò un sorriso. Doveva ringraziare, mostrandosi grata, e infine andarsene. Tutto lì, non era poi così difficile. Ci poteva riuscire.

«Ci servi per servirne altri, siamo in pochi. E loro continuano ad arrivare e hanno fame.»

Questa volta a parlare era stata una donna anziana dai corti capelli bianchi. Aveva gli occhi azzurri più penetranti e severi che Willy avesse mai visto. E una voce brusca e tagliente, che metteva soggezione. Le apparve come una di quelle donne che durante la guerra aveva svolto una missione segretissima a costo di rischiare la vita. L'espressione di una persona che non avrebbe accettato un no come risposta.

«Va bene...» Il tempo di sparire dal suo raggio d'azione e si sarebbe dileguata. «Rimango per un po', allora.»

Detestava sentirsi costretta a fare qualcosa. Detestava che gli altri esercitassero un potere o un'influenza su di lei. Detestava quasi tutto e tutti, per l'esattezza. E in quel momento detestava il fatto che oltre alla casa di suo padre, al collegio, a quella mensa di poveri disgraziati, non avesse un altro posto dove andare.

CAPITOLO 7

Anno 2000

La capitana, come Willy dentro di sé aveva iniziato a definire l'anziana capa della mensa, e Leila sembravano non essere propense a darle tregua. Per cui nessuna via di fuga per Willy. Nemmeno il fatto che fosse scoordinata, che avesse rovesciato gran parte di un mestolo per terra, che ritirando i piatti sporchi li avesse gettati insieme a quelli puliti, era servito a farle desistere e a lasciarla finalmente libera da quella incombenza. Non aveva mai servito un pasto a qualcuno in vita sua, né mai aveva ritirato un piatto sporco. Per fortuna quelli erano di plastica altrimenti avrebbe sparso cocci ovunque.

Non ne poteva più. Doveva uscire da lì, doveva uscire immediatamente. Non le importava nulla del giudizio dell'anziana coordinatrice della mensa e nemmeno di Leila. Del resto, loro chi erano per lei? Delle perfette sconosciute, estranee incontrate per caso che ben presto sarebbero uscite definitivamente dalla sua vita.

Willy abbandonò il sacco dei piatti sporchi proprio dove si trovava, nel mezzo della sala, e si avviò quasi correndo verso l'uscita del salone. Se fosse rimasta lì un minuto di più, tra il brusio e il cattivo odore di quei relitti umani, sarebbe impazzita. Non aveva notato però la presenza dei ragazzi della band, comparsi da poco proprio sulla stessa porta attraverso la quale Willy stava tentando di dileguarsi.

«Che diavolo credi di fare tu?»

Prima che se ne rendesse conto uno di loro, un tipo alto, magro e con i capelli rasati quasi a zero, l'aveva afferrata per un braccio e la fissava come se fosse l'essere più abbietto e meschino del mondo.

«Io… me ne sto solo andando!»

Willy cercò di liberarsi dalla stretta del giovane che però la tratteneva come in una morsa. Quel disgraziato le avrebbe lasciato il livido intorno al braccio, ne era certa.

«Prima raccogli quello che hai lasciato in giro!» Il tizio le indicò il sacco dei piatti sporchi. «Qui nessuno è il tuo servo!»

La fissò con uno sguardo ancora più ostile. Willy gli rispose allo stesso modo. Chi si credeva di essere questo cretino?

«Lasciami andare, mi stai facendo male. Lasciami andare se non vuoi che sia io a fare del male a te!»

Willy iniziò a divincolarsi. Nel frattempo, gli altri componenti del gruppo stavano liberando un angolo della sala dove avrebbero piazzato gli strumenti che avevano trascinato all'interno.

«Nate, insomma lasciala perdere!» Un altro tizio, alto e decisamente muscoloso, si fermò di fronte a loro. Reggeva tra le mani una cassa all'apparenza piuttosto pesante. «Non ti impuntare con sta poveraccia, vieni a dare una mano a noi piuttosto! La tua batteria è ancora nell'atrio.»

«Ma l'hai vista cosa ha combinato? È un po' che la osservo… nessuno al mondo può essere così maldestro e inutile!» Il tizio di cui ora Willy conosceva il nome, Nate, non sembrava disposto a cedere. «Si è fatta i comodi suoi e ora se ne vuole andare.»

«Ma lo sai che alcuni fanno così… Perché te la prendi ancora? Lasciala andare e basta!» Il tipo muscoloso spostò lo sguardo da Nate a Willy, stringendosi nelle spalle con noncuranza.

«Io non sono un oggetto. E non sono qui per essere spostata e ubbidire agli ordini!»

Willy doveva trattenere l'impulso di prendere a calci quell'odioso individuo chiamato Nate. Tutto di lui la stava irritando: lo sguardo indagatore, il tono di voce, anche quelle spalle scheletriche e le mani che le avevano stretto il braccio con troppa forza, troppa rabbia. Come se lei fosse la responsabile di tutti i drammi dell'umanità.

«Ma sì, allora vai fuori dalle palle e non farti rivedere mai più! Tanto qui hai fatto solo casini!»

Nate si mosse per andare a recuperare il resto degli strumenti nell'atrio.

Willy fu qualche passo dietro a lui ma solo per prendere la direzione dell'ingresso principale e uscire da lì una volta per tutte.

«A mai più rivederci, stronzo!»

Si era fatto buio. E faceva ancora più freddo. Ormai le era penetrato a tal punto nelle ossa che Willy non era più in grado di resistere. All'inizio era stato sopportabile, come se lei potesse ancora far ricorso alle sue riserve di calore. Evidentemente i senzatetto autentici erano più allenati di lei.

L'unica opzione che le restava era quella di andare a rintanarsi in qualche locale anche se non poteva permettersi nemmeno un drink. Con un po' di fortuna magari qualcuno gliene avrebbe offerto uno o anche più di uno.

Willy si passò le mani tra i capelli ormai cortissimi. Forse non era più abbastanza carina per ottenere qualcosa da bere in cambio di qualche attenzione. A che schifo si era ridotta! Ma andare a casa no, non poteva e non voleva. Sarebbe stata obbligata a confessare tutto. La faccia accigliata della strega, quel suo sguardo accusatore. No, no. La sola idea le causò un urto di vomito. Meglio crepare di freddo.

Non aveva nemmeno voglia di camminare. Si appoggiò al muro e si lasciò scivolare a terra, come aveva fatto poco prima accanto ad Alisa Wagner. Con la differenza che ora era completamente sola e stava diventando sempre più buio e più freddo.

Appoggiò il gomito al ginocchio sollevato e si accarezzò la testa. Aveva una gran voglia di piangere. Era sola al buio, o quasi, quindi perché non approfittarne? Il suo petto fu scosso dai fremiti. Quindi era proprio vero quello che aveva sempre pensato. Lei non apparteneva a nessun luogo.

Dove andare? Casa no, collegio no, tornare là dentro no, poi comunque non sarebbe stata una soluzione. Da sua nonna, in Cornovaglia? Avrebbe potuto piangere e supplicare fino a convincerla a tenerla con sé... No, no, non sarebbe servito a nulla. Se solo fosse rimasto qualcuno della famiglia di sua madre Lara, qualcuno con cui suo padre le avesse permesso di mantenere i contatti!

Willy iniziò a tremare. Di disperazione, di rabbia, di freddo, di una vita senza l'ombra di un sentimento autentico. Tutti la prendevano, la usavano e poi la gettavano via.

Aveva avuto due storie a Oxford. Non le erano piaciuti granché i ragazzi con cui era stata, ma aveva avuto bisogno del loro calore addosso per annientare il gelo che le cresceva dentro. Magari avrebbe potuto amarli una volta conosciuti meglio, magari le sarebbero entrati nell'anima. Invece la sua anima li aveva respinti dopo un po', come aveva respinto i loro discorsi e i loro corpi. La sua anima se ne stava chiusa in un angolino e lei la sentiva lamentarsi e imporle di cambiare. Non erano loro le carezze che la sua anima pretendeva.

«Cosa fai qui fuori? Perché non entri?»

Willy si passò le mani sul viso. Quando si decise ad aprire gli occhi vide un uomo, giovane e dall'aspetto piuttosto attraente, chinato su di lei.

«Non posso, mi hanno mandata via.»

Mentre rispondeva Willy si passò nuovamente le mani sul viso e quello che ne uscì fu un mormorio indistinto.

«No, non è possibile. Non possono averti mandata via!»

Il giovane le scompigliò i capelli e ottenne in risposta uno sguardo indispettito da Willy.

«Ti dico che un cazzone, là dentro, mi ha mandata via! E mi ha fatto pure male, mi ha strattonata per un braccio!»

Che voleva anche questo? Perché non la lasciavano in pace? Era scattata in tutti la vocazione ai buoni samaritani solo perché era la Vigilia di Natale?

«Come ti chiami?» insistette il giovane. Al silenzio della ragazza decise di proseguire. «Io mi chiamo Brandon Carpenter, tu come ti chiami?»

«Che te ne frega?»

Willy gli rivolse un'occhiata terrorizzata. Se n'erano già accorti? La stavano già cercando? E ora l'avevano già trovata? Forse quel tipo che sembrava tanto gentile ma così insistente era il poliziotto che le avevano messo alle calcagna! In un attimo scattò su in piedi, pronta a fuggire.

«Tranquilla... non voglio farti del male.» Il giovane di nome Brandon le sorrise. Aveva un'espressione pulita, troppo pulita rispetto a tutto lo sporco che aveva visto in giro, praticamente da sempre. Anche gli occhi azzurri e sereni erano gentili. «Io sono un volontario lì dentro, sarai sotto la mia protezione. Prometto che nessuno ti manderà via.»

Era gentile. Proprio come lo era stata Leila, quando aveva raccolto lei e Alisa. Cosa doveva fare? Restare lì a crepare di freddo o seguire questo Brandon, rischiando di incontrare nuovamente quello stronzo smilzo con il suo amico muscoloso?

«Va bene...»

Willy non riuscì a muovere nemmeno un passo, dovette farsi aiutare per rientrare. Era come se il gelo le avesse atrofizzato i muscoli.

Già nell'atrio si sentiva la musica. Squallide canzoncine natalizie, anzi pop natalizie. *All I want for Christmas is you...* sì certo, come no! Non si era sbagliata. Patetici!

Appena rientrata nella sala Willy vide la band all'opera dall'altra parte del salone. I senzatetto e i poveracci di ogni tipo erano tutti voltati con le panche verso di loro. Alcuni si erano addirittura lanciati nelle danze, dopo aver recuperato un po' di spazio tra i tavoloni.

Il tipo muscoloso, il più appariscente del gruppo, era il cantante che duettava però nell'esibizione con una ragazza dal caschetto biondo cenere. Troppo scontato comunque che il cantante fosse quasi sempre il più figo del gruppo per attrarre le ragazzette assatanate. In più altri due chitarristi, uno con l'aria da intellettuale represso capitato lì per sbaglio e l'altro bassino con una lunga barba bionda. Il cazzone, riusciva a intravederlo, era seduto dietro alla batteria.

«È quello là... il batterista!» Lo indicò decisa a Brandon. «Il cazzone che mi ha strattonata e mandata via!»

«Ah sì, capisco.» Brandon annuì convinto, senza scomporsi. «Il cazzone è mio fratello.»

CAPITOLO 8

Anno 2000

Quindi, inevitabilmente, sarebbe stata buttata fuori per la seconda volta. Willy si voltò verso Brandon, che però non sembrava essersela presa per come lei aveva definito il fratello.

Ora il cantante si era lanciato in una sua interpretazione di *Last Christmas* che gli spettatori sembravano gradire, visto che molti battevano le mani a tempo. Sì, insomma, non erano male per essere un complessino improvvisato.

«Hai fame?»

Brandon corrugò la fronte e la guardò serio. Sembrava preoccupato per lei e Willy non si spiegava il motivo. Che cosa poteva fregare a lui di una tizia qualunque raccattata per strada?

Willy scosse la testa.

«Mi hanno già dato da mangiare, prima.»

«Credo che abbiano preparato il dolce. Niente di che, brownies o qualcosa del genere, ma almeno ti darà un po' di energia.»

Brandon insisteva. Era maledettamente gentile.

«Va bene, allora.» A Willy non restò altro da fare che accettare. Perché, se doveva essere onesta con se stessa, moriva dalla voglia di buttare giù qualcosa di dolce e sostanzioso. «Mmh… grazie…»

Era probabilmente la prima volta in vita sua che ringraziava qualcuno con l'intenzione di farlo, non per dovere.

La band intanto sembrava in pausa. I due cantanti, il muscoloso e la bionda con caschetto, e il chitarrista dalla lunga barba bionda si erano accomodati a un tavolo per mangiare qualcosa. L'intellettuale e il cazzone invece erano rimasti agli strumenti. Mentre l'intellettuale attaccava alcune note con la chitarra, il cazzone si era mosso verso il microfono. Cantava pure lui? Perfetto! Willy sogghignò tra sé. Così avrebbe potuto prenderlo per il culo da lì all'eternità.

Appena si rese conto, dalle prime note, che la canzone che aveva intenzione di cantare era *More than words* Willy si accigliò. L'avrebbe irrimediabilmente rovinata! Non poteva restare sul repertorio pop natalizio?

Willy chiuse per un istante gli occhi, preparandosi al peggio. Alle prime parole da lui pronunciate però li sbarrò. Il suono della sua voce, un po' roca e poco impostata, aveva provocato in lei una vibrazione che da un punto piccolissimo, impercettibile, era andata espandendosi occupando spazio. Rimase a fissarlo per quasi un minuto prima di ritrovarsi, involontariamente, a pronunciare le stesse sue parole nel ritornello della canzone.

"What would you do
If my heart was torn in two
More than words to show you feel
That your love for me is real"

Guardava proprio in quel momento verso di lei. Era serio, concentrato e la stava fissando. Perché non distoglieva lo sguardo? C'era tanto altro su cui focalizzarsi in quella sala! Willy si rese conto che per osservare cosa stava facendo lui anche lei stava facendo lo stesso, come se la sua attenzione fosse stata catturata e avvinta indipendentemente dalla sua volontà.

Willy si costrinse a staccare lo sguardo e, per non esserne più tentata, gli voltò le spalle. Non avrebbe voluto nemmeno la sua voce, la sua voce che le stava provocando vibrazioni indesiderate.

Voltandosi si ritrovò di fronte Leila.

«Ehi… sei tornata!» La accoglieva per la seconda volta con un sorriso. Poi fece un cenno verso Nate e l'altro che erano ormai arrivati alle ultime note della canzone. «Non sono male, vero?»

«Passabili» replicò Willy senza dare troppa importanza alla questione.

Intanto la musica era terminata. Si chiese se avrebbe cantato ancora lui o se sarebbe tornato il cantante muscoloso figo.

«Ora serviamo il dolce. Ciao, Brandon!»

Leila accarezzò la spalla di Brandon e lui la accolse nel suo abbraccio. Allora forse stavano insieme quei due. Willy si strinse nelle spalle, non sapeva nemmeno lei cosa aveva pensato. Forse non aveva pensato proprio niente.

In un attimo si ritrovò circondata dai componenti della band. Leila si sciolse dall'abbraccio di Brandon per andare ad avvinghiarsi al cantante muscoloso figo che la baciò sulle labbra con trasporto. Willy si rese conto che forse aveva interpretato male.

«Che ci fa questa ancora qui?» Possibile che quello stronzo di Nate ce l'avesse ancora con lei?

«Fa freddo fuori, fratello. Datti una calmata, la ragazza è con me.»

Brandon rispose con tranquillità e Willy notò che aveva una certa influenza sul fratello, che evitò di ribadire attaccandola ancora. La scrutava invece, con aria poco convinta ma remissiva.

Brandon sembrava tenere l'intero gruppo sotto controllo, forse perché dimostrava alcuni anni più di loro. In un attimo Willy venne a sapere che il fratello stronzo si chiamava Nate, ma aveva già sentito il suo nome anche prima. Il tipo muscoloso Jackson, la ragazza dal caschetto biondo Joyce, l'intellettuale, che era il fratello della ragazza, era Trevis e infine il bassino con la barba bionda Scott. Non che a Willy importasse conoscere i loro nomi anche perché in pochi secondi sicuramente li avrebbe dimenticati. La band al completo aveva il nome più banale e scontato del mondo: "Sons of Love".

Leila, che si era assentata per una decina di minuti, si ripresentò con un vassoio di brownies e li offrì ai ragazzi e anche a Willy.

«Solo un pezzetto ragazzi, mi dispiace. Finisco il giro e se ne avanza ritorno da voi.» Poi si era rivolta a un bambino di circa otto anni, che si era aggrappato al suo braccio e dopo aver preso un pezzo continuava a fissare il vassoio con occhioni languidi. «Per te ne tengo da parte un pezzetto extra, Thomas.»

«Non lo viziare, Leila.» Aveva sbuffato Jackson. «Già è sempre affamato di suo, questo piccolo avvoltoio.»

Il bambino gli aveva rivolto un'occhiata ostile, bofonchiando con la bocca piena di brownie. «Sei il fratello più stronzo del mondo!»

Willy era diventata l'ombra di Brandon. Non sopportava l'ambiente, non sopportava la situazione, non sopportava quasi nulla, ma non voleva essere mandata nuovamente fuori al freddo. L'idea di dove andare non l'aveva sfiorata fino a quel momento.

Avrebbe chiesto a Brandon se era possibile che lei restasse lì, almeno per la notte. Magari senza farsi sentire dagli altri, per non lasciar troppo intendere che la sua non era tanto una richiesta, quanto una vera e propria supplica. Invece le andò male, perché in un momento in cui Brandon si era avvicinato nuovamente agli altri, che avevano ripreso a suonare e cantare per un'ora circa per poi smettere completamente, si incrociò anche con Leila.

«Che cosa farai questa notte? Hai un posto dove andare?» Leila era stata fin troppo diretta e Willy era costretta a rispondere. Il suo problema fondamentale era che non sapeva cosa rispondere. Si strinse nelle spalle e cercò di non incrociare lo sguardo con nessuno di loro. Si concentrò sulle maniche del maglione, tormentandolo e tirandolo fino a nascondersi le mani. «Puoi venire a stare da me, se vuoi.»

Willy avrebbe voluto. Ma la infastidiva essere così palesemente una povera disgraziata che non sapeva dove trascorrere quella gelida notte della Vigilia di Natale.

«Io... pensavo... qui...» mugugnò, quasi incomprensibilmente.

«No, qui non puoi stare. Sarà molto freddo durante la notte, è un ambiente troppo grande da tenere riscaldato. Per gli altri abbiamo degli alloggi temporanei per l'inverno.» Così Brandon aveva spezzato, con poche parole, la sua illusione.

Non aveva idea che ci fosse un'organizzazione tale per quel tipo di persone. Non le era mai passato per la testa di indagare. L'idea non l'aveva mai nemmeno sfiorata.

«Almeno per questa notte, vieni da me.» Decise Leila, anche per lei. «Il mio monolocale è un buco, ma ho un divano comodissimo, non te ne pentirai.»

Willy annuì senza rispondere. Poi si rese conto che sarebbe stato il caso di ringraziare Leila per la gentilezza.

«Grazie.»

Non fu in grado di aggiungere altro o di metterci particolare enfasi. Non era abituata. Non era stata educata così. E non era nemmeno da lei. Continuò a tirarsi le maniche del maglione sformato, aggrappandosi come a un rifugio.

«Sei sicura che sia il caso di portarla da te?» La voce un po' roca, ma ora tagliente di Nate la colpì. «Non sappiamo nemmeno chi è. Potrebbe essere una poco di buono, una criminale.»

«Non possiamo certo lasciarla in mezzo alla strada!» Il tono di Leila si fece più acuto rispetto al solito, carezzevole e tranquillo.

«Mah... probabilmente è da lì che viene! L'avranno scaricata perché a quanto pare non sa fare niente. Però, contenta te...»

Così dicendo Nate si era voltato, per andare con gli altri a sistemare gli strumenti. La festa a quanto pare era finita.

Willy impiegò qualche secondo per elaborare il senso delle parole di Nate e a decidere che non avrebbe tollerato l'insulto. In un attimo lo afferrò per una spalla e con l'altra mano affondò un pugno nella sua schiena. Come Nate fece per girarsi e rispondere all'attacco, un altro pugno gli colpì le costole.

Più cercava di allontanarla più si ritrovava addosso i pugni della ragazza. Quando le afferrò i polsi per trattenerla, Willy passò ai calci.

«Stronzo! Bastardo! Ti ammazzo di botte!»

Pur essendo magro, Nate era decisamente più alto di lei di quasi tutta la testa e più forte. Le sue mani le cingevano i polsi impedendole il movimento.

«Potete, per favore, togliermi questa iena di dosso, prima che le faccia male davvero?» sbuffò Nate, invitando gli altri a intervenire.

Solo allora Jackson si mosse per tentare di bloccarla, ma Brandon riuscì per primo ad afferrarla per la vita e a trascinarla, ancora scalciante e infuriata, lontana da Nate. Willy gli lanciò un'occhiata infuocata, un'occhiata che ancora gridava vendetta. Pensò in quel momento che quell'essere abbietto e meschino non poteva essere lo stesso che poco prima aveva cantato *More than words* con quella voce così insinuante da provocare in lei quell'effetto travolgente.

"More than words
Is all I ever needed you to show
Then you wouldn't have to say
That you love me
'Cause I'd already know"

CAPITOLO 9

Anno 2000

Leila aveva portato Willy nel suo monolocale a Stratford, nella periferia est di Londra, uno dei quartieri più a buon mercato della città. Willy non ci aveva mai messo piede prima, in quella zona. L'aveva vista solo nei film e in qualche trasmissione televisiva. Degradante era stata la parola che la strega aveva rivolto a quel quartiere.

Aveva dormito sul divano del minuscolo salottino, adiacente alla cameretta ancora più minuscola dove dormiva Leila. Date le circostanze le era sembrato il paradiso. Al punto tale che avrebbe pagato qualsiasi prezzo per poterci restare.

Aperti gli occhi fissava il soffitto. Si sollevò appena comparve Leila. Cosa doveva dirle? Grazie ancora? Forse era arrivato il momento che lei se ne andasse. Forse l'ospitalità era stata soltanto per quella notte.

«E così ti chiami Willy…»

Il tono di Leila, che si lasciò scivolare sul divano accanto a lei, era vagamente indagatore. Ma abbastanza da far sentire Willy a disagio.

«Sì.»

Willy non volle e non poté aggiungere altro. Non avrebbe raccontato chi era. Non sarebbe diventata la tipica ragazza ricca stufa del suo mondo fatato che si nasconde tra la gente comune. Perché lei non era affatto la tipica ragazza ricca. E soprattutto, il suo mondo non era affatto fatato. Il suo mondo era un incubo, lo sarebbe stato per chiunque. E per lei non c'era salvezza, solo un po' di distrazione di tanto in tanto.

«Sai cosa? In fondo non importa davvero chi sei.» Leila sorrise e le strizzò l'occhio, lisciandosi i capelli biondi. «Anche io non sempre racconto tutto a tutti. Comunque, Jack e Nate stanno arrivando con la colazione. Non so tu ma io sto morendo di fame! Sono stata talmente impegnata in questi giorni che mi sono dimenticata di fare la spesa...»

Con Jack e Nate intendeva forse il cantante figo muscoloso e lo stronzo? Sì, ovviamente. Chi altro?

«Io vado. Ti ringrazio di tutto... Leila... ma io vado. Se lo vedo ancora quello lo prendo di nuovo a calci nel culo, quindi...»

Willy si tirò su di scatto e iniziò a prepararsi per andare. No, non lo avrebbe sopportato, aveva deciso.

«Ma... è il giorno di Natale...» L'espressione di Leila si fece estremamente delusa. «Ti assicuro che Nate è un bravissimo ragazzo, forse l'hai preso solo in un momento sbagliato. Entrambi vi siete presi in un momento sbagliato, secondo me.»

«Può anche essere che non ce ne sia uno giusto...»

L'unico momento giusto era stato mentre cantava, ma Willy non avrebbe ceduto per così poco. E in ogni caso non poteva restare lì. Ora che si era ristabilita avrebbe trascorso il giorno di Natale da sola, esattamente come aveva pianificato. Oltretutto non poteva lasciare che indagassero oltre su di lei.

«Ha il difetto di dire quello che pensa nel momento in cui lo pensa» sorrise Leila. «Fermati almeno per colazione. Hai davvero così fretta di andare? Una famiglia che ti aspetta?»

Willy strinse gli occhi, abbassò il capo e fece segno di no con la testa. L'aspettavano sì. Ma lei non voleva raggiungerli. E nemmeno essere aspettata, non da loro.

«Comunque, anche io ho il difetto di dire quello che penso. E penso che sia un cazzone! E uno stronzo!»

L'attenzione di entrambe venne distratta da due colpi alla porta.

«Credo che tu l'abbia appena chiamato a rapporto!» ridacchiò Leila correndo ad aprire. Prima di dire una parola ai nuovi arrivati, Leila si aggrappò a Jackson e lo baciò con ardore sulle labbra. «Buongiorno!» Lanciò poi un'occhiata a Nate che tratteneva in mano un contenitore con quattro bicchieri di cartone e un sacchetto. «Bravi, ci avete portato la colazione!»

Lo sguardo di Nate puntò direttamente Willy. Le avrebbe fatto il terzo, quarto e anche quinto grado, ne era certa. Quel tipo non avrebbe lasciato perdere.

«Io vado.» Così dicendo si lanciò come un fulmine verso la porta. Lì, invece di uscire si fermò. «Grazie di tutto... Leila. Davvero, grazie...»

E grazie di non avermi chiesto nulla, pensò tra sé.

Scese le scale in ferro che conducevano all'appartamento di Leila. Non ci aveva fatto caso a notte fonda, quando Brandon le aveva accompagnate in macchina, ma quello era proprio un pessimo quartiere con case popolari davvero ridotte alla desolazione più assoluta.

Sospirò guardandosi intorno. I suoi sarebbero rimasti sconvolti di saperla lì. Un peccato che a una ragazza dolce e gentile come Leila toccasse quello e invece alla strega e alle sue troiacce amiche una vita da favola, con tutti i lussi e gli agi del mondo. Uno schifo proprio, una merda.

«Vaffanculo...» bisbigliò Willy tra sé.

Nemmeno lei stessa meritava tutto quello che aveva, su questo non aveva dubbi.

«Che hai? Gli occhi pure dietro la testa per sapere che ero io?»

Willy riconobbe la voce senza nemmeno voltarsi.

«No, il mio era un vaffanculo generico. Se avessi saputo che eri tu avrei detto non rompermi le palle, stronzo!»

Se lo ritrovò di fronte. Sembrava quasi più magro con quel maglione chiaro penzolante e il viso scarno. Gli occhi erano di un colore indefinibile tra il blu e il grigio.

«Cioccolata?» Le porse uno dei bicchieri di cartone che aveva portato con sé. «Se sa di acqua sporca non è colpa mia, quindi non me la tirare addosso.»

«Perché?»

Willy aggrottò la fronte e lo fissò con aria spazientita.

«Perché cosa?» Le porse anche un sacchettino. «La tua brioche, appena salvata da quella voragine disumana di Jackson Berker.»

«Perché diavolo dovete essere gentili con me? Io non ho fatto niente perché voi siate gentili con me, solo casini. E infatti tu mi hai trattata di merda... Ora se pure tu diventi gentile con me, io... io...»

Willy senza riflettere aveva preso il bicchiere e il sacchetto che Nate le porgeva, ma le tremavano le mani.

«Qual è il tuo problema? Non vuoi che la gente sia gentile con te?»

Lui sollevò un sopracciglio fissandola con espressione sconcertata, ma assorta. Sembrava seriamente interessato a quello che lei aveva da dire.

Willy si strinse nelle spalle e abbassò la testa. Con il piede cominciò a giocherellare con un sassolino del cortile che immetteva sulla strada principale.

«Non me ne frega...»

«Io non ci credo» ribatté prontamente Nate. «Certo che te ne frega. A tutti frega. Anche a chi dice di no. Non lasciar raffreddare quella cioccolata che fa già abbastanza schifo calda...»

Willy sollevò d'impeto la testa.

«Non devi essere buono con me! Perché vuoi essere buono con me? Per far contento tuo fratello, Leila e i tuoi amici? Perché così potranno dire... oh, che buono lui che aiuta i poveri disgraziati...»

Le lacrime le pungevano gli occhi. Non sapeva nemmeno lei perché.

«No. Perché tu mi piaci.» La risposta di Nate era l'unica che Willy non si aspettava in quel momento. «Sei una stronza, sei isterica e fuori di testa, ma mi piaci. Per questo io solitamente non sono mai come sono stato con te ieri sera. Tu sei autentica… e hai paura. E hai fatto paura anche a me.»

«Tu invece non mi piaci affatto.» Willy sorseggiò la cioccolata e si leccò le labbra. Aveva bisogno assoluto di una bevanda calda. «Questa roba fa proprio schifo, comunque. Né da stronzo né da gentile mi piaci. Potresti forse, e dico forse, piacermi mentre canti *More than words* ma è fuori discussione che tu continui a cantare quella canzone… perché sicuramente dopo un po' la tua voce gracchiante mi verrebbe a noia…»

Aprì il sacchetto e iniziò a mordicchiare con gusto la brioche.

«Solo quella so cantare.» Nate rise e si grattò una tempia.

«Nessuno sa cantare solo una canzone!» Willy andò a sedersi su uno dei gradini di ferro che portavano agli appartamenti e continuò a sorseggiare la cioccolata. «O sai cantare oppure no.»

«Ma io sono un batterista, non un cantante.» Nate la raggiunse e sostò di fronte a lei. «Quindi mi è concesso saper cantare solo una canzone.»

«Lo so, non sei figo abbastanza per fare il cantante.» Willy alzò lo sguardo su di lui e sospirò. «Niente da fare.»

«Ah, Jackson invece lo è?» Nate aggrottò la fronte sedendosi al suo fianco.

«Sì, il cantante deve essere sempre figo e con l'aria da cattivo ragazzo. Altrimenti le ragazzine assatanate non sbavano.»

«Tu sbavi?» Nate le rivolse un'occhiata di traverso.

«Io non sono una ragazzina e non sono assatanata… e nemmeno le due cose insieme.» Willy scosse la testa con una smorfia. «Io sono nata con lo spirito di un'ottantenne, peggio di mia nonna. Ho anche il nome di mia...»

Si bloccò di colpo. Cosa diavolo stava dicendo? Maledizione! E maledetto quello stronzo che le stava facendo dire quello che non aveva intenzione di dire!

«Il nome di tua nonna?» Nate non parve comunque particolarmente impressionato dalla rivelazione. «Capita, io ho il nome di un mio prozio morto in guerra, Nathaniel.»

Willy rimase in silenzio e ne approfittò per finire brioche e cioccolata. Mordicchiò il lato del bicchiere non sapendo cosa dire.

«Mmh... grazie comunque...»

«Quindi, quale sarebbe questo nome di tua nonna esattamente?»

Aveva sperato che lui non approfondisse la questione ma a quanto pare le era andata male.

«Wilhelmina...»

Non avrebbe voluto dirlo. Ma tanto ormai non le importava più. Presto se ne sarebbe andata.

Nate la osservò per un istante con aria di commiserazione, poi scoppiò a riderle in faccia.

«Peggio ancora di quello che credevo! Proprio un nome da vecchia dama isterica, frustrata e maniaca dell'ordine. Con chissà quanti tic nervosi. Ti vedo con un vestito abbottonato fino al mento, il colletto con triplo pizzo...»

«Idiota!» lo interruppe Willy facendo il gesto di buttagli addosso la cioccolata, che ormai aveva finito, dal bicchiere. «Chiamami Willy o ti ammazzo!»

«Ti piace essere chiamata con un nome da maschio?»

Nate le rivolse uno sguardo poco convinto e si voltò più deciso verso di lei appoggiando la schiena alla ringhiera. La scrutò come se stesse riflettendo su qualcosa di estremamente importante.

«L'unico accettabile dal nome che mi hanno dato.»

Willy si passò le mani sul viso. Doveva inventarsi altro, non aveva più voglia di discutere a proposito del suo nome. Anche se la cosa più saggia da fare sarebbe stata quella di entrare, ringraziare e salutare Leila definitivamente e infine sparire per sempre.

«Mina...» sussurrò Nate con un filo di voce. «Sì, Mina.»

«Mina? No, non mi piace Mina. È troppo...»

Le piaceva, invece. Sulle sue labbra, pronunciato da lui, con la sua voce un po' roca, le piaceva. Forse fin troppo.

«Mina. Io ti chiamerò Mina. Come la donna amata da Dracula» annuì Nate convinto.

«Mi dispiace per te, ma non avrai occasione di chiamarmi Mina perché sto per andarmene.» Prima di incominciare davvero a pensare a se stessa come Mina sarebbe stato molto meglio allontanarsi da lì, in fretta. «Quindi niente Mina e niente Dracula.»

Nate posò lo sguardo su di lei. I suoi occhi di quello strano colore tra il blu e il grigio incontrarono gli occhi castano scuro di Willy.

«Tu non vuoi andare via.» Sembrava analizzare il suo viso, i suoi lineamenti. «Forse vuoi scappare, ma non vuoi andare via.»

Aveva ragione. Willy voleva restare, lo voleva disperatamente. Voleva restare e provare a conoscere lui e gli altri. Voleva restare e riuscire ad avere degli amici. Voleva restare e bere ogni mattina quella cioccolata che sapeva di acqua sporca ma faceva bene alla sua anima sola, assetata di comprensione, ma anche di scherzi, di risate.

«Non posso...» Le tremava la voce. Di disperazione, di rimpianto, di nostalgia per qualcosa che non aveva mai conosciuto.

«Io non dirò niente a nessuno, non avere paura.» Nate si alzò e salì qualche gradino in direzione dell'appartamento di Leila. «Qualche giorno di certo non ti cambierà la vita. Poi potrai tornare nel tuo mondo incantato, comodo e perfetto.»

Cosa sapeva di lei? Cosa aveva capito? Willy doveva scappare via, lo sapeva. Non poteva trattenersi oltre. Lui aveva capito che quello non era il suo mondo. Aveva intuito chi fosse? L'avrebbe riconsegnata ai suoi? Non sembrava intenzionato a farlo, però...

«E se... e se mi cambiasse la vita, invece?»

Le parole le uscirono indipendentemente dalla sua volontà.

«Potrai scegliere la vita che vuoi. Anche tu possiedi il libero arbitrio, Mina.» Nate accennò un sorriso e riprese a salire i gradini.

Willy si morse le labbra con forza, con rabbia. Doveva andare via. Doveva salvarsi. Doveva rompere immediatamente qualsiasi legame con quelle persone. E soprattutto lui, Nate, non doveva piacerle.

CAPITOLO 10

Anno 2000

Solo qualche giorno. Sarebbe rimasta solo fino a Capodanno. Avrebbe anche dato una mano alla mensa, giusto per riconoscenza. Stava imparando poco alla volta. Combinava ancora pasticci, ma Leila e Nate si erano messi d'impegno ad aiutarla. Aveva addirittura cucinato e tagliato una quantità inaudita di verdure miste, patate, carote, anche cipolle.

Restava comunque dell'idea di andarsene, non l'avrebbero trattenuta. Non aveva importanza quanto Nate, Nate Carpenter, aveva imparato il suo nome completo, cantasse quella canzone per concedere un breve intervallo ai cantanti di tanto in tanto. Lui non le sarebbe piaciuto, mai.

«Sei patetico.» Willy sospirò mentre Nate reggeva il sacco dove lei buttava i piatti sporchi di plastica mentre li ritirava. «Continui a cantare la stessa canzone. È una sorta di accanimento, ormai. O sei troppo pigro per impararne altre?»

«Direi che faccio troppo schifo nelle altre, Mina.»

Insisteva a chiamarla con quel nome e ormai lei si era abituata. Il patto era che non la chiamasse così in pubblico. Nate aveva acconsentito, in pubblico non l'avrebbe chiamata proprio. Aveva optato per un "Ehi, tu."

«Dovrai farmi sentire, uno di questi giorni.»

Willy appallottolò un tovagliolino di carta e glielo gettò addosso.

«Domani, domani...»

Nate lo prese al volo e lo gettò nel sacco.

«Sono cinque giorni che dici domani!»

Willy incrociò le braccia e rimase immobile, obbligando anche lui a fermarsi.

«Così ci sarà sempre un domani, per sempre...»

Nate sollevò le spalle e la sfidò con lo sguardo. I suoi occhi, che in quel momento avevano preso una nuova tonalità di blu, si soffermarono su di lei, sul suo viso, sulle labbra. Poi tornò a incrociare il suo sguardo e Willy si sentì come avvinta, legata indissolubilmente ma senza nessuna forzatura, nessuna catena.

«Un po' come la storia di Sherazade? Che racconta sempre una storia e la interrompe sul più bello...»

Willy distolse lo sguardo da lui e riprese a sparecchiare. Domani... domani... un domani che sarebbe durato per sempre. Per sempre la voleva trattenere?

«E in ogni caso, come hai detto tu, io non sono il cantante figo, ma solo il batterista che se ne sta nascosto e nessuno vede, nessuno considera!»

Nonostante la battuta di Nate, Willy non rise. Presto avrebbe dovuto lasciare quel mondo e nessuno di loro per lei sarebbe più esistito.

«Scusa io... devo uscire un attimo.» Si sentiva mancare il fiato. Non poteva più avere lui davanti, lui che la guardava così. «Cinque minuti...» Iniziò a tremare e lottò con tutte le sue forze per trattenersi. «Cinque minuti e torno ad aiutarti, te lo prometto...»

Raggiunse rapidamente l'ingresso e si appoggiò di schiena al muro esterno, con entrambe le mani sulla fronte. Non poteva più aspettare. Doveva andarsene. E subito, quella notte stessa possibilmente. Era la notte di Capodanno, sarebbero stati tutti impegnati. La notte giusta per sparire per sempre e non tornare mai più. Il suo mondo l'aspettava. Il suo mondo non l'avrebbe mai lasciata libera di essere ciò che voleva essere. Pur disprezzandola, pur distruggendola, la pretendeva come un oggetto irrinunciabile. Lei era costretta ad esserci.

Se solo fosse riuscita a esprimere a Nate, a Leila, a chiunque, quanto disperatamente desiderava appartenere a un mondo non suo! E non per capriccio o per noia. Non per provare il brivido della novità nella desolazione di persone che sopravvivevano con pochi mezzi. Era lei stessa a sopravvivere con pochi mezzi, in realtà. Il più delle volte si sentiva come una bambola spezzata. Una bambola che ricoprivano di oggetti, perché c'era poco altro che le potessero regalare.

Willy si batté le mani sulla fronte, quasi con furia. C'era quell'urlo trattenuto in lei, quell'urlo che moriva dalla voglia di uscire, di esprimersi, di esplodere libero nel mondo per non implodere in lei.

«Devi solo restare.»

Nate. Perché la tormentava? Perché non le permetteva di lasciarsi tutto alle spalle e andarsene? Lasciare lui. Lasciare la sintonia che stava crescendo tra loro e andava oltre la rabbia, oltre l'istinto, oltre le note e le parole di una sola canzone.

«Non sono la persona giusta per restare, Nathaniel Carpenter.» E non era nemmeno la persona giusta per lui. Non era la persona giusta per qualcosa di così bello e puro che avrebbero potuto condividere. Willy iniziò a camminare, sempre più veloce, ma senza una vera e propria direzione. «Quindi lasciami stare, hai capito? Vattene!»

«Va bene, ho capito.» Nate la seguì, tenendo il suo stesso passo. «Ma mancano pochi minuti al nuovo anno, vuoi davvero andartene ora? Anche perché ormai ci stiamo allontanando e io non farò in tempo a tornare indietro a festeggiare con gli altri allo scoccare della mezzanotte. Quindi se tu mi mandi via, io resterò solo a mezzanotte per strada senza nessuno che mi auguri un felice anno nuovo…»

«Non mi fai pena, Nate.» Willy non accennò a fermarsi. No, non le faceva pena. Le stava facendo altro. E se si fosse fermata per guardarlo, anche solo per un attimo, lui avrebbe capito. «E comunque, cinque minuti in più o in meno non cambieranno la situazione. Torna dai tuoi amici… torna da quella ragazza, quella Joyce che canta con voi, sarà felice di festeggiare con te allo scoccare della mezzanotte e…»

Alla sola idea Willy sentiva nuovamente l'urlo esploderle nel petto, nella gola fino a lacerarla. Fu in quel momento che non sentì più i passi di Nate che la seguivano. Rallentò per voltare lateralmente il viso e controllare dove fosse.

«Va bene.» La voce di Nate la raggiunse alle spalle. «Ho capito, Mina. Anzi, perdonami. Ho capito, Willy. Perdonami per il fastidio che ti ho dato in questi giorni. Torna nel tuo mondo, non ti disturberò più. Addio, Willy.»

Era normale? Era giusto? Era logico? Quel sentimento che le toglieva il fiato, quel senso di appartenenza così irragionevole, così totale, così devastante.

«Non osare...» Willy trattenne le mani sul petto per non esplodere in singhiozzi. «Non osare lasciarmi andare, Nate... Non osare tornare da quella... E non osare toccarla, non osare baciarla, né lei né nessun'altra che non sia...»

Si ritrovò stretta tra le sue braccia, con la bocca a poca distanza dalla sua. E le sue braccia intorno alla vita le diedero una sensazione di estasi, di abbandono totale, ma anche di pace.

«Che non sia tu?» Nate sospirò, passando l'indice sulle sue labbra.

Willy lo afferrò per la nuca e lo baciò con impeto, quasi con rabbia, assaporando le sue labbra.

«Che non sia io!»

Il suo petto stava per esplodere per i battiti accelerati del cuore. Non era solo gioia però, emozione, ma anche dolore, sgomento. Si sentì tremare le gambe e scivolare a terra.

«Non avere paura, Mina. Non ti lascio andare.»

Nate premette ancora una volta le labbra sulle sue, con più impeto questa volta. Willy lasciò ricadere la testa indietro e si aggrappò a lui. Entrambi si sbilanciarono e finirono contro al muro.

«Non ti porterò nulla di buono, Nate. Come mi hai conosciuta qualche giorno fa, ricordi quello che mi hai detto? È questo che sono... nulla di buono... avevi ragione!»

Willy appoggiò la fronte sulla sua spalla cingendolo forte con le braccia e passò le mani dolcemente sulla sua schiena.

«E io sono il povero idiota che sa cantare una sola canzone.» Nate le accarezzò i capelli con una tenerezza che Willy non aveva mai provato in vita sua. Mai, da parte di nessuno. «Ma va bene, sarà sempre così. Perché non mi importa di impararne altre, se quella canzone sei tu.»

CAPITOLO 11

Anno 2001

Difficile capire se gli altri, nei giorni successivi, si fossero accorti o meno di quello che era nato tra loro. Nessuno lo dava a vedere, come se fosse stato posto un veto o qualcosa del genere. Willy cominciò a credere che fosse stato Nate a imporre il silenzio ai suoi amici. Loro evitavano di esprimersi in pubblico, anche se non erano in grado di controllare gli sguardi. Lo sguardo di Nate le comunicava costantemente quanto lei fosse davvero l'unica canzone per lui.

L'unico desiderio di Willy era diventato quello di appartenere veramente al suo mondo, di non tornare più indietro, in quell'immenso contenitore falso e vuoto che era la tenuta dei suoi a Stanmore, a nord di Londra. Condividere i sogni, i desideri. Lasciare che la vita riuscisse a stupirla e a fare di lei il tipo di persona che voleva davvero diventare, non quella in cui regole prestabilite le avrebbero imposto di trasformarsi.

Nate avrebbe desiderato studiare musica, appena messi da parte abbastanza soldi, per diventare un professionista. Suo padre era nell'esercito e sua madre era morta quando lui aveva due anni e suo fratello Brandon dieci. Il padre li aveva affidati alla nonna dedicandosi completamente alla carriera militare. Qualche anno dopo anche lui era morto. Nate era stato cresciuto quindi da suo fratello e da sua nonna, Delia.

Delia era colei che Willy, il primo giorno del suo arrivo alla mensa, aveva soprannominato la capitana.

«Non avevo capito che fosse tua nonna. È una donna molto… energica!»

«È stata costretta ad esserlo» confermò Nate. «Ha dovuto crescere mio padre da sola. E poi di nuovo me e mio fratello. A quanto pare tutti gli uomini della sua vita hanno il brutto vizio di lasciarla o di morire… Suo fratello, il padre di suo figlio, suo figlio. Sembra essere il suo destino.»

Willy strinse forte i pugni e abbassò ostinatamente il viso, perché lui non capisse. Non sapeva spiegarsi il motivo, ma le parole di Nate le stavano provocando un dolore irragionevole. "Tutti gli uomini della sua vita hanno il brutto vizio di lasciarla o di morire..." Come se anche lui dovesse esserne compreso.

«Mina…» Nate le sollevò il viso e il suo sguardo incontrò gli occhi lucidi di Willy. «Io non me ne andrò mai dalla tua vita a meno che non sia tu a volertene andare dalla mia.»

«E chi lo sa… potresti trovare un'altra canzone un giorno e scoprire che la preferisci…»

Willy si passò una mano sulla fronte e cercò di distogliere lo sguardo da lui. La feriva l'idea ma persisteva in lei la convinzione di meritare di essere ferita, di meritare la mancanza d'amore in cui era sopravvissuta per quasi vent'anni di esistenza.

«Non avere paura.»

Nate lasciò scivolare le mani sulle sue braccia e poi la cinse per i fianchi. Willy annuì accennando un sorriso, protese il viso verso di lui e gli baciò le labbra. Invece ne aveva di paura e non sapeva nemmeno spiegargli quanta. Paura di legarsi troppo a lui, paura della sua dolcezza, paura della persona sicura e determinata che sarebbe diventata insieme a lui. E soprattutto paura che non sarebbe più riuscita a resistere al resto del mondo se lo avesse perso.

«Manca molto al posto dove mi stai portando?» Willy decise di cambiare discorso.

Avevano stabilito di prendersi un giorno tutto per loro. Willy lo aveva detto solo a Leila che aveva sorriso senza commentare. Forse davvero Nate aveva imposto a tutti il silenzio sulla loro nascente storia. E probabilmente lo aveva fatto perché sapeva che lei si sarebbe sentita a disagio.

«No, siamo già a Richmond.» Nate le accarezzò la schiena e prese la sua mano mentre proseguivano. Si erano inoltrati nel parco ma, nonostante le resistenze di Willy, Nate continuava a camminare. «Non manca molto al mio posto speciale e segreto, te lo prometto.»

«Questo è un luogo molto frequentato, Nate. Non credo che tu abbia un posto speciale e segreto!» sbuffò Willy, stringendosi però al suo braccio.

Non le importava dove la stesse portando. Avrebbe camminato con la mano nella sua per sempre, se avesse potuto. Se solo fosse stato possibile non tornare più indietro.

«Hai ragione. Ma siamo ai primi giorni di gennaio, il freddo è così pungente che non c'è quasi nessuno in giro. Quindi diventa il mio posto speciale e segreto!» Nate si fermò di fronte a lei, le sistemò il cappello di lana in testa e la guardò negli occhi, improvvisamente serio. «Tu non hai troppo freddo, vero?»

«No, non ho troppo freddo.»

Willy a sua volta sistemò il cappello di Nate e infilò le braccia sotto la sua giaccia. Lo amava. Si erano appena conosciuti, solo da pochi giorni. Ma lo amava e si sentiva amata. Non avrebbe mai avuto troppo freddo insieme a lui.

Camminarono ancora per un po' e Willy si lasciò guidare senza più opporre resistenza o interferire. Di fronte a una vecchia quercia Nate si fermò.

«Un vecchio albero. Tanta strada per vedere un vecchio e brutto albero? È questo il tuo posto speciale e segreto, Nate?»

Lo adorava, indipendentemente dal fatto che avrebbe adorato qualunque posto in cui lui l'avrebbe trascinata. Voleva prenderlo in giro, ma ormai sapeva che lui non ci sarebbe più cascato.

«La signorina avrebbe preferito uno splendido elegante castello, lo so...» Nate sospirò stringendosi nelle spalle. «Invece con me si ritrova solo un vecchio e brutto albero. Una millenaria quercia, secolare simbolo di amore eterno e di passione senza confini.»

«Te la stai inventando adesso, che cretino!» Willy rise forte e si lasciò scivolare a terra, stendendosi sull'erba. «Come se io mi bevessi tutte queste stronzate...»

«Peccato allora, mi è andata male.» Nate si sedette al suo fianco, poi si stese e voltò il viso verso di lei. «Ma almeno ci ho provato.»

«Mmh...»

Willy sentì le lacrime pungerle gli occhi e si girò dall'altra parte. Non doveva guardarla così. Con quegli occhi che si soffermavano sul suo viso come se volesse assaporare ogni frammento, ogni istante della sua presenza, della sua vicinanza.

«Cosa vuoi dalla vita, Mina?»

Nate le prese la mano e intrecciò le dita con le sue. Quel gesto così innocente, eppure così intimo, la fece sussultare.

«Questo momento...» Willy chiuse gli occhi mentre le lacrime le scorrevano sulle guance e con il freddo le provocavano una sensazione di gelo sul viso. «Questo momento per tutto il tempo che rimane.»

Nate si voltò su un fianco e trattenendo la sua mano la cinse per la vita. Appoggiò il mento sulla sua spalla e sussurrò al suo orecchio. «Lo avrai.»

«Le immagini, mi piacciono le immagini.» Willy si rigirò di scatto e appoggiò la fronte a quella di Nate.

«Le immagini... dipingere intendi?» Nate la strinse ancora di più a sé.

«Non sarebbe male, ma no... troppa pazienza. E io non ho pazienza.» Willy si morse un angolo delle labbra, nello sforzo di trovare il modo di spiegarsi. «Io vivo per immagini, Nate. L'immagine di quando ci siamo incontrati, per esempio. L'immagine di quando mi hai urlato contro. L'immagine di te che canti. L'immagine di te che mi fermi quando io me ne volevo andare.»

«Non ti annoi con tutte queste immagini di me?» Nate rise e le baciò la fronte. «Povera piccola testa…»

«Ma che imbecille! No, era solo un modo per farti capire. Io ricordo per immagini, ecco. Certo, non sempre mi piacciono. Ma anche quelle che non mi piacciono hanno un senso.»

L'immagine di casa. L'immagine severa di suo padre quando la rimproverava. L'immagine della strega che la fissava come se fosse un rifiuto, un essere indegno.

Nate si ritrasse improvvisamente e si mise a sedere. Willy, colta alla sprovvista, corrugò la fronte. Poi si accorse che lui stava cercando qualcosa nello zaino. Dopo averlo trovato lo consegnò a Willy. Era una piccola macchina fotografica digitale.

Willy la prese e ne studiò per un attimo il funzionamento.

«Vuoi che ti faccia una foto?»

«No, ma se dipingere non fa per te forse puoi tentare con la fotografia.»

«Non credo che ci voglia chissà quale arte nel premere un pulsante.»

Willy si sollevò e sorrise inquadrandolo, mentre lui si nascondeva il viso con le mani.

«Non farti sentire dai grandi fotografi, Mina…» Strinse gli occhi mentre lei aveva iniziato a scattare, ripetutamente. «Credo che si tratti piuttosto di trovare il soggetto giusto che…» Scoppiò a ridere tentando di afferrarle le mani per bloccarla. «Che non sono io! Smettila Mina…»

«Okay, okay… provo con il vecchio albero, vediamo se è più simpatico di te!»

Willy balzò in piedi e prese a scattare, da tutte le angolature.

«Brava, poi a casa le stampiamo e vediamo cos'hai combinato.»

Nate la osservava con i gomiti appoggiati sulle ginocchia. Lei a ogni fotografia si girava a guardarlo. E ancora quel dolore la prese al petto, persistente. Come poteva finire? Quale demone avrebbe osato dividerli?

Willy annuì e sparì dietro alla quercia. Si strinse le mani al petto e chiuse gli occhi. Quando li riaprì, lo vide.

«Nate... Nate...» sospirò piano, quasi non volesse disturbare, quasi come se fosse stato davvero possibile.

Nate in un attimo la raggiunse e le fu accanto. Guardò lei, poi seguì la direzione del suo sguardo.

«Un fiore tra le rocce...»

«Cresciuto qui? Sepolto lì in mezzo. Alle sterpaglie, con quelle rocce che lo circondano e gli tolgono l'aria per respirare...» Willy si inginocchiò e accarezzò i petali con estrema delicatezza.

«Evidentemente ha trovato abbastanza spazio per respirare...» Nate si chinò al suo fianco e le accarezzò la spalla. «Mina...»

Willy, con il volto inondato di lacrime, aveva preso a scattare foto al fiore. Ancora più ostinatamente da tutte le angolature, come fuori di sé, annientata, avvinta. Era lei, era lei quel fiore che nemmeno sapeva identificare. Una viola, una campanula? Non lo sapeva, non se ne intendeva. Ma era lei.

Nate le strappò di mano la macchina fotografica e la afferrò per le spalle. Willy scoppiò in singhiozzi disperati, tanto da non avere più fiato per dirgli quello che desiderava più di ogni altra cosa.

«Non... voglio tornare indietro. Non farmi... tornare indietro...»

«Non tornerai indietro, Mina. Non tornerai mai più indietro, se non vorrai.» Nate, altrettanto disperatamente cercò le sue labbra e la baciò con impeto. Poi le prese il viso tra le mani. «Stai con me, chiunque tu sia... tu stai con me.»

«Sono... Wilhelmina Whitmore...»

Non era detto che lui conoscesse il suo nome. Willy sperò quasi che gli fosse totalmente ignoto. Ma non poteva più nascondersi, non da lui.

«I baroni Whitmore…» Nate annuì, con un velo di tristezza nello sguardo. Abbassò il viso staccandosi da lei.

Willy scattò in piedi e indietreggiò, fino a ritrovarsi con la schiena a ridosso della quercia secolare.

«Ho capito… non dire niente. Non dire niente, me ne vado. Ma tu non dire che ti dispiace e che…»

L'immagine di lui, di lui con il volto abbassato, probabilmente deluso per la sua bugia, per la sua finzione, per aver lasciato che la situazione tra loro si evolvesse senza dirgli la verità. L'ultima immagine che Willy avrebbe avuto dell'uomo di cui irrazionalmente, inevitabilmente, si era innamorata.

Nate sollevò il viso su di lei. I suoi occhi ora sembravano un cielo in tempesta, come se avessero combattuto mille battaglie, mille pensieri contrastanti.

«Stai con me, Mina… Stai con me, anche se sei Wilhelmina Whitmore. Stai con me perché io ti amo.»

CAPITOLO 12

"Stai con me, Mina... Stai con me, anche se sei Wilhelmina Whitmore. Stai con me perché io ti amo."

Non sarebbe mai finita per nostra volontà. E per me non è mai finita. Nate Carpenter è ancora l'amore della mia vita. Sempre e comunque, anche se fosse morto. Ma è vivo. Lui è vivo. E nulla di quello che mi hanno fatto conta più di fronte al fatto che lui ancora vive e io potrò rivederlo.

Lo ritroverò. Nate, dove sei? Cammino avanti e indietro, percorro l'intera stanza. Che ci faccio ancora chiusa qui? In questa prigione che per anni mi ha logorato l'anima e il corpo?

La verità. La verità, Nate. Dove sei? Tremo. Sento che qualcosa sta esplodendo dentro me. Come hai potuto lasciarmi andare? Come hai potuto non tornare da me?

No, no. Io ti credo. Non mi avresti mentito. Nonostante tutto. Nonostante il dramma, la tragedia che ti ha colpito. Che ci ha colpiti, perché anche io ne sono stata coinvolta.

Ti ritroverò. Devo ritrovarti. Tu sei vivo e sei vicino. E sai che io...

Perché non sei sceso da quell'autobus? Perché non sei corso da me?

Mi ritrovo di fronte alla grande libreria che occupa una parte della parete della mia stanza. Inizio a cercare affannosamente, temo che mi abbiano tolto anche quello. No, no, non è possibile. Non possono saperlo, quindi non hanno messo le loro luride mani anche lì. Eccolo, eccolo!

Dracula di Bram Stoker. Mina... la voce di Nate che mi chiama Mina.

Willy era per tutti gli altri. Non l'abbiamo mai detto a nessuno. Non in pubblico, gli avevo ordinato. E non perché non mi piacesse. Perché mi piaceva troppo e doveva essere solo mio quel nome sulle sue labbra. Come lui, solo mio.

Apro il libro. La nostra foto è ancora lì. Non la cerco da qualche anno ormai. La nostra foto dei miei momenti bui, i momenti in cui mi aggrappavo a lui per ritrovare la forza di respirare. Poi ho smesso, adeguandomi mio malgrado a questa soffocante realtà. Non ho più trovato energia per vivere senza di lui, ma nemmeno per dare un taglio netto e morire.

Il bacio che mi dà in quella foto, accarezzandomi piano il viso con le dita. È come se lo rivivessi, come se percepissi ancora il tepore del suo contatto. E il suo sguardo che si immerge in me entrandomi negli occhi, percorrendomi le viscere, il sangue, fino ad accarezzarmi il cuore.

Lui è vivo. È un grido dall'anima. La mia anima annientata, distrutta dalla sua perdita di quattordici anni. Non riesco più nemmeno a piangere. Non ho questa consolazione. Ripongo il libro, lo nascondo in seconda fila. Non ho bisogno di un'immagine per sentirlo con me. E voglio che torni al suo posto, non posso rischiare che la trovino e me la portino via, come tutto il resto.

Passo le mani sulla camicia da notte che mi hanno messo addosso. Non posso andarmene così. Devo vestirmi e uscire, subito. Devo andare a cercare Nate.

Vestirmi e uscire, continuo a ripetermi. Cercare Nate. Impongo ordini al mio corpo e mi aspetto che ubbidisca. Mi devo forzare. Sono lenta e inerme, non so cosa mi hanno dato questa volta. Forse i soliti sonniferi, per conciliarmi il sonno, per attenuarmi gli incubi, le allucinazioni. Inciampo nei miei piedi, ma non importa. Mi rialzo. Vestirmi e uscire. Cercare Nate. Restare con lui, questa volta per sempre, questa volta senza più tornare indietro.

Apro il mio armadio e strappo, quasi con rabbia, un vestito a caso. È tinta avorio e con le maniche lunghe. Fa caldo? Fa freddo? Non ricordo in che stagione siamo. Non importa. Farò in modo che vada bene lo stesso, mi adeguerò. Ecco, ora tolgo la camicia e lo indosso. Non riesco a toglierla, mi stringe, mi si contorce addosso. Devo trovare i bordi per sollevarla. Piano, piano, ce la posso fare. Bene, ci sono riuscita. La scaravento sul letto. Ora il vestito. Infilare il vestito. C'è una lampo laterale da slacciare, poi dovrei riuscire a infilarlo senza difficoltà. Ci riesco. Sono brava, nonostante tutto. È un po' storto e lo raddrizzo sui fianchi. Ora che mi manca? La borsa. Le scarpe. Dove cercare una borsa qui? No, non importa. Penso prima alle scarpe. La borsa mi serve però, ci saranno soldi dentro e mi servono per cercare Nate.

Non la trovo. Non trovo nemmeno le scarpe. Eppure sono qui, ci devono essere. Prima le avevo, non possono avermi nascosto anche quelle! Ma non ci sono, non ci sono...

Non importa. Devo uscire, andarmene da qui. Anche senza borsa, anche senza scarpe. Sto arrivando Nate, aspettami. Perché mi gira tutto? No, il cuore no. Le palpitazioni no, non adesso. No, per favore. I ragni dei suoi occhi no. Quel mostro con i suoi tentacoli che mi respinge indietro. Via, vai via... per favore lasciami uscire. Liberami.

«Tu, dove credi di andare?»

La sua voce mi giunge amplificata. Athilia Whitmore non urlarmi contro ancora. Voglio solo andare. Voglio solo essere libera. Nate è vivo, mi avete detto che non era vero, mi avete detto che ero pazza, stralunata, invasata. Mi avete detto che io avevo torto e voi avevate ragione.

Mi spingono sul letto, i suoi assistenti. No, non legatemi ancora. Lui è vivo, non legatemi ancora! Perché non mi ascoltano? Perché non riesco a esprimermi? Perché io lo so che c'è. La foto, quella di Nate con quattordici anni in più. C'è, c'è da qualche parte. Perché me l'avete portata via? Per non credermi? Per non ammettere che voi avevate torto e io ragione? Non importa. Non mi arrabbierò per quello, non mi impunterò più come al solito. Ma lasciatemi andare da lui. Nate è vivo. Perché non mi ascoltate? Nate è vivo. Nate è vivo e io ancora potrò sentire la sua voce.

"Stai con me, Mina… Stai con me, anche se sei Wilhelmina Whitmore. Stai con me perché io ti amo."

CAPITOLO 13

«Non mi terrai chiusa qui ancora una volta.»

Credo di riuscire a dirlo, a esprimermi senza incespicare. Lei mi guarda come se avessi espresso il concetto più assurdo, più incredibile di questo mondo.

«La devi smettere una volta per tutte con le tue follie.» La sua voce mi giunge distorta, amplificata. Fa male, fa male ai timpani ed è come una frustata che sento abbattersi su di me senza che io riesca a scostarmi in tempo. «Vuoi essere rinchiusa di nuovo, Wilhelmina? Basta dirlo. Ma scordati che ti lascerò rovinare ancora una volta i miei progetti e il futuro di mia figlia!»

Sarah, la mia sorellina. Come può pensare che io voglia rovinarle il futuro? Io… io voglio solo essere libera, cercare Nate. È quello che ho sempre voluto, le uniche mie richieste al mondo. Libertà. Nate. E adesso che posso ancora avere entrambi posso promettere, anzi giurare che non tornerò mai più, non interferirò mai più, non disturberò mai più nessuno.

«Lasciami… andare… ti prego...» Cerco di scandire bene le parole perché lei comprenda. «Non tornerò più…»

Non ero tornata nemmeno prima in realtà. Sono stata trascinata indietro, strattonata, tirata per i capelli.

«E credi che io ti permetta di portare altri scandali in famiglia? Te lo puoi scordare, Wilhelmina!»

Odio quando mi chiama così. A parte odiare ogni cosa di lei. Come inclina il viso, come lascia ondeggiare i capelli sulle spalle. Mi ero tagliata i capelli corti, colorati nelle tonalità più assurde per distanziarmi da lei il più possibile. Indossavo abiti larghissimi, pantaloni che toccavano terra perché lei si fasciava in quegli abitini striminziti allo scopo di mostrarsi sensuale.

La odio. La odio quanto non credevo fosse concepibile odiare. Ora la odio ancora di più di quanto io l'abbia mai odiata in passato, durante la mia disgraziata adolescenza, la funesta gioventù a cui mi ha condannata. La odio ancora di più e ne ho ancora più diritto ora, perché so che Nate è vivo e anche lei lo sa. Eppure, non mi lascia andare.

Mi scaglio addosso a lei e temo che sarei capace anche di ucciderla. Ma non riesco a muovermi. Mi hanno legata davvero, di nuovo al mio letto, non era solo una mia illusione. Mi terranno legata fino a sfinirmi nel tentativo di farmi dimenticare. Non sanno che non posso. Lui riemerge sempre. Anche quando mi raccontavano la bugia, lui riemergeva sempre. Lo sentivo così vivo in me da farmi scoppiare il cuore. Ora non solo lo sento, lo so.

Va bene, va bene. Devo studiare un altro stratagemma. Annuisco e me ne sto buona. Faccio finta di calmarmi e acconsento a tutto. Come se quello che mi stanno iniettando mi basti e diffondendosi in tutto il mio corpo mi costringa alla quiete.

Nate. Respiro a fondo. Nate. Ci sei ancora. Vieni a cercarmi, ti prego. Non lasciarmi qui. Stai con me, Nate Carpenter. Vieni a prendermi. Riportami a casa.

CAPITOLO 14

Devo restare buona e calma. Fingere di aver capito. Convincerla che io davvero abbia capito. Oppure lei lo farà di nuovo, io lo so che ne sarebbe capace. Del resto, cosa ci è voluto la prima volta? Papà ha accettato subito perché lei portava con sé il suo parere professionale. E in me non ci sarebbe stata salvezza senza quel tipo di aiuto.

Tutto in me era labile, troppo labile. Lo shock, il dolore, la mia propensione naturale all'instabilità. Come mia madre, diceva papà, esattamente come mia madre. Come la povera Lara. La povera Lara, la mia prima povera madre che lui aveva così rapidamente sostituito con la seconda. La dottoressa Athilia Whitmore era diventata. La dottoressa che sapeva che io non potevo essere curata a casa. Che io avevo bisogno di aiuto lontano, molto lontano da qui.

Una clinica di lusso di sua conoscenza, confortevole, elegantemente rifinita per curare la mia grave forma di depressione. Con tante piastrelle, marmo e quadri di valore. Affreschi sulle pareti e le mura in mattoni pregiati. Tutto molto bello e raffinato. Ma quei piccoli vermi, quei piccoli vermi che entravano nella mia mente, che correvano nel mio corpo, non erano compresi nel prezzo.

Non sono mai riuscita a dirlo a papà di quei piccoli vermi. Probabilmente nemmeno mi avrebbe creduto. Perché c'era lei, sempre lei. La dottoressa Athilia Whitmore con il suo parere professionale, a dire che io non andavo bene. Che il dolore mi aveva distrutta, logorandomi i nervi.

Non mettetemi quelle cose in testa, vi prego. Io voglio solo trovare Nate. Perché lui non è morto. Lo sentirei se lo fosse. E ora lo so, lo so che io avevo ragione e loro torto. Ma loro erano così tanti e io una sola. E quegli ometti piccoli e fosforescenti che correvano per la stanza. E dicevano no, no cara Willy, lui non c'è più.

Mina. Non lo sapevano che io per lui non ero Willy ma Mina. L'ho tenuto nascosto, segreto e mi ci sono aggrappata con tutta la forza che avevo. Era come reggermi a una fune per evitare di precipitare nel vuoto. Io mi aggrappavo alla sua voce che mi chiamava Mina e mi salvavo ogni volta, afferravo la sua mano e mi trascinavo su, al sicuro tra le sue braccia. Tra le braccia del tipo che cantava una sola canzone. E quella canzone ero io.

Nemmeno l'elettroshock ti ha cancellato dal mio cuore, Nate Carpenter. Nemmeno le convulsioni terribili, nemmeno la dottoressa Athilia Whitmore che convinceva mio padre con il suo parere professionale. Nemmeno i suoi maldestri amici in camice bianco. No, no, perché tu in me eri più forte, dentro me. E io per te ero Mina e loro con il parere professionale non se n'erano accorti.

Nulla è servito a staccarmi da te, così tu sei ricomparso anche nella mia vita reale. Mi avevi convinta che anche io valessi qualcosa. Che non dovevo attraversare la vita senza un obbiettivo, senza realizzare qualcosa di bello.

Io avevo visto mio padre e la strega nel corso dei miei anni e in loro non avevo trovato nulla, né un obbiettivo né qualcosa di bello. Una vita trascinata tra ricevimenti e denaro accumulato. Qualcosa in più, qualcosa in più, ogni giorno qualcosa in più che non placava la loro brama. Ogni volta li ritrovavo più affamati, più voraci. Più poveri.

Io volevo raccogliere immagini. L'ho detto a Nate. Non solo immagini di lui. E non solo di quel fiore tra le rocce che a lui ricordava la mia esistenza.

Tante immagini, tanta bellezza al mondo. Volevo scoprirla insieme a lui. Sono tornata a essere quel fiore, quel fiore tra le rocce, senza lui. Ma in qualche modo sono sopravvissuta attraverso le mie immagini. La raccolta infinita nella mia mente, nella mia percezione del mondo. Sarei stata certamente più brava insieme a lui.

Chiusa qui. Senza scampo, senza via di fuga. Ma ora ho capito. Devo mentire, devo ingannare. Devo solo annuire e sorridere, convincerli che sarò buona, brava e presto sposata. Poi sparirò per sempre e Nate mi porterà via davvero questa volta. E io diventerò un fiore tra le rocce finalmente libero.

CAPITOLO 15

Anno 2001

«Non volevo mentire. E non volevo ingannare te.» Willy affondò il viso nel petto di Nate aggrappandosi al suo maglione. «Temevo che venissero a cercarmi. Temo ancora.»

Nate non aveva fatto altro che rassicurarla. Ogni volta che i timori di Willy si ripresentavano, la stringeva a sé. Nessuno l'avrebbe portata via contro la sua volontà, nessuno l'avrebbe strappata da lui. Ma la paura di Willy si faceva ogni giorno più fondata, dal momento che presto, almeno teoricamente, sarebbe dovuta tornare in collegio. Non vedendola arrivare avrebbero chiesto informazioni a casa, dove lei però non si era mai presentata per le vacanze natalizie.

«Anche se fosse, Mina. Quanti anni hai? Diciannove hai detto. Non ti possono portare via.»

Se ne stavano seduti sui gradini in pietra davanti alla casa che Nate condivideva con Brandon e la nonna, in zona Whitechapel. Ormai, nonostante non l'avessero dichiarato pubblicamente, tutti sapevano di loro. Non era stato così difficile capirlo, del resto.

«Gli altri sanno che io...»

Willy appoggiò la testa sulla sua spalla. La trattavano sempre allo stesso modo, era difficile capire. O erano eccezionalmente bravi a fingere, oppure...

«Solo Brandon, ma lo sapeva già...» Nate le accarezzò dolcemente il viso, ma la sua espressione preoccupata non le sfuggì. «Credo che lo sapesse ancora prima di me. Forse non esattamente chi eri, ma che eri qualcuno.»

«Io sono diventata qualcuno solo quando sono arrivata qui.» Willy chiuse forte gli occhi, poi li spalancò prendendo il viso di Nate tra le mani. «Da quando amo te, io sono qualcuno. Tu mi hai resa qualcuno, il tuo mondo mi ha resa qualcuno.»

«Lo sai cosa intendo, Mina.»

Il dolore nelle sue parole la sconvolse. Certo che sapeva cosa lui intendeva. Ma non voleva essere quel tipo di qualcuno.

Brandon uscì di casa proprio in quel momento. Willy fu fortemente tentata di supplicarlo. Pregarlo di non mandarla via, di non allontanarla da Nate. Conosceva il significato dello sguardo che Brandon le aveva rivolto qualche giorno prima e ancora adesso.

«Bisogna prendere una decisione.» Brandon, i cui occhi erano di un azzurro leggermente più chiaro di quelli di Nate, si sedette due gradini dietro a loro.

«Può continuare a stare da Leila. Ha già detto che non ci sono problemi, non ce n'erano nemmeno all'inizio. Poi io... noi...»

Nate afferrò la mano di Willy e la strinse forte nella sua, quasi fino a farle male. Quando se ne rese conto allentò la stretta.

«Io farò tutto quello che volete. Aiuterò in mensa oppure... lavorerò, pagherò quello che devo, ma...» Fu lei questa volta ad aggrapparsi a Nate, disperatamente, convulsamente quasi.

Brandon sospirò e le accarezzò la testa, increspando le labbra.

«Lo so. E non hai idea di quanto vorrei che tu restassi. Tutti lo vorremmo.» Socchiuse per un istante gli occhi, come se stesse meditando su qualcosa da dire, oppure tacere. «Tua nonna... è tua nonna, Wilhelmina Whitmore, a finanziare la mensa per i senzatetto. Ha un accordo particolare con Delia, nostra nonna, che risale a qualche decennio fa da quanto ho capito. Se scoprisse che siamo noi a tenerti nascosta...»

Nate lanciò a Brandon un'occhiata infuriata. Sembrò sul punto di dire qualcosa, invece tacque.

«Tu lo sapevi?» Willy sentiva il nodo in gola espandersi sempre più, ma con un filo di voce trovò il modo di interrogare Nate.

Nate annuì senza aggiungere niente. Poi decise di fornirle comunque una spiegazione.

«Solo da ieri. Ma troveremo una soluzione anche a questo.»

Brandon si alzò e annuì. Sembrava volersi convincere, in qualche modo. Ma Willy lo sapeva, lo sapeva che Brandon da lei si sarebbe aspettato che facesse la cosa giusta.

«Tornerò a casa. Poi in collegio se mi ci vorranno rimandare.»

Attese che Brandon fosse rientrato prima di parlare.

«No, no Mina. No. Non farti convincere da quello che ha detto Brandon.» Nate le rivolse un'occhiata severa, quasi intransigente. Come se allontanarla fosse fuori questione, un argomento su cui non era nemmeno pensabile discutere. «Ormai la decisione è presa. E anche se tua nonna ci togliesse i fondi, troveremo comunque un altro modo. Io ho dei soldi da parte.»

«I soldi che hai da parte ti servono per studiare, Nate. Studiare musica, ricordi?»

Come poteva permettergli di sacrificarsi? Come poteva lasciare che lui rinunciasse al suo sogno?

«Posso sempre continuare a studiare da autodidatta, come ho fatto finora. A volte studiare non serve a niente, quando uno è bravo…»

«No. E poi… se restassi non potrei vedere mai più mia sorella Sarah…» Era un'altra verità questa, che si annidava in fondo al cuore di Willy facendole male. Se avesse potuto l'avrebbe trascinata via con sé, prima che la piccola si corrompesse irrimediabilmente in mezzo a quel fango, a quel mondo putrido e corrotto in cui lei stessa era sopravvissuta a stento. Ma Sarah, quel piccolo, tenero fiore aveva solo cinque anni. Non poteva portarla via con sé. Era stata costretta a rinunciare. «Lei è l'unica cosa importante della mia vita. Non potrei vivere senza vederla mai più.»

Sarah non era più importante di Nate per Willy. Era importante, certo, ma su un piano diverso. Willy, del resto, sapeva che non avrebbe mai potuto salvare Sarah se non avesse prima salvato se stessa. E per salvare se stessa aveva bisogno di Nate. Ma la cosa essenziale in quel momento era far credere a Nate che lei se ne andasse perché per quanto lui fosse importante non era abbastanza importante.

CAPITOLO 16

Ho avuto i miei momenti felici, anche se sono stati brevi. Non so quante persone possano dire altrettanto. Ho avuto amore e amicizia in quegli istanti preziosi. Non se ne sono mai andati da me, dalla mia mente. Forse per questo sono sopravvissuta, nonostante tutto.

Mi hanno legata per impedirmi di fuggire. Sono stata io la sciocca. Sono stata io a spingerla a tanto. Che io sia maledetta, dovevo restarmene buona, zitta e accondiscendente! Così avrei potuto approfittare del momento più opportuno.

Nate... Nate, dove sei adesso? Forse mi stai cercando anche tu. Io sono sempre qui, vieni a prendermi, ti prego. Dove sei stato tutti questi anni? Io non ci credo che sei stato volontariamente lontano da me, non ci crederò mai...

Tengo gli occhi chiusi. Illudendomi di ricadere nel mio passato con lui, sperando di non tornare più alla realtà, al presente, se la realtà e il presente significano questo, ancora. Ma no, no... ormai tutto è cambiato. Tu ci sei, sei con me, sarai con me presto. Mi porterai via, lontano, lontano.

Mi sfiori la spalla ora. Sì, sei tu. Ecco, portami via con te. Non importa dove. Lontano, lontano. Apro gli occhi ma non vedo nulla. La mia vista è ancora appannata mentre mi sforzo per mettere a fuoco. Riconosco la voce ancora prima dell'immagine.

«Willy... Willy...»

Non sei tu, Nate. È Sarah che mi chiama. La mia sorellina Sarah. Ma non è più una bambina. Siamo tornati nel presente e lei è al mio fianco, accanto al letto. È buio, accende la luce della mia lampada sul comodino.

«Sa...»

Non riesco nemmeno a pronunciare il suo nome. La mia voce, le mie parole sono come bloccate, al contrario della mia mente che invece è vigile, sveglia.

«Willy... che ti hanno fatto?» Sento la sua mano sfiorarmi il viso dolcemente. Non vorrei piangere, non vorrei spaventarla, ma non riesco a impedirlo. «Non lascerò che ti facciano ancora male. Sono grande, adesso.»

Finalmente riesco a vederla di fronte a me. La osservo incredula. I suoi dolci occhi scuri, i capelli ondulati sciolti sulle spalle. Così innocente, così femminile, così diversa da com'ero io alla sua età. Quindi lei sapeva? Sapeva tutto?

«Sarah...»

Cerco di respirare profondamente, di riprendere fiato.

«Andrò a parlare con la nonna, troveremo il modo...»

Avvicina il viso al mio e mi bacia sulla fronte. Forse lei non sa, non può capire.

«Sarah... scioglimi... i polsi, lasciami andare.»

Questo sarebbe l'unico modo di aiutarmi davvero. Liberarmi, lasciarmi andare. A cercare Nate, a tentare di rimettere insieme i frammenti della mia vita.

Sposta le mani sui miei polsi, strettamente legati con fasce allo schienale del letto. Sfiora appena i nodi e le mie mani, poi si ritrae.

«No, io... non posso. Io ho paura di...»

Forse non si fida. Forse nemmeno lei sa se sia la cosa giusta da fare. Percepisco l'insicurezza nella sua voce. Forse lei pensa che mi sia meritata quello che mi è successo. Che sia una pazza, pericolosa, poco ragionevole comunque. Che mi sia aggrappata a qualcosa, a qualcuno che non esiste più e che forse non è mai esistito se non nella mia mente malata.

Non posso fare altro che piangere. Piangere per la mia breve speranza ormai annientata. Se nemmeno lei mi crede, cosa mi resta? In chi, in che cosa io potrò ancora sperare?

«Willy... ascoltami... io ti slego, va bene.» Sembra aver raggiunto un'altra consapevolezza, la sua voce ha assunto un tono più deciso. «Però tu... tu mi devi portare con te. Io voglio capire tutto dall'inizio. Cosa hai vissuto, dove sei stata. Voglio sapere cosa è successo quando non sei tornata. Perché una cosa io so per certo... Non permetterò che mi accada lo stesso. Io non resterò qui e non sarò costretta in futuro a sposare qualcuno che non amo.»

«A te non succederà, Sarah. È sicuro che non ti succederà...»

Del resto, Sarah è sua figlia. La sua vera figlia. Non le infliggerà le pene che ha inflitto a me.

Si stacca da me, come irritata. Poi cambia idea e si riavvicina. Mi scruta dubbiosa.

«Willy, ma tu hai davvero visto quel ragazzo?»

Sta parlando di Nate? Davvero le interessa sapere? Davvero, almeno lei, potrebbe credermi?

«Sì, l'ho visto. È lui.»

Devo farmi credere, almeno da lei. Devo convincerla.

«Sarah... sulla mia libreria, tra gli altri libri... *Dracula* di Bram Stoker. Terzo scaffale, lo trovi un po' nascosto, in seconda fila. Vallo a prendere, per favore.»

Perché mi creda devo correre il rischio, espormi. Ma vale la pena rischiare. Non ho nulla da perdere ormai.

Ubbidisce. Qualche istante dopo torna con il libro tra le mani. Lo tiene con cura, come se si trattasse di uno scrigno segreto. E in effetti lo è, per me.

«Apri il libro, Sarah...»

Voglio condividere quel momento con qualcuno, per la prima volta nella mia vita. Intanto supplico in silenzio. Sarah... Sarah sei la mia unica speranza, sorellina. Sarah, ti prego, almeno tu non tradirmi. Almeno tu, credimi. Lo so che sei sua figlia, ma qualcosa anche di me lo dovrai pure avere...

Trova la fotografia, inclina il viso e sorride.

«Lui è... veramente molto carino. Sembra anche molto innamorato...»

Non dice altro. Posa il libro sul comodino e io temo che voglia chiamare sua madre. Fremo di sgomento, l'ansia mi divora. Scuoto la testa ma non trovo nemmeno la forza per supplicarla di non farlo. Invece lei si siede al mio fianco, si allunga verso lo schienale del letto e con calma slega i vari nodi delle fasce che mi legano i polsi. Rimane poi in silenzio e mi guarda. Mi aiuta a riportare le braccia lungo i fianchi, le articolazioni e le spalle mi fanno un male tremendo.

«Io l'ho visto, Sarah. Mi hanno detto che era morto. Non è morto, lui non è morto!»

Mi agito ma cerco di portarmi una mano alla bocca per non scoppiare in singhiozzi.

«Lo so...» Sarah annuisce e si morde le labbra. «Io ho preso la tua macchina fotografica. Mentre mamma stava discutendo con papà in salotto... Io l'ho presa dal cassetto dell'ufficio. Sembra davvero lui.»

«Mi credi? Mi credi...» Piango e rido allo stesso tempo. Questa dolce, innocente ragazza... la mia sorellina, mi crede. «Lasciami andare... Io devo capire cosa è successo. Io... devo uscire da qui.»

Mi tiro su con le braccia. Non so se sarò in grado di alzarmi e reggermi in piedi, ma ci devo provare.

«No, Willy. Io non posso lasciarti andare.» Il suo sguardo si indurisce, diventa cupo, ostile. «Se tenterai di andartene io chiamerò mamma e papà. Solo a una condizione ti aiuterò a uscire da qui. Devi lasciare che io venga con te.»

CAPITOLO 17

È notte fonda e io nemmeno me n'ero accorta. Devo ammettere che Sarah è più scaltra e organizzata di me nell'architettare piani di fuga. Più scaltra di me allora e più scaltra anche di me adesso. Sull'adesso non ci sono dubbi. Sono ridotta a un relitto umano, senza energia, senza volontà quasi. Come se i miei muscoli non mi ubbidissero più. Anche le mie ossa sono diventate fragili. Ma non è solo ora, da un po'. Sono debole ormai da troppo tempo.

«Dobbiamo fare piano. Ho già preparato la macchina.» Mi sussurra Sarah, prendendomi la mano. «A quest'ora nessuno desta particolare attenzione.»

Mi chiedo cosa l'abbia convinta davvero ad aiutarmi. Ha così tanta paura di fare la mia stessa fine, fra qualche anno?

Dopo essermi cambiata, scendiamo le scale in perfetto silenzio, mantenendoci addossate alla parete. In punta di piedi. A quanto pare i tanti anni di danza ci sono d'aiuto. Siamo leggere come libellule, quasi invisibili, come fantasmi nella notte.

Attraversiamo anche il salone principale e poi l'atrio. Riusciamo ad uscire dal palazzo grazie alle chiavi di Sarah e richiudiamo il portone massiccio dietro di noi. Oltrepassiamo parte del giardino frontale, raggiungiamo velocemente il garage, dove sono parcheggiate le auto di famiglia e quella di Simon, il nostro autista. Sarah apre la sua e in un attimo saliamo a bordo. Mette in moto e mentre ci avviciniamo al cancello principale, in ferro battuto, chiudo gli occhi per un attimo. Ci sono le telecamere, ma spero che Sarah abbia ragione. A quest'ora nessuno desta particolare attenzione. Soprattutto se non ci sono rumori improvvisi e se non scatta nessun allarme. Quando riapro gli occhi, siamo fuori. E mia sorella tiene ancora in mano il piccolo telecomando che ci ha concesso la libertà, una speranza a cui aggrapparmi.

Sarah non parla, l'unico suo intento per ora sembra essere quello di abbandonare la nostra tenuta e allontanarsi il più possibile raggiungendo una postazione sicura. Oltrepassa una stradina di campagna e si immette sulla strada principale. Solo a quel punto accosta e si ferma. Mantenendo entrambe le mani sul volante, mi guarda.

«Dove devo andare?»

«Mmh...» sospiro, mi mordo le labbra nervosa e scuoto la testa. Non so nemmeno io cosa risponderle. È tutto buio, non so con esattezza che ore siano. «Lui non c'è più dove abitava un tempo. È tanto che non è più lì. Lo avevo cercato, tempo fa. E non c'era... non c'era più, né lì né altrove. Nemmeno sua nonna.» Appoggio una mano sulla fronte, con l'altra trattengo *Dracula* che tra le sue pagine cela ancora la foto mia con Nate. Mi sembra quasi che la testa mi stia per scoppiare per la tensione. Cerco comunque di concentrarmi. «Jackson... o Leila... Ma Leila abitava in un monolocale in affitto, dubito che sia ancora lì, diceva già di volersene andare...»

«Bene, dove abita questo Jackson?»

Sarah al contrario di me è molto lucida e molto diretta. Sembra quasi che abbia fretta. Forse teme che ci trovino e ci riportino indietro.

«Non lo so... non ci sono mai stata...»

Ne ho solo sentito parlare. Jackson abitava ancora in famiglia, ma dove? Leila deve averlo detto ma non ricordo, forse non ho prestato attenzione. Ero stata a casa di Leila, a casa di Nate e alla mensa.

«Ricordi almeno il suo cognome, Willy?»

Sarah si guarda intorno, decide di avviare la macchina e ripartire a prescindere dalle informazioni che io posso fornirle.

Il cognome di Jackson. Certo che me lo ricordo. Me lo devo ricordare per forza! Ricordo degli inviti che avevano stampato con i nomi dei membri della band e il suo era il primo della lista. E i ragazzi a volte si chiamavano tra loro per cognome. Jackson... Jackson...

«Berker... Jackson Berker...»

«Grandioso!» Sarah si volta verso di me rivolgendomi un sorriso incoraggiante. «Ora dobbiamo scoprire dove si trova. Ci possiamo provare... ho bisogno del mio tablet.»

Accosta nuovamente, si ferma e afferra la sua borsa. Tra le altre sue cose c'è anche la mia macchina fotografica. Sospira e me la porge, in modo che io la tenga insieme all'altra fotografia di Nate. Estrae anche il suo tablet e lo accende.

«Proviamo a cercare... Jackson Berker.» Dopo qualche istante corruccia la fronte. «Ce ne sono quattro a Londra. Abbiamo gli indirizzi, possiamo solo provare. Poi ci sono alcuni Jack...»

«Leila... prova Leila Mackenzie...» suggerisco dubbiosa.

Tentare non costa nulla.

«Niente... Posso provare su Facebook!» Mi guarda con un lampo di speranza negli occhi. «Ormai sono tutti su Facebook, quasi...»

Faccio una smorfia. Io non ci sono su Facebook. Significa che sono strana? Intanto mi mostra la foto di una ragazza che però non è Leila, avrà sì e no sedici anni ed è bruna. Un'altra invece sembra decisamente troppo anziana. Di Jackson Berker invece ce ne sono molti di più ma in nessuno di loro riesco a riconoscere quello di cui io ho bisogno. Nate... chissà se...

«Cerca... Nate Carpenter, per favore... o magari Nathaniel o Nathan...»

Chiudo gli occhi mentre lei avvia la ricerca. Sento il cuore battermi a ritmo accelerato quando richiama la mia attenzione sul suo tablet. No, niente. Ce ne sono parecchi in tutte e tre le combinazioni, ma nessuno è lui.

«Okay, i tuoi amici non amano Facebook a quanto pare!» Sarah accenna un sorriso nel tentativo di consolarmi. «Quindi direi che l'unica cosa che ci rimane da fare è andare a cercare

Jackson a questi indirizzi. Magari siamo fortunate e lo troviamo subito!»

CAPITOLO 18

Non possiamo andare a bussare a casa della gente di notte, quindi siamo obbligate ad aspettare mattina. Sarah si addormenta qualche ora mentre io continuo a cercare avidamente informazioni sul suo tablet. Informazioni che comunque non riesco a trovare. Io non ho sonno, non sono stanca. Mi sembra di aver dormito già abbastanza per tutto il resto della mia vita.

Sarah, forse perché non direttamente coinvolta o forse per natura, ha più coraggio di me. Così, quando finalmente possiamo iniziare la nostra ricerca, scopriamo che purtroppo due dei Jackson non sono quello giusto.

Cerco di calmarmi mentre, ormai in tarda mattinata, arriviamo di fronte alla casa del terzo, in zona Hackney. Non ho più la forza di combattere. Combattere? Sono anni ormai che non combatto più. Non ho più nemmeno la forza di lasciarmi vivere, di subire le circostanze. Mi porto una mano sulla bocca, cercando di non piangere. Di nuovo.

«Willy... per favore Willy, non crollare proprio adesso.» Sarah mi appoggia la testa sulla spalla stringendomi a sé. Ho lei. La mia sorellina. La mia piccola Sarah che ora non è più tanto piccola, ma è diventata la mia forza, la mia salvezza. «Perché se tu crolli, se tu non combatti... che ne sarà di me?»

«Io non sono un buon esempio, Sarah. Non lo sono affatto...» Le bacio la fronte con dolcezza. «Anzi, tutt'altro. Io sono proprio un modello da non imitare.»

«Non ci arrenderemo, Willy. Ormai ci siamo lanciate insieme in questa impresa.» Solleva la testa e mi fissa seria negli occhi. Quello sguardo, quella compostezza negli occhi scuri l'aveva anche da bambina. Sarah sarebbe stata il mio unico rimpianto se avessi lasciato la mia casa per sempre. «L'alternativa è tornare indietro. E questo per te significherebbe sposare Charles Greenwood. È questo quello che vuoi?»

«No, io non ho mai creduto nel matrimonio.» Accenno un sorriso un po' forzato, solo per tranquillizzarla. «Soprattutto non credo nel matrimonio con Charles Greenwood.»

Sarah lancia un'occhiata alla casa al pian terreno. Oltre a una piccola staccionata e un accenno di giardino la porta ci aspetta. E forse proprio dietro a quella porta io rivedrò Jackson Berker, il vecchio amico del mio Nate.

Scendiamo dalla macchina. Mentre io esito ancora e rimango ferma alla staccionata, Sarah si avvia decisa alla porta e ancora più decisa suona il campanello. Trattengo il fiato per un attimo avvicinandomi di qualche passo. Ci apre la porta un ragazzo. Giovane, carino. No, troppo giovane per essere Jackson e comunque non lui.

Come le altre due volte Sarah si prepara a chiedere informazioni sul Jackson che serve a noi.

«Stiamo cercando Jackson Berker. Lei è per caso...»

«Ah, mio fratello. No, non c'è mi dispiace. È al lavoro in questo momento.» Il giovane fissa lo sguardo su Sarah, lancia un breve occhiata a me e poi torna su di lei. «Volete lasciare un messaggio? Io sono il fratello...»

Il fratello. Sento il cuore accelerare i battiti. Le lacrime mi pungono gli occhi. Cerco di trattenermi dall'emettere un grido. Forse mi sbaglio, forse mi sto aggrappando a una speranza ridicola, assurda, illusoria. Il fratello di Jackson. Più piccolo di lui. Il bambino di otto anni goloso di dolci.

«Thomas... Thomas Berker...» bisbiglio tra me, ma a voce abbastanza alta perché lui mi senta.

«Sì, esatto. Sono io...» annuisce tranquillo. «Ma come fa a sapere il mio nome, ci conosciamo?»

«Io sono Willy...» Affretto i miei passi fino a raggiungerlo. «Di sicuro tu non ti ricorderai di me, eri un bambino. Io ero amica di Leila... di Nate, di tuo fratello, della band... Io ero...»

«La ragazza di Nate...» Annuisce appoggiandosi allo stipite della porta. Sgrana gli occhi chiari. Ha qualcosa di Jackson guardandolo bene, ma i suoi lineamenti sono più fini, più delicati. Gli è rimasta qualche efelide sul naso, come quando era bambino. I miei ricordi emergono ora tutti insieme, con una tale prepotenza che sono tentata di abbracciarlo.

Non devo. Devo focalizzarmi sulle informazioni di cui ho bisogno.

«Thomas, io devo sapere una cosa importante. Nate è...» Ho paura, una paura tremenda. Mi gira la testa a tal punto che potrei svenire. Se lui mi dicesse... Mi faccio forza e continuo. «Nate è ancora vivo.»

Non l'ho posta come domanda, ma come affermazione. Aspetto la sua conferma. Lo vedo aggrottare la fronte dubbioso. Come se non sapesse cosa dirmi e stesse lottando con se stesso per trovare una risposta.

«Ascoltate, io non... non voglio essere messo in mezzo, ecco. Magari tornate un'altra volta, okay?» Fa per richiudere la porta ma Sarah è più svelta e si appoggia allo stipite. Dovrebbe spingerla per farla spostare. Thomas sospira e si massaggia le tempie. «Ragazze testarde...»

«Ti prego, Thomas. Io l'ho visto. Ho visto Nate in città e non dirmi che non era lui, perché io... Era lui, ne sono certa.»

«Oh insomma, entrate!»

Solleva gli occhi al cielo e si passa una mano tra i capelli corti.

«Grazie, molto gentile.» Sarah non se lo fa ripetere due volte, entra in casa e si rigira su se stessa. «Entra Willy, prima che il ragazzino qui cambi idea.»

Thomas le lancia un'occhiata quasi feroce.

«Ragazzino io? Ma ragazzina sarai tu? Quanti anni hai? Quindici... sedici?» Poi torna a focalizzarsi sul problema fondamentale. «Io non risponderò ad altre domande, mi rifiuto proprio. Ora chiamo Jackson e te la vedi con lui.»

«Perfetto!» Riesco finalmente a recuperare il controllo dei miei gesti, delle mie emozioni. «Grazie, Thomas.»

CAPITOLO 19

Anno 2001

Dovevano trovare il modo. Nate aveva coinvolto tutti quanti nella ricerca di una soluzione. E Willy non riusciva a credere che tante persone si impegnassero così per risolvere un problema che in fondo era solo suo. Nate l'aveva fatto diventare un problema comune, invece. Willy aveva compreso che per gli altri ragazzi del gruppo lei era diventata importante perché Nate era importante. E loro erano i suoi amici.

Willy apprezzava il tentativo ma non era d'accordo.

«Non dovete. Non permetterò che passiate dei guai a causa mia.» Erano tutti riuniti nel salone della mensa che abitualmente utilizzavano anche come sala prove. «Vi ringrazio davvero tanto, non dimenticherò mai quello che avete fatto per me, ma...»

«Questo sembra davvero un cazzo di discorso d'addio, Willy!» Jackson la interruppe con una smorfia.

«Forse perché è proprio un cazzo di discorso d'addio, intelligentone!» Trevis, che di solito non era molto loquace, intervenne per una volta.

«Scusate... non sono molto brava con i discorsi.» Willy abbassò lo sguardo. Tutto avrebbe voluto, tranne lasciarli. «Avrei voluto fare meglio, ma...»

Ma se non fosse uscita da lì immediatamente si sarebbe messa a piangere davanti a tutti. Se le espressioni costernate di tutti quanti la stavano distruggendo emotivamente, Nate che se ne restava in un angolo, appoggiato alla parete con il volto pallido abbassato e senza dire una parola, le spezzava letteralmente il cuore.

Lo sapeva lui quanto lo amava? Riusciva a immaginarlo? No, a questo punto forse era molto meglio che Nate non sapesse, che non immaginasse.

Willy si voltò e si precipitò fuori. Altrimenti sarebbe corsa da lui e lo avrebbe stretto a sé dicendogli tutto quello che sentiva. Tutto quello che gli avrebbe impedito di lasciarla andare.

Appena raggiunto l'esterno scoppiò in un pianto liberatorio. Perché? Perché la vita era così ingiusta con lei? Che cosa aveva fatto di male? Voleva solo essere libera e amare Nate Carpenter. Cosa c'era di tanto sbagliato in questo?

Era povera, tanto povera di libertà e d'amore e in lui aveva trovato tutto il suo mondo. Quel mondo che le apparteneva e le era sempre mancato.

Tra le sue braccia si ritrovò a piangere, a tremare, appena lui la raggiunse.

«Io... devo andare prima che sia troppo tardi, Nate. Io...»

«No, no, no!» I suoi occhi grigio azzurri sembravano più chiari e non più tendenti al blu, come velati di pianto. «No, Mina. Perché vuoi lasciarmi? So che tua sorella è tanto importante per te, ma io... Troveremo il modo perché tu possa vederla, te lo prometto!»

«Sarah è importante, è vero. Ma anche tu lo sei, tu sei la mia vita...» Stava sbagliando, non avrebbe dovuto dirglielo. Ma non riusciva, non era in grado di resistere a una sofferenza che era anche la sua. Non poteva sopportare che lui credesse di non essere amato abbastanza da lei. «In così poco tempo sei diventato così tanto, tutto per me. Io... ti ho amato dal primo momento in cui mi hai urlato addosso...»

Nate sorrise sulle sue labbra. «Normalmente ero sempre stato il tipo più paziente e docile del mondo. Tu mi hai sconvolto l'esistenza, fin dall'inizio.»

Fu quello il momento in cui Willy raggiunse la consapevolezza più assoluta. Avrebbe amato Nate Carpenter per il resto della sua esistenza terrena e molto probabilmente, sebbene non credesse in un aldilà, anche oltre la vita. Il suo concetto di "per sempre" avrebbe per sempre incluso lui, solo lui, nessun altro.

«Mi dispiace...» Un colpo di tosse richiamò la loro attenzione. Delia, la nonna di Nate e Brandon, li guardava con i suoi severi occhi azzurri. La metteva in soggezione quel suo sguardo arido, vissuto. Era lo sguardo di una persona che aveva troppo sofferto, troppo sopportato, per raggiungere una certa solidarietà nei confronti del prossimo o almeno per avvicinarsi a una sorta di empatia. «Mi dispiace, sei una brava ragazza. Ma io so per esperienza di cosa è capace la famiglia Whitmore. Per cui è davvero meglio che tu te ne vada, che torni a casa.»

«No, nonna no.» Nate tentò di ribellarsi, cosa che non faceva mai solitamente nei confronti di sua nonna. «Non è giusto...»

«Tua nonna ha ragione, Nate.» Willy gli prese il viso tra le mani e lo guardò seria negli occhi. Doveva farlo, doveva andare via. Per lui, per loro. «La mia famiglia è davvero capace di tutto. E anche io lo so bene, anche io lo so per esperienza.»

CAPITOLO 20

Anno 2001

Mentre le ore passavano Nate non si dava pace. Si era intestardito per trovare una soluzione. Che non facesse infuriare la famiglia di Willy e che permettesse loro di frequentarsi. Ogni volta che gli sembrava di aver trovato la soluzione ideale il suo sguardo si animava, i suoi occhi raggiungevano un'intensità tutta nuova. Willy vi leggeva non solo amore, ma anche speranza. Era anche questo che amava in lui. La speranza in un mondo migliore, in una vita migliore. La speranza che lei aveva perso quando era ancora bambina. La speranza che forse lei non aveva mai posseduto veramente.

«Ascoltami... troveremo il modo, Mina.»

Afferrava le sue mani e le baciava con impeto. L'impeto di un ragazzo di vent'anni che non vuole, non può rinunciare all'amore della sua vita. Willy lo sapeva bene perché anche lei provava lo stesso. Certe persone attraversavano la vita senza trovarlo mai. Loro due avevano avuto una fortuna immensa e non avevano nessuna intenzione di lasciarsela sfuggire.

«Io voglio trovare il modo, Nate. Lo voglio con tutta me stessa.» Willy baciava le sue labbra costantemente, ogni volta come se fosse stata l'ultima. «Ma deve essere un modo che non faccia male agli altri. Troppe persone soffrirebbero e io non voglio... E sono sicura che nemmeno tu lo vuoi, vero amore mio?»

«Io so che i ricchi sono molto fissati con le opere di bene. Sì insomma, credo che sia soprattutto un modo per mettersi in mostra...» Nate arricciò il naso e accarezzò con un dito la guancia di Willy. «Scusa non intendevo dirlo così male, ma... se tu Mina facessi un po' la viziata e annoiata ragazza ricca che ha voglia di mettersi in mostra e farsi dire quanto è buona e quanto è brava...»

«Le tue offese nei miei confronti ci porteranno a una soluzione valida, Nate?» Willy ridacchiò infilandogli le mani sotto la giacca e stringendolo a sé. «Perché potrei arrabbiarmi sul serio e iniziare a morderti!»

«Insomma, non so se funzionerà. Vai a casa e dici ai tuoi che ti si sono finalmente chiarite le idee, hai visto la luce, il Natale ti ha ispirato e... ti sei convinta di voler fare del volontariato in un charity, giusta causa e tanta solidarietà con chi è meno fortunato. Che poi alla fine è un po' quello che facciamo noi, però...» Nate sospirò, guardandola speranzoso. «Però io non conosco i tuoi... potrebbero bersi una balla del genere? Che poi non sarebbe neanche tanto una balla... Certo non dovrà essere alla mensa dei senzatetto, troppo vicina a me, troppo riconducibile a noi due. Ma una raccolta fondi per una causa qualunque, c'è l'imbarazzo della scelta, volendo... E io casualmente potrei capitare nella stessa giusta causa.»

«Un'occasione per la strega di mettersi in mostra? La sua disastrosa e ingrata figliastra si dedica alle opere di carità...» Willy afferrò Nate per la nuca e lo baciò ripetutamente con crescente passione. «Perfetto! Grandioso! Certo che le piacerà, le piacerà un sacco! E convincerà papà. Io dirò che voglio studiare per conto mio, il collegio non è più adatto a me. Mi impegnerò per prendere il diploma e... mi dedicherò alle opere buone. Tante, tante opere buone!»

Ridendo spinse Nate contro la corteccia della quercia, nell'angolo del parco di Richmond che ormai era diventato il loro luogo e gli baciò le labbra, il viso, poi scese a baciargli il collo.

«Calma però... per la tua famiglia noi due non ci siamo mai incontrati!»

Nate ricambiò i baci sorridendo e le accarezzò i fianchi, sotto al maglione.

«Oh, io…» Willy sollevò le spalle e lo guardò con indifferenza. «Non ho proprio idea di chi tu sia. E non credo nemmeno di volerlo sapere! Non mi interessa proprio…»

Si avvinghiò ancora di più a lui, poi si staccò lasciandosi scivolare a terra, trattenendo però la sua mano. Nate intrecciò le dita con le sue e si precipitò al suo fianco, poi rotolò sopra di lei.

«Nemmeno a me interessa sapere chi sei. Sei una totale estranea per me…» Appoggiò la fronte alla sua, guardandola negli occhi, mentre le accarezzava i fianchi. «Ma un giorno ti porterò via con me e tu mi seguirai.»

«Ovunque andrai, sì. Io ti seguirò. Magari lontano, dove nessuno ci conosce e dove nessuno ci cercherà.» Willy lo strinse a sé. Pensare a lui, a un futuro insieme, la faceva sentire elettrizzata, viva come non lo era mai stata. «In America, che ne dici? È abbastanza lontano?»

«Se vuoi andare in America, io ti porterò in America.» Nate annuì, afferrò le sue mani e le spinse indietro, oltre la testa. Per nessuna ragazza aveva mai provato lo stesso amore, lo stesso implacabile desiderio. «E lì non potrai più fare finta di non conoscermi. Perché sarai mia, solo mia, Mina. E tutto il mondo lo dovrà sapere.»

CAPITOLO 21

Il telefono di Jackson suona per cinque volte, prima che lui risponda. Ascolto Thomas che racconta al fratello quello che è capitato, gli parla della nostra presenza qui, in casa sua.

Thomas a un certo punto allunga il telefono verso di me. Non so esattamente cosa dire, non sono preparata a parlare con Jackson senza averlo di fronte.

«Jackson...»

Provo emozione a sapere che dall'altro lato c'è una persona con cui ho condiviso momenti importanti della mia vita. Con cui ho condiviso Nate. Era suo amico, forse il migliore, lo conosceva così bene...

«Willy, io...» Anche nella sua voce percepisco emozione, tanto che si deve fermare. O forse sta studiando le parole da dirmi. «Perché sei venuta a cercarmi? Perché non lasci a ciascuno la propria vita o quel che ne rimane?»

«Ho visto Nate, Jackson...»

Ora io voglio sapere, devo sapere! Lo devo a me stessa. E anche Jackson, in mancanza di Nate, me lo deve.

«Nate se n'è andato anni fa, Willy. Lascia perdere, ti conviene...»

Il tono di Jackson si sta facendo condiscendente, come se io fossi una bambina ribelle da ricondurre alla ragione.

«No, Jackson. Certo che non lascio perdere!» Urlo, lo aggredisco quasi. «Ho visto Nate su un autobus...» Non so quantificare quanti giorni prima, ma non importa. «Non posso lasciar perdere perché mi hanno raccontato che lui era morto e invece... invece è vivo! Ed è lui! Quindi scordatelo che io lasci perdere, perché non lascerò mai perdere!»

Jackson riaggancia senza rispondere. Perché? Perché si sono tutti coalizzati per farmi del male? Perché anche lui?

Restituisco il telefono a Thomas e abbasso lo sguardo. Non riesco nemmeno più a parlare, a esprimermi. So solo che non è giusto quello che mi stanno facendo.

«Ehi... mi dispiace.» Thomas mi sfiora appena la spalla, poi la accarezza piano. «Davvero, mi dispiace tanto. Jackson è un poliziotto ora, avrà avuto una chiamata. Sono certo che non voleva riattaccare.»

«Jackson è...» Non voglio cedere, non posso. Provo a cercare un'altra strada. «Jackson sta ancora insieme a Leila?»

Leila mi capiva. Lei è stata mia amica anche se per poco, anche se poi sono stata costretta a perderla, come ho perso tutti gli altri.

Thomas sospira e scuote la testa. Sembra rattristarsi al nome di Leila.

«Leila si è trasferita a Liverpool con suo marito. Ha sposato Trevis, non so se lo ricordi...»

Trevis, il chitarrista intellettuale. Certo che lo ricordo! Guardo Thomas incredula. In effetti sono incredula. Tra Leila e Trevis non c'era proprio nulla. Lei era così pazza di Jackson, non mi sembra possibile che lo abbia lasciato per un tipo come Trevis, completamente diverso da lui. Ma a quanto pare tutto è possibile. Anche il fatto che Nate sia sempre stato vivo e si siano dimenticati di dirmelo!

«Insomma, Jackson non si è comportato bene con lei, diciamo così...» Thomas si sente in dovere di spiegare, probabilmente spinto dalla mia espressione perplessa. «Per dirla tutta, è stato un vero coglione. Lo so che è mio fratello, ma Leila era troppo per lui, non la meritava.»

«Perché percepisco un "se ci fossi stato io al suo posto..." in queste tue parole?» Non comprendo l'intervento un po' fuori luogo di Sarah, ma né io né Thomas replichiamo. La vedo imbarazzarsi e abbassare il viso, come se si vergognasse profondamente di se stessa. «Scusa...»

Thomas le sorride, togliendola dal disagio.

«Se avessi avuto qualche anno in più o lei mi avesse preso in considerazione, ci puoi scommettere!» Non so quanto sia vero. Credo che Thomas abbia tentato più che altro di alleggerire la tensione. «Comunque Jackson si è sposato con una tizia, una che lo seguiva sempre durante le serate e i concerti. Una sorta di groupie invasata. Il matrimonio è durato un mese, forse anche meno. Poi la band si è sciolta anche perché non era rimasto quasi più nessuno. Jack ha pure tentato la carriera da solista, ma…»

«Thomas…» Sospiro e cerco di guardarlo negli occhi. È un ragazzo dolce. Percepisco che anche per lui la vita non è mai stata facile. Da quello che mi aveva raccontato Nate ricordo che il padre aveva problemi con l'alcool, la madre se n'era andata e Jackson se lo trascinava sempre dietro per paura che il padre se la prendesse con lui quando non era lucido. «Thomas, ti prego. Dimmi la verità su Nate. È vivo. Non è una domanda, perché lo so che è vivo. Voglio solo sapere perché non è mai tornato… Dov'è stato tutti questi anni?»

Thomas sbuffa e mi guarda con l'espressione affranta di uno che è stato messo in mezzo in un affare più grande di lui.

«Certo che è vivo! Non so cosa ti hanno raccontato né perché, ma…»

Un colpo alla porta mi fa sobbalzare. Mi volto verso l'ingresso e vedo Jackson. Il suo viso è più segnato, gli si sono formate delle sottili rughe intorno agli occhi e alcune più marcate sulla fronte. È sempre lui ma ha un'aria notevolmente più stanca, più sofferta, come se in lui si fosse spenta l'allegria della gioventù. E come se non avesse più alcuna speranza di riaverla indietro.

«Jackson…»

Mi avvicino e sono tentata di abbracciarlo invece mi limito a posargli le mani sulle spalle per non essere troppo invadente. Lo sento fremere mentre solleva gli occhi verdi su di me. Ed è lui ad abbracciarmi. Parte di me si sente al sicuro solo per il fatto di stringermi a qualcuno che è sempre stato così vicino a Nate. I momenti più felici e sereni della mia vita riemergono tutti tra le braccia di Jackson.

«Willy... tu sei... sei diventata uno splendore, sei addirittura migliorata con gli anni.»

Passa le mani sui miei capelli, ora castani, lunghi fin sotto le spalle e con qualche riflesso più chiaro.

«Grazie, sei gentile.» Sorrido riconoscente, poi torno seria. Non ho tempo per dirgli quanto mi fa piacere rivederlo, c'è qualcosa di troppo importante di cui dobbiamo parlare. «A proposito di Nate... dimmi la verità Jackson, ti prego. Poi... ti prometto che me ne andrò e non mi vedrai mai più, non ti disturberò mai più.»

«Non so esattamente cosa ti hanno raccontato. Dopo la notizia che avevamo ricevuto... in realtà, Nate è stato disperso a lungo, quasi tre anni senza memoria del suo passato. Poi... quando ha iniziato a ricordare è tornato, poco alla volta si è ristabilito e... Willy, insomma tu ti sei sposata con un americano! Sei andata a vivere in America. Non ne volevi più sapere di lui e di nessuno di noi. Che cosa avrebbe dovuto fare?»

Lo guardo senza nemmeno avere la forza di replicare. Se mi avesse preso a calci e pugni sicuramente starei meglio di come mi sento ora. Io sposata con un americano? A vivere in America? Qualunque storia abbiano raccontato a Nate, Jackson e chiunque altro, non è la mia.

Rimango in silenzio, non riesco davvero a parlare. È come se Jackson mi avesse fatta in tanti piccoli pezzi, frammenti di me ora sparsi ovunque sul pavimento. Rimango in piedi a fissarlo ma è solo una pura formalità. In realtà è solo il mio corpo, io non ci sono.

«Così lui...» Jackson riprende a parlare, anche senza il mio incoraggiamento. «Nate è tornato dalla donna che si era occupata di lui quando era ferito. Da lei e dalla sua famiglia. Aveva bisogno di loro, come loro di lui. Sua nonna Delia aveva avuto un ictus. Io ero... in un periodo davvero nero della mia vita, la band si era sciolta. E tu...»

«Io non...»

Nate. Come ha potuto anche solo pensare che io...? Mi trattengo, rendendomi conto che Jackson sta tentando di continuare.

«Dopo qualche anno l'ha sposata e sono andati a vivere in Australia. Hanno avuto un figlio. Ora è tornato a Londra per un appuntamento di lavoro, si occupa di catering.» Mi fornisce dettagli della vita di Nathaniel Carpenter in modo formale, come se fosse la compilazione di un curriculum vitae. E io lo ascolto come se si trattasse della biografia di un estraneo, non di Nate. «Dio, Willy! Perché sei tornata a tormentarlo?» La voce di Jackson assume più enfasi, lo vedo alterarsi, come se fosse mia la responsabilità di tutto. Come se fossi io la colpevole, la cattiva della situazione. Come se io avessi abbandonato il suo amico per andare in giro a divertirmi. Come se la mia vita senza lui fosse stata una festa continua. «Anche lui si è rifatto una vita, esattamente come te. E ora se ti sei annoiata di tuo marito, della tua vita felice in America...»

Resto impietrita ad ascoltarlo. Sembra ancora che stia parlando di altre persone, di completi estranei. Non di Nate. Non di me. Io sposata. Io in America. Io felice. Io felice? Io...

Mi sento scivolare a terra, come una bambola, come un burattino a cui abbiano tagliato i fili. Io felice. Sento la nausea afferrarmi e contorcermi lo stomaco, senza pietà.

«Io felice...» mormoro tra me. Io felice? Sollevo lo sguardo su Jackson. Lo fisso con disgusto, come se fosse un mostro, un essere abietto. La rabbia, la rabbia mi coglie all'improvviso, una rabbia cieca, selvaggia. Ma che mi lascia senza forze, per cui non riesco nemmeno a colpirlo, a scagliarmi contro di lui per gridare la mia verità. Però grido, grido perché non posso, non voglio più farne a meno. Grido per non morire. «Non ero sposata! Non ero in America! Non ero felice! Io ero... Non volevo, non potevo accettare che Nate fosse morto, non ci ho creduto mai, mai nemmeno per un secondo! Ero rinchiusa in manicomio!»

CAPITOLO 22

L'ho detto. L'ho detto davvero. Quasi non ci credo. Nella stanza regna un silenzio assoluto, inquietante. Sposto lo sguardo su Sarah. È in lacrime. In silenzio e in lacrime.

So cosa le hanno raccontato nel corso degli anni. Che ero andata a studiare, chissà dove. Non ho mai indagato. Probabilmente in America, abbastanza lontano anche per lei. Thomas, in piedi accanto a Sarah, tiene lo sguardo ostinatamente fisso a terra. Ora mi sento quasi in dovere di chiedere scusa per aver turbato gli animi oltre il dovuto.

«Scusate...» Mi volto verso Jackson. Ha uno sguardo sconvolto e sembra non trovare le parole per replicare. «Ma, in breve, era proprio quello. Oppure, per essere meno brutale, una casa di cura per persone fragili con i nervi a pezzi. Però non cambia di molto quello che mi hanno...»

«Willy... cosa ti hanno fatto, Willy?» Gli occhi verdi di Jackson sono talmente lucidi che quasi provo più pena per lui che per me stessa.

«Lo sai cosa provavo per Nate...» Mi mordo le labbra per non scoppiare a piangere. Non voglio mostrare un'immagine di me ancora più patetica. «Cosa provo per Nate.» Mi correggo. «Mai... non avrei mai sposato un altro, pensando che lui fosse ancora vivo. Probabilmente non avrei mai sposato un altro anche se avessi avuto la certezza che lui...»

Jackson si passa più volte le mani tra i capelli senza staccare lo sguardo da me. È sconvolto. Quasi sotto shock. Appoggio le mani sulle sue spalle nel tentativo di confortarlo.

«Aiutami, Jack. Aiutami a incontrare Nate, almeno una volta.»

«Willy... no, no. Io non posso... è troppo tardi ormai. Nate...» Chiude gli occhi, scuote la testa, si volta e va ad appoggiarsi con le spalle alla parete, reggendosi con una mano. «Dio mio, se Nate sapesse una cosa del genere...»

«Lui... ha diritto di conoscere la verità. Così come ne ho avuto il diritto io.» Mi avvicino a lui, appoggio la fronte sulla sua spalla. «Nate deve sapere che io...»

«Se lo sapesse la sua vita sarebbe stravolta completamente. È questo che vuoi? Rovinargli la vita per sempre?»

«No. La verità. Voglio solo la verità.»

La mia voce diventa dura, implacabile. Non avrò pace né pietà. Nemmeno di Nate, nemmeno dell'unico amore della mia vita. Anche lui deve sapere. Anche lui deve fare i conti con i miei quattordici anni di dolore, di annientamento totale.

«Non posso. Cerca di capire.» Lo sguardo di Jackson diventa duro, implacabile. «Cerca di capirmi, Willy. Non posso. Lui è tranquillo adesso, sta bene...»

Non rispondo, ma scatto verso la porta sbattendola alle mie spalle. Esco perché sento che potrei fare del male a Jackson in questo momento.

Perché a nessuno importa di me? Perché devo essere sempre io l'unica a soffrire, l'unica a scontare? Non importa. Lo troverò da sola. Ci riuscirò, non so ancora come ma ci riuscirò. Resto ferma all'ingresso per un attimo poi oltrepasso la staccionata. Mi sento abbracciare da dietro. Sarah. Mi volto e la stringo a me.

«Ti aiuto io, Willy. Sono qui con te...» Mi prende il viso tra le mani e tiene gli occhi fissi nei miei. «Lo troveremo e tu gli racconterai tutto. Io sono dalla tua parte, sono sempre stata dalla tua parte...»

Mi prende la mano e mi aiuta a salire in macchina, prima di girarci intorno e salire dal lato del guidatore. Mi chiedo quanto lei sappia, quanto sospetti. So che qualcosa aveva capito, ma mai, mai mi ero espressa così chiaramente, mai le avevo gridato in faccia la verità in quel modo.

Il manicomio o casa di cura, di riabilitazione mentale. Comunque lo si voglia chiamare il concetto non cambia. Lì mi hanno lasciata per anni, a soffrire, a disperarmi per una verità che non volevano accettare, mentre loro tentavano di inculcarmi la loro verità. Una verità che è sempre stata una bugia.

«Sono stati loro. Non li perdonerò mai.» Mi guarda di nuovo negli occhi. I suoi grandi occhi scuri non hanno neanche un minimo di esitazione. «Non voglio rivederli, mai più. Mai più, per tutto il resto della mia vita.»

Sta parlando dei suoi genitori. E sta soffrendo. La mia piccola, dolce sorellina sta soffrendo ed è tutta colpa mia.

«Sarah, ascolta...»

«No!» Alza la voce, altre lacrime solcano il suo viso. È stata forte fino ad ora, molto più forte di quanto io sia mai stata. «Io non ho mai avuto dubbi, Willy. Fin da quando ero piccola. Se c'è una scelta da fare, io scelgo te. Ho sempre scelto te! Ho sempre aspettato che tu tornassi a prendermi. Sei mia sorella...» Mi stringe le mani e sorride. «Non ho paura se ci sei tu. Ti ricordi quando piangevo perché avevo paura del buio? E tu di nascosto venivi nella mia camera e mi raccontavi tante storie? Ora, raccontami la tua storia. La tua e di Nate. Raccontami tutto. Io voglio sapere, io voglio capire. Perché forse non vivrò mai nella mia vita un amore così. Ma almeno potrò viverlo attraverso di te, attraverso i tuoi ricordi.»

CAPITOLO 23

Anno 2001

Staccarsi da lui era stato più difficile di quanto Willy avesse mai creduto possibile. Arrivò quasi a cambiare idea. Tanto che Nate le propose di non attendere, di scappare subito. Se non in America in qualche altro luogo più vicino, più raggiungibile. In Scozia, magari. In Irlanda o da qualche parte in Europa. Nessuno avrebbe saputo con chi se n'era andata. Willy era stata tentata, ma l'idea di lasciare altri a subire le conseguenze delle loro azioni la convinse che non era la scelta giusta.

Così, dopo un'ultima giornata insieme, dopo gli ultimi baci, le ultime carezze, aveva fatto ritorno a casa di suo padre. Solo per poco, si erano detti. Li avrebbe convinti, a qualunque costo. Non si sarebbe arresa mai.

Il senso di orribile oppressione sia fisica sia mentale la assalì appena entrata in casa. Suo padre e Athilia l'attendevano, comodamente seduti sul divano. Willy prese posto su una delle poltrone di fronte a loro e si sentì piccola, inutile, inconcludente. Incredibile come un luogo così ampio ed elegante, un salone ricco e dai soffitti alti avesse il potere di farla sentire schiacciata, compressa.

L'immagine del fiore tra le rocce riemerse vivida in lei. Con Nate aveva visto le foto che aveva scattato e, una volta stampate, avevano scelto le più belle. Nate. Doveva essere forte per lui, per loro. Doveva stare calma, non scattare come una furia contro Athilia e suo padre, come accadeva solitamente. Doveva stare calma, avanzare la sua richiesta con calma. Essere gentile ed educata, dimostrare con la sua buona volontà di

97

essere cambiata, promettere che da quel momento in poi si sarebbe sempre comportata bene. Anche se le sarebbe costato doveva farlo. Per se stessa e per Nate. Per avere la possibilità di rivederlo al più presto.

Probabilmente non l'avrebbero accolta bene, sapendo che era fuggita dal collegio. Ma lei si sarebbe mostrata arrendevole e tranquilla. Il suo scopo era quello di guadagnarsi la loro fiducia. Non avrebbe fallito, questa volta.

«Io lo so che...» Già il modo in cui la stavano guardando, soprattutto Athilia, come un miserabile insetto da schiacciare, stava fomentando in Willy una rabbia incontrollata. Calma, doveva respirare e mantenersi tranquilla. «Lo so che ho sbagliato, non avrei dovuto. Ma vorrei davvero impegnarmi d'ora in poi. Ho capito i miei errori in questi anni. In questi giorni...» Non doveva confondersi, altrimenti quella strega ci avrebbe impiegato un istante a comprendere che non era sincera. «Voglio prendere il diploma, ma restare qui. Studiare privatamente. E vorrei anche fare qualcosa di buono. Magari impegnarmi in qualche raccolta di fondi, volontariato...»

I lineamenti di suo padre da tesi e freddi si erano gradualmente distesi. Willy comprese che si stava calmando, stava riflettendo sulla sua proposta.

«Non mi sembra male come idea... Tu cosa ne pensi, Athilia?»

Ora arrivava la parte più difficile, Willy ne era consapevole. Intanto si era resa conto di quanto fosse assurdo quel loro mondo perfetto, così artificiale, ipocrita. Incredibile quanto tra quelle due persone regnasse il vuoto più totale. Il loro era un mondo fatto di finzione, di convenzioni sociali, di bellezza effimera e anche un po' perversa. La ricerca di un'eternità solo apparente, di una felicità falsamente costruita su un castello di sabbia destinato a crollare da un momento all'altro. Erano due poveri, poveri malati che si aggrappavano alla ricchezza per avere l'illusione di un benessere che non avrebbero mai posseduto.

«Questa cosa non mi convince affatto.» Athilia socchiuse appena gli occhi, i ragni li chiamava Willy. Quei ragni malvagi e scaltri. Che cosa non la convinceva? Cosa voleva da lei, ancora? «Io ritengo che il collegio sia ancora la soluzione ideale per Wilhelmina. Temo che questa idea del volontariato non sia attuabile per un'incostante come lei, ma più che altro una perdita di tempo.»

La voleva uccidere, ora ne era certa. Willy avrebbe ucciso quella donna orribile all'istante, se solo ne avesse avuta la possibilità.

«Ma almeno lasciatemi provare, solo...» No, no, stava sbagliando! Se avessero intuito che ci teneva così tanto avrebbero anche compreso che c'era qualcosa sotto. Avrebbero indagato sui motivi della sua insistenza. Willy non si era mai interessata di volontariato e di aiutare il prossimo, né spontaneamente né per un secondo fine. Doveva stare attenta, agire d'astuzia. Il problema era che non sapeva cosa inventarsi. Se si fosse trattato di suo padre soltanto sarebbe stato facile, tanto facile! «Va bene, non importa. Pensavo solo che fosse una cosa carina la faccenda del volontariato, ormai lo fanno anche...» Anche chi? Nemmeno ricordava i nomi delle persone che frequentavano suo padre e la strega. «Però in effetti dev'essere noioso.»

Non sapeva più cosa dire, si sentiva in trappola. Ora non doveva esagerare nemmeno nell'altro senso, altrimenti...

«Mia madre è una grande sostenitrice delle giuste cause» intervenne suo padre. «Nemmeno ricordo più in quante attività di volontariato e raccolta di fondi è coinvolta. Malati di cuore, di cancro, terzo mondo, senzatetto, bambini abbandonati, ragazze madri...»

«No, le ragazze madri direi proprio di no, Edward. Sarebbe disdicevole per Wilhelmina.» La strega ovviamente non esitò a regalare le sue perle di saggezza. «E anche i senzatetto... no, troppa sporcizia, che tristezza!»

«Anche essere...» Anche essere una puttana come te è una tristezza! Willy si trattenne appena in tempo, mordendosi le labbra. Si concentrò, con un bel respiro profondo. «Anche essere malati deve essere triste...» E anche far finta di essere un'idiota totale per ottenere il consenso da parte di due ipocriti era una tristezza. Ma non aveva importanza, l'avrebbe sopportato. Nate, se solo lui le fosse stato accanto! Ma forse poteva ancora riuscire, forse poteva far leva su suo padre. «La nonna sarebbe contenta, vero? Se entrassi in una delle sue associazioni, magari...»

«La nonna si è ritirata in Cornovaglia, lo sai.» Edward Whitmore si strinse nelle spalle, poi si alzò con un sospiro dal divano per raggiungere il tavolino degli alcolici e si versò da bere. «Però certo non le dispiacerebbe.»

«E dovrai prenderti il diploma Wilhelmina. Siamo certi che questa distrazione non ti distoglierà dallo studio?»

Eccola, che metteva di nuovo ostacoli, quella brutta viscida vacca! Willy avvampò. L'avrebbe uccisa. E così sarebbe finita in carcere a vita. Addio volontariato e addio Nate. Si concentrò su di lui, sul suo sorriso, sui suoi occhi, sulle sue carezze. Presto lo avrebbe avuto di nuovo tra le braccia.

«Voglio mettere a punto un programma di studio. Lo seguirò attentamente, questa volta. Giorno per giorno.»

«E va bene!» Suo padre si voltò verso di lei con il bicchiere in mano. «Vogliamo darti fiducia, Wilhelmina. Contatteremo alcuni insegnanti privati che ti tengano d'occhio con lo studio e per quanto riguarda il volontariato... procederemo di settimana in settimana, in base ai risultati che otterrai.»

«Grazie papà, mi sembra fantastico!»

In realtà le sembrava un vero e proprio strazio. Avrebbe avuto dei cani da guardia assunti per monitorare il suo rendimento scolastico. Però se questa era l'unica possibilità che aveva non si sarebbe tirata indietro.

«Willy... sei tornata...»

La vocina la chiamava timidamente. Willy dimenticò la conversazione con il padre e la matrigna, si alzò e in pochi passi raggiunse la bimba che non osava avvicinarsi.

«Tesorino mio!» Willy chinandosi strinse forse a sé la bimba, sollevandola tra le braccia e girando su se stessa sempre più velocemente. La bambina intanto rideva sempre più forte aggrappandosi a lei. Willy si fermò e baciò la piccola sulle guance rosate. «Sarah... la mia piccolina. Sei diventata pesante, ma quanto mangi?»

La piccola Sarah si batté una manina sul pancino.

«Anche per te, Willy, come mi dici sempre tu.»

Willy sorrise accarezzandole i lunghi capelli castani trattenuti da un cerchietto. La sua sorellina era l'unica che la teneva legata alla sua famiglia, alla sua casa. L'unico rimpianto che avrebbe avuto quando se ne sarebbe andata.

Come poteva lasciarla con loro? Cosa ne avrebbero fatto di lei? Della sua dolcezza, della sua ingenuità? Non voleva nemmeno pensare alla probabilità che si trasformasse in una giovane Athilia Whitmore. No, non lei. Non la sua piccolina. Non la sua Sarah.

CAPITOLO 24

Anno 2001

Alla fine Willy scelse, anzi Athilia e suo padre scelsero per lei, i bambini con malattie congenite. Forse il suo rapporto con Sarah li aveva ispirati e avevano pensato che i bambini facessero al caso suo. Era abbastanza una buona causa perché la famiglia potesse mettersi giustamente in mostra. La cattiva ragazza, la ribelle irriducibile che si trasformava nell'angelo della beneficenza.

Dopo aver accettato di farsi accompagnare per alcune volte da Gwen, una delle loro domestiche, aveva ottenuto il permesso di presentarsi alla sede dell'associazione da sola. Si sentiva a disagio ad avere una balia alle calcagna. Già trovava imbarazzante arrivare con l'autista, che poi tornava puntualmente a riprenderla. Era assolutamente necessario che imparasse a gestire da sola quella sua esperienza di vita fondamentale per la sua crescita personale. Willy era fermamente convinta e intenzionata a fare qualcosa di buono in ogni caso. Era l'ipocrisia stagnante nella sua famiglia che non riusciva a tollerare.

Ora non le restava altro da fare che telefonare a Leila da una cabina nel caso qualcuno intercettasse le sue chiamate dal cellulare. Era meglio non correre rischi. Dopo un periodo di tempo ragionevole Nate si sarebbe presentato come volontario della stessa associazione nella stessa area di Londra, Ealing Broadway. Tutto doveva avvenire nel modo più puramente casuale possibile.

Willy aveva iniziato a lavorare nell'associazione sotto la guida di Frances e Doug, due volontari "anziani". Lei era una signora gentile ma un po' stralunata sulla sessantina, lui un ragazzo vivace ma con l'aria perennemente assorta. Era un artista mancato, ripeteva continuamente. Insieme a loro e ad altri volontari Willy si occupava di organizzare un'area gioco per i bambini e di raccogliere fondi per la ricerca sulle malattie rare. Dopo un paio di settimane si erano uniti al gruppo, del tutto innocentemente e all'apparenza spontaneamente, Nate e Leila, pseudo fidanzati da circa un anno.

Forse stavano esagerando con gli accorgimenti per non farsi scoprire. Ma Willy aveva già sperimentato sulla sua pelle di che cosa fosse capace Athilia, che sembrava avesse occhi e orecchie ovunque. Se avesse scoperto che Willy li aveva ingannati, per lei non ci sarebbe stato più scampo. E per Nate soprattutto. Lo avrebbero rovinato, distrutto.

Almeno poteva vederlo, incontrare il suo sguardo, sorridergli. Sfiorare la sua mano come per caso, inavvertitamente. Mentre Leila interpretava il ruolo di fidanzatina innamorata, si impegnava nel frattempo a distrarre Frances e Doug per concedere a Willy e Nate qualche breve istante da soli.

«Oh Nate, è un inferno...»

Willy non resistette più e si strinse a lui, cercando avidamente le sue labbra.

«Lo so, lo so Mina...» Nate le prese il viso tra le mani, ricambiando il bacio. Intanto teneva lo sguardo fisso sulla porta della stanza dove si erano rintanati con la scusa di raccogliere gli abitini migliori per i bambini. «Ma così è comunque meglio di niente. Le settimane senza te... le ore non passavano più in attesa di una tua chiamata. Ho anche creduto che...»

Si interruppe mordendosi le labbra, come pentito delle sue stesse parole. Willy non si arrabbiò, ma lo guardò seria.

«Il mondo smetterà di girare prima che io smetta di amare te. Di volerti. Di pensare solo a te. Hai capito bene quello che ho detto, Nate?»

«Sì, sono felice di aver capito perfettamente Mina.» La respinse indietro appena in tempo, mentre Leila rientrando e tossendo aveva sgranato gli occhi su di loro come avvertimento. «Quindi direi che siamo d'accordo, signorina Wilhelmina. Mi fido della sua scelta, lei ha davvero un ottimo gusto.»

«Anche il tuo gusto è abbastanza raffinato, Nathaniel» Willy annuì con espressione compita e sorrise alla comparsa di Frances. «Solo un po' di esperienza e imparerai a muoverti nel modo giusto, a premere i tasti giusti nello stile... e...» Frances la scrutò, sorrise e qualche minuto più tardi uscì di nuovo dalla stanza. Willy ne approfittò per stringersi nuovamente a Nate e baciarlo con impeto. «Se mi chiami ancora signorina Wilhelmina, la prossima volta ti mordo davvero! Divento un vampiro come Dracula!»

«Vuoi farci scoprire, Mina? Stavo per riderti in faccia quando mi hai chiamato Nathaniel con quel tono da maestrina stronza.» Ridendo le baciò il collo e infilò le mani sotto il suo maglioncino di cashmere. «Premere i tasti giusti, eh...»

Un ulteriore colpo di tosse di Leila, che sostava sulla porta, li fermò e li allontanò nel giro di qualche secondo. Lo sguardo di Leila era un avvertimento. Dovevano fare più attenzione, non potevano rischiare di compromettere tutto. Willy ne era consapevole. Non bastavano quei brevi istanti, a nessuno dei due. Ma per il momento erano tutto ciò che avevano.

CAPITOLO 25

Anno 2001

Tentare di essere felici, per quanto possibile. Era tutto ciò a cui Willy e Nate tenevano di più. La loro vita era fatta di attimi rubati che diventava sempre più difficile strappare alla quotidianità delle loro giornate. Un paio di volte avevano davvero rischiato di essere scoperti da Frances. Doug invece probabilmente si era convinto che Nate tradisse Leila con Willy, ma per fortuna sembrava aver deciso di farsi gli affari suoi.

Willy non aveva trasgredito una sola regola imposta dal padre e da Athilia. E studiava diligentemente. Erano trascorsi quasi due mesi di apparente tranquillità. Però, allo stesso tempo, le diventava sempre più faticoso stare lontana da Nate, non toccarlo, non abbracciarlo.

«Magari il nostro posto segreto… a Richmond…» sospirò accarezzandogli le braccia in un momento in cui erano riusciti a restare soli. «Quello del fiore tra le rocce.» Sorrise baciandolo sulle labbra. «Che nome banale, stupido… Solo tu potevi trovare un nome così stupido…»

«No, Mina… è troppo rischioso.» Nate scosse la testa, irremovibile. «Se ci scoprissero io ti perderei, quindi no. Niente stupido fiore tra le rocce.»

«Oh, sei stupido anche tu allora! E cafone, ignorante… pretenzioso, arrogante!» Willy incrociò le braccia con una smorfia irritata. «E vuoi sempre averla vinta!»

«Ti diverti proprio a insultarmi, stronzetta viziata.» Nate si diede un'occhiata intorno, poi la colpì con una manata sul sedere. «E non ti arrendi mai, continui a lottare!»

«Sì, certo! Se non ti insulto rischio di saltarti addosso fregandomene di chi potrebbe verderci... Quindi oggi ho deciso, per noi sarà la giornata degli insulti!» Willy si coprì il viso con le mani. «E non guardarmi con quegli occhi invitanti!» Gli lanciò un'altra rapida occhiata. «Anzi, non guardarmi proprio. Oggi non sono in vena di resisterti!»

«Occhi invitanti? Ma se sei tu che mi provochi con quella gonnellina corta... sei perfida, Mina.» Afferrò il suo polso attirandola a sé. «Sei una crudele, egocentrica, viziata...»

«Viziata lo avevi già detto prima, non vale!» ridacchiò Willy. «Il tuo vocabolario lascia un po' a desiderare, Nathaniel Carpenter. Non va bene così, non va bene. Devi studiare, applicarti di più! Sei davvero intellettualmente poco dotato, sei troppo, troppo scarso!»

«Ma senti questa! Guarda che io mi sono diplomato con il massimo dei voti!» Nate lasciò scivolare le mani sui suoi fianchi. «Non come qualche ragazza svogliata di mia conoscenza...»

«Ti amo...» Willy sospirò e appoggiò la testa alla sua spalla.

«Non era la giornata degli insulti, oggi?»

Nate le baciò la testa e le cinse la vita con le braccia.

«Sì, ma tu fai troppo schifo a insultarmi. Mi induci in tentazione invece di farmi arrabbiare!» Gli accarezzò il petto con entrambe le mani. «Voglio combinare qualcosa nella vita, trovarmi un lavoro. Magari posso scattare fotografie...»

«Da cosa ti è venuta questa idea?» Nate aggrottò la fronte pensieroso, poi sorrise.

«Così quando mio padre mi diserederà avrò di che vivere.»

«No, se mai dovesse accadere ci penserò io a te, amore mio.»

Willy sorrise. Nate incarnava il suo ideale di perfezione. Ormai ne era certa. Anche quando era nervoso e distaccato l'avrebbe preferito a chiunque altro. E non lo era quasi mai, con lei.

«Ho deciso che diventerò uno chef, famoso in tutto il mondo! E farò un sacco di soldi!»

La baciò sulla fronte. Da dove gli veniva questa idea? Willy lo guardò perplessa.

«Ma... e che ne sarà della musica?» sospirò un po' contrariata.

«La musica è sempre stata il mio sogno, ma alla fine devo essere realista.» Nate stava tentando di non dare peso alla cosa ma Willy sapeva che stava fingendo. «Anche per quanto riguarda la band... Non siamo niente di eccezionale, ce ne sono migliaia come noi...»

«No, non è vero, i "Sons of love" sono speciali...»

Forse Nate aveva ragione. Ma perché avrebbe dovuto abbandonare il suo sogno? Le spezzava il cuore quella tristezza nei suoi occhi.

«Ascolta, Mina. Per quanto sia importante la musica, non lo sarà mai quanto te.» Si passò una mano sulla fronte, pensieroso. Sembrava lottare, come incerto se rivelare o meno un grande segreto. «Io ho un piano per noi due. Mio fratello ha ottenuto un lavoro negli Stati Uniti, nel ristorante di una grande catena alberghiera e... io sto pensando di raggiungerlo una volta che si sarà sistemato, cercare di ottenere un visto e...»

«E io...?»

Willy sperava di essere inclusa nel piano, ma voleva che fosse Nate a dirlo.

«E tu verrai con me, ovviamente. Temo che sarai costretta a sposarmi, però, altrimenti non sono sicuro che potremo ottenere entrambi...»

«Sì. Visto che è la giornata degli insulti, sei stato bravo. È abbastanza insultante come proposta di matrimonio. Una sorta di matrimonio di convenienza. Ma in ogni caso la risposta è sì.»

Lo fissò negli occhi con espressione seria, compita.

«Mina…» Nate dovette trattenersi per non ridere. «Peccato che fosse la spiegazione del mio grande piano, non una proposta. Comunque, come avrai capito, sarà di sicuro un matrimonio di convenienza. Solo perché tu possa trasferirti in America, secondo la tua idea. Ricordi?»

«Certo che ricordo. È il mio grande sogno trasferirmi in America, il matrimonio con te sarà una necessità. Come dire, un mezzo per raggiungere il fine!»

Willy sospirò e si morse le labbra. Il cuore le stava battendo così forte che non fu più in grado di proseguire. L'avrebbe sposato. Sarebbe rimasta con lui per sempre. Il viso le si inondò di lacrime.

«Ti amo così tanto, Mina.» Nate le asciugò gli occhi e la baciò con dolcezza sulle labbra. Poi lanciò uno sguardo preoccupato in direzione della porta. Se qualcuno li avesse visti avrebbero avuto dei problemi davvero seri. «Farò qualsiasi cosa per renderti felice, te lo prometto. Non ti farò mancare niente…»

«Io sono già felice. E non mi importa di chi potrebbe vederci. Non nascondiamoci più. Non ha più importanza, ormai. Io sono stanca di fingere, sono abbastanza grande per fare ciò che voglio della mia vita. E quello che voglio sei tu, Nate. Solo tu. Tutto il resto non mi interessa.»

CAPITOLO 26

«Non sono mai stata più felice di così, in tutto il resto della mia vita. Quei momenti con lui... Pur temendo di essere costantemente scoperti, io e Nate stavamo bene.»

Sento il cuore liberarsi, come se il peso che ho portato per così tanti anni si sciogliesse finalmente. Raccontare la mia storia a Sarah mi sta alleviando parte della sofferenza. Ora lei sa, ora posso finalmente condividere la mia gioia, il mio dolore. Sorrido, perché nonostante tutto, quei momenti sono preziosi, scolpiti nel mio cuore, sono stati una sorgente di vita nei momenti bui. Per quanto si siano organizzati per strapparmi Nate dall'anima, dalla mente, dal cuore, mai, mai è stato possibile per me cancellare il suo viso, i suoi occhi, le sue parole.

«Io non...» Sarah mi guarda e sembra lottare con se stessa. Forse ora crederà che io sia completamente folle per accanirmi così, per volere la verità a tutti i costi. «Non so se nella mia vita avrò mai qualcuno come il tuo Nate. È meraviglioso aver incontrato qualcuno così e io...» Si muove, si agita, non comprendo che intenzioni abbia. «Io obbligherò quei due a parlare, a dire dove si trova! A qualsiasi costo!»

Scende come una furia dalla macchina e si lancia verso la porta di casa di Jackson e Thomas. Mi coglie alla sprovvista, non riesco a fermarla.

Vedo Thomas aprire. La guarda confuso.

«Io non mi muovo da qui finché tu e tuo fratello non vi decidete a parlare. Mia sorella deve vedere Nate, ne ha il diritto!»

Scendo dalla macchina e la raggiungo. Thomas intanto annuisce e sospira, ha uno sguardo assorto, triste.

«Hai ragione. Mi dispiace, ma io non so dove si trova Nate. Non posso aiutarvi.»

«Sarah...» Le poso una mano sulla spalla. È così audace e così forte allo stesso tempo. Sono contenta che sia diventata quella che è. Forse dovrei essere come lei, così impavida e tenace. Avrei dovuto, anche prima. «Sarah tesoro, lascia perdere... Troveremo un altro modo.»

Lei scuote la testa, non si volta verso di me ma continua a puntare lo sguardo su Thomas, che sembra quasi a disagio, in imbarazzo. Alza al cielo gli occhi chiari e sbuffa.

«Oh, insomma, entrate. Con quello sguardo furioso rischi di uccidermi, ragazzina!»

Rientriamo in casa e seguiamo Thomas in soggiorno. Jackson è seduto sul divano, con le mani intrecciate e le braccia appoggiate sulle ginocchia, lo sguardo fisso a terra.

«È un gran casino, Willy. Io non so proprio...»

«Lui come sta?»

Se conosco bene Jackson, o almeno quel tanto che basta, sicuramente ha chiamato Nate mentre io e Sarah eravamo fuori.

Jackson si morde le labbra e poi solleva lo sguardo su di me. Percepisco dolore nei suoi occhi, anche se forse non è per me.

«Lui è il mio migliore amico. Lo è sempre stato. Spesso non siamo stati d'accordo... e per anni non ci siamo nemmeno più sentiti. Ma non sono riuscito a trovare qualcuno che prendesse il suo posto, capisci?»

Certo che lo capisco, anche se per me la situazione è completamente diversa. Anche nel mio cuore nessuno ha mai preso il suo posto.

«Certo che capisco, Jack.»

Mi siedo al suo fianco e poso le mani sulle sue, aspettando che plachi il suo tormento e riprenda a parlare.

«Non gli ho detto tutto.» Mi stringe le mani e abbassa nuovamente il viso. «Anzi, non gli ho detto proprio niente. Solo che sei passata e poi sei andata via.»

«Non vuole vedermi...» annuisco e mi alzo.

«No, non vuole vederti Willy. Nemmeno sull'autobus avrebbe voluto vederti, ma disgraziatamente ti ha vista!» Anche Jackson si alza e mi afferra per le spalle. «E ora sta uscendo fuori di testa pure lui. Sperava che non fossi tu, ma...»

«Ho capito» annuisco e sento il cuore esplodermi quasi nel petto. Anche lui mi ha vista. Anche lui... Fisso il pavimento. Mi costa dire quello che sto per dire, ma lo amo, lo amo ancora, l'ho sempre amato. E non potrei mai sopportare di rovinare la sua vita, oltre la mia. «Tu sei il suo migliore amico, Jackson, lo conosci bene. Ti chiedo una cosa, una sola. Fai quello che è meglio per lui. Fai in modo che soffra il meno possibile. Se il meglio per lui è non vedermi mai più, non parlarmi, non sapere la verità... Allora digli che io sono felice. Inventati una storia, digli che sono sposata, che sono stata veramente in America e sono qui solo per una breve vacanza, che ho un marito meraviglioso e anche un paio di figli...»

Non sento la risposta di Jackson e sollevo il viso per guardarlo. Oltre a lui mi accorgo che Sarah e Thomas mi stanno osservando in silenzio. Sarah è in lacrime. Gli occhi chiari di Thomas sono lucidissimi, sembra lottare per trattenersi. Jackson si passa più volte le mani sul viso.

«Andiamo, Willy.» Mi guarda con espressione stravolta, mi accarezza piano la schiena. Sembra che il mio tentativo di calmarlo abbia ottenuto l'effetto contrario. «Io non posso proteggerlo. Non posso nemmeno mentire e lasciare che questo segreto resti per sempre tra noi. Nate ha diritto di sapere. E tu hai diritto di parlare con lui.»

«Grazie...»

Non riesco ancora a credere che Jackson abbia preso questa decisione. Mi gira la testa, mi appoggio al suo braccio.

«Voi due restate qui.» Jackson si rivolge a Thomas e Sarah con espressione cupa, severa. «Credo che sia già abbastanza difficile...»

«Sarah...»

Dovrei davvero lasciarla qui? Forse è meglio che vada a casa, oppure...

«Io ti aspetto qui, Willy. Non ci torno a casa!»

Sembra leggermi nel pensiero, perché tira su col naso e va a sedersi sul divano incrociando le braccia.

«Sì, noi...» Thomas mi guarda e accenna un sorriso, davvero molto forzato. «Guardiamo un film... meglio una commedia, direi. E io preparo i popcorn... i brownies... qualcosa... Vai tranquilla, insomma!»

Esco di casa con Jackson, mi indica con la testa la sua macchina parcheggiata di fronte e lo seguo. Non sono del tutto sicura di lasciare sola Sarah. Ma non sono nemmeno la persona più adatta per prendermi cura di lei in questo momento, anzi...

«Jackson...»

Improvvisamente non sono sicura che sia la cosa giusta. Vedere Nate. Parlare con lui. Temo le mie reazioni. E temo anche di essere troppo, troppo lontana dalla ragazza che ero un tempo. Tutto ciò che lui amava in me si è spento, perso, andato, annientato per sempre.

«Non ti tirare indietro proprio ora, Willy.» Mi apre la portiera della macchina e con un cenno mi invita a salire. «Ormai lo devi affrontare.»

Annuisco e salgo, aspetto che lui mi raggiunga dall'altro lato. Sono talmente in ansia da preoccuparmi delle cose più sciocche. Mi chiedo se gli piacerà il mio nuovo taglio di capelli, se mi troverà ingrassata o invecchiata. Devo davvero raccontargli tutto? Oppure fingere che sia andato tutto bene?

Chiudo gli occhi mentre Jackson avvia il motore e parte. Vorrei dormire, dormire e basta. Ho paura di Nate. Non ho mai avuto paura di lui prima. È come se andassi ad affrontare un estraneo, un nemico, un uomo che mi ha abbandonata, lasciata sola a combattere contro una forza malvagia molto più grande e più forte di me.

«Lui è...»

L'immagine del nuovo Nate si sovrappone a quella del mio Nate, quello che mi amava più di ogni cosa al mondo. Come se fossero due persone distinte.

«Ti sto portando da lui, Willy, perché qualunque cosa io ritenga sia giusta o sbagliata, una cosa so per certo...» Continua a guidare, senza guardarmi. «Non se ne andrebbe senza vederti. Verrebbe lui a cercarti, mettendosi nei guai come molti anni fa. Quindi no, Nate non è cambiato. Non così tanto...»

Non so esattamente cosa intenda Jackson. Decido di non chiedere. Aspetto. Aspetto di arrivare da lui. Tengo gli occhi chiusi. Arriveremo da lui, presto. Non voglio nemmeno controllare la strada. Voglio solo tornare a ripercorrere le tappe della mia vita. I momenti in cui eravamo assolutamente convinti che il nostro amore fosse il più vero, il più forte, il più autentico al mondo. E in qualche modo, in un angolo del mio cuore, mi illudo che lo sia ancora. Per entrambi.

CAPITOLO 27

Anno 2001

Willy e Nate furono scoperti. Forse qualcuno aveva fatto la spia. Forse erano diventati, ogni giorno che passava, sempre più avventati, imprudenti. Frances, Doug, qualcuno di passaggio mandato appositamente per controllarla? Non aveva importanza, la situazione era precipitata.

Willy aveva passato in rassegna tutte le possibilità, tutte le persone che potevano avercela con lei ed essere contrari alla sua relazione con Nate. Frances e Doug non avrebbero avuto motivazioni valide. Nella sua mente era arrivata a credere che la colpevole fosse Joyce, la ragazza che cantava nel gruppo di Nate. Non aveva più contatti diretti con lei ma aveva motivo di credere che sapesse che si vedeva ancora con Nate.

Intanto era stata chiusa in casa. A tempo indeterminato. Willy a volte si sentiva esplodere dalla rabbia. La maggior parte delle volte. La situazione era addirittura peggiorata. Era maggiorenne, sarebbe potuta andare via quando voleva. Però dipendeva totalmente da loro. Ora sapevano di Nate, oltretutto. Quindi ci sarebbe andato di mezzo lui, se non si fosse dimostrata arrendevole. Lo avrebbero rovinato, in tutti i modi possibili. Li conosceva, fin troppo bene. Era sempre stata così fragile, così indifesa. Così sola. Nessuno, nessuno era mai stato dalla sua parte.

«Abbiamo deciso che il posto adatto per te è il collegio.» Athilia le comunicò la decisione, coinvolgendo anche suo padre che, come sempre o quasi, era succube della volontà della moglie. «Abbiamo già preso contatti, ti aspettano per l'inizio della prossima settimana.»

«No, io non tornerò in collegio» rispose Willy senza scomporsi. Non poteva accettarlo, non di nuovo. Se ne stava in piedi e li guardava. Per lei erano sempre stati due estranei, ora però ne aveva la certezza assoluta. Lei non apparteneva a quell'ambiente, a quelle persone. Non ne aveva nulla a che fare. «Non ci andrò e se mi costringerete scapperò di nuovo, ve lo assicuro. Non mi potete rinchiudere, sono maggiorenne ormai.»

«Io non ci conterei troppo se fossi in te, Wilhelmina.» La strega le stava rivolgendo quello sguardo compassionevole che detestava. Con quel sorrisetto vacuo e appena accennato. E quegli occhi, quei ragni malefici che la trapassavano da parte a parte. «Ci andrai e ci resterai, da brava. A meno che tu preferisca finire in un luogo peggiore del collegio e sai che io posso muovere le mie conoscenze in proposito.»

«No, no, io...» Una gran voglia di aggredirla si impadronì di Willy. L'avrebbe presa a calci e pugni. Ma forse era proprio ciò che si aspettava da lei per mettere in atto il suo piano. Esasperarla, farle perdere il controllo e dimostrare che aveva ragione a farla rinchiudere. Quella donna era un mostro, ne aveva sempre avuta la certezza. E suo padre, come soggiogato da lei, la assecondava. Doveva scappare, doveva andarsene da lì per sempre. Abbandonare tutto e non tornare mai più. Anche la piccola Sarah, anche il suo angioletto, purtroppo. Non aveva scelta. Sarah apparteneva a loro e non c'era nulla che lei potesse fare per proteggerla. «Papà, ti prego. Non lasciare che mi faccia questo. Io me ne andrò, non tornerò mai più. Vi lascerò in pace, non sentirete più parlare di me, ma...»

Willy si asciugava le lacrime, mentre supplicava. Avrebbe pregato Nate di prenderla con sé. Si sarebbe trovata qualcosa da fare, poi sarebbe andata con lui in America e lì tutto si sarebbe risolto. La disperazione di quei giorni sarebbe stata solo un triste ricordo. Si sarebbero sposati e avrebbe avuto la sua felicità insieme a lui, il loro lieto fine. E dell'ereditiera, della giovane baronessa Wilhelmina Whitmore non sarebbe rimasto più nulla. Come se non fosse mai esistita, per sempre dimenticata. Sarebbe rinata come Mina Carpenter. Era tutto ciò che desiderava al mondo. Essere felice insieme a Nate. E rinascere come Mina Carpenter.

CAPITOLO 28

Anno 2001

Ogni notte il suo pensiero andava a lui. Era rinchiusa, era in trappola. Minacciata costantemente, le veniva ricordato che il collegio sarebbe stato il minore dei suoi mali se non avesse ubbidito. Doveva solo trovare il modo di scappare via, di notte magari. Ma era come se il terrore per le minacce subite la paralizzasse. Sì, paralizzata come lo era sempre stata da bambina di fronte a quella donna. Era ancora più piccola di Sarah quando Athilia era entrata nella sua vita per prendere definitivamente il posto di sua madre Lara, di cui non conservava alcun ricordo, se non qualche vecchia fotografia.

Non poteva pensare che Nate l'avesse dimenticata. No, non era ammissibile. Doveva trovare il modo di uscire di lì. Non avevano motivo di trattenerla, comunque. Non era più una bambina. Nemmeno temeva le minacce di Athilia di rinchiuderla chissà dove. Sarebbe scappata ancora. Ciò che la spaventava davvero era quello che potevano fare a lui. Si immaginava tutte le cattiverie peggiori e aveva la certezza che sarebbero stati capaci di metterle in pratica.

Non c'era nessuno che potesse contattare, nessuno a cui chiedere aiuto. Poteva frequentare figli di amici dei suoi ma sempre tenuta sotto controllo. Stava mentalmente selezionando la persona adatta, quella che potesse fare uno strappo alle regole. Jenna Harris aveva circa tre anni meno di lei e sembrava una ragazzina facilmente influenzabile. Sarebbe bastato distrarla, riuscire a usare il suo cellulare, sempre che ne avesse uno.

Era assurda la sua situazione, totalmente assurda! Avrebbe compiuto vent'anni quell'anno e viveva segregata e prigioniera. Inutile pensare, doveva agire. Ma come? Non era certa che una richiesta diretta funzionasse. O forse sì. Intanto aveva convinto suo padre e Athilia a invitare Jenna per il tè. Si sentiva sola. Jenna era una compagnia giusta per lei, una compagnia accettabile. I suoi genitori non erano nobili ma imprenditori edili di grande successo. Arricchiti insomma. Ma la ragazza era graziosa e si sapeva comportare in società.

Dopo il tè a Willy venne l'idea di fare un giro nel parco della tenuta. Se solo avesse potuto scavalcare i cancelli senza essere vista sarebbe stata un'ottima occasione per fuggire. Camminava con Jenna e con la piccola Sarah verso il laghetto con l'intenzione di andarsi a sedere sulla panchina in legno proprio di fronte. Era ormai primavera inoltrata e il clima era piacevole.

«Jenna...» Ecco, era arrivato il momento. Sedute sulla panchina, mentre Sarah sulla riva del laghetto seguiva il percorso dei cigni. «Tu hai per caso un cellulare tutto tuo?»

«No, Wilhelmina. Potrò averlo solo quando compirò diciotto anni.» Jenna sorrise e giocherellò con i boccoli castano chiaro. «Tanto non avrei nessuno da chiamare.»

Maledizione!

«Come, non hai amiche, amici?» Willy chiese tanto per non bloccare la conversazione. Non le importava, in realtà. I suoi sogni erano andati in pezzi.

«Sì, ma non saprei comunque di cosa parlare...»

Jenna la fissò un po' confusa. Che sapesse qualcosa di lei? Che le avessero detto di fare attenzione?

Willy le rivolse un'occhiata contrariata. Era sempre più tentata di dire la verità e rivelare alla ragazza di cosa avesse veramente bisogno, però... Come fidarsi di questa ragazzina perbene probabilmente succube di genitori che tentavano di innalzare sempre di più il loro livello sociale? Non sembrava assolutamente propensa alla ribellione, oltretutto.

«Devo mandare un messaggio, Jenna. Sarà questione di pochi minuti, anzi pochi secondi. Ma devo mandare un messaggio a una persona, è questione di vita o di morte.»

«Un messaggio con il cellulare?» Jenna inclinò il viso pensierosa.

«No, non necessariamente...però sarebbe la strada più veloce e utile, diciamo.»

Jenna sospirò a abbassò il viso. Come se sapesse che non avrebbe dovuto dire e fare quello che invece avrebbe detto e fatto.

«Una mia amica lo ha. Se le chiedessi di mandare un messaggio per me, lei lo farebbe. Le passo sempre i compiti, mi deve un favore.»

«Jenna, io... ti sarei eternamente grata se tu potessi aiutarmi.»

Willy si posò una mano sul petto, doveva trattenere le lacrime. Non poteva dirle tutto, sarebbe stato troppo.

«Stai disubbidendo ai tuoi, vero?» Jenna sollevò lo sguardo su di lei, seria.

«Io ho quasi vent'anni. Non sto disubbidendo ai miei. Sono i miei che mi negano la libertà, lo capisci questo? Non è giusto.»

Forse non si sarebbe dovuta fidare. Forse l'avrebbe tradita. Ma non aveva scelta, doveva rischiare.

Jenna annuì. Sì, sembrava capisse.

«Dimmi cosa devo scrivere dal telefono della mia amica.»

Ora ci voleva un messaggio. Un messaggio semplice ma molto chiaro. Molto chiaro per Nate soprattutto, ma non eccessivamente esplicito per Jenna e la sua amica. Niente, non era brava con i messaggi in codice. E poi come avrebbe fatto a uscire da lì? Anche se Nate fosse venuto a prenderla...

«Maledizione...»

L'avrebbe messo nei guai! No, doveva riuscire lei ad allontanarsi dalla sua roccaforte, da sola.

«È tanto carino?»

Le parole di Jenna attirarono la sua attenzione. La ragazzina sembrava affascinata dalla situazione, curiosa dai risvolti che non avrebbe potuto sperimentare in prima persona.

«Sì, è davvero tanto carino, Jenna. Talmente carino che non posso assolutamente perderlo...»

«Mmh... posso provare a chiedere a tua madre... alla tua matrigna, insomma, se domani puoi venire a prendere il tè da me. Venirti a prendere con il nostro autista verso le quattro del pomeriggio e così...»

La voce di Jenna tremava. Willy era certa che la ragazzina sapesse che stava facendo qualcosa di sbagliato, o almeno lo sarebbe sicuramente stato dal punto di vista dei suoi genitori.

«E così io uscirò da qui...» Per sempre. Non avrebbe mai raggiunto la casa di Jenna. Una volta fuori avrebbe trovato Nate e se ne sarebbe andata via con lui. Per sempre. «Non lo dimenticherò mai, Jenna. Davvero.»

«Se andasse male, non dirai che sono stata io, vero?»

Gli occhi di Jenna la guardarono spaventati. Tanto che a Willy venne quasi da ridere. Era una ragazzina curiosa, le piaceva giocare col fuoco, ma non era tanto intrepida da compromettersi del tutto e rischiare di scottarsi.

«No, assolutamente. Sarà tutta colpa mia, tranquilla.» Willy sorrise e chiuse gli occhi. La brezza primaverile sul viso era davvero piacevole. E presto sarebbe stata libera. Per sempre. «Ora decidiamo un po' cosa scrivere in quel messaggio.»

CAPITOLO 29

Anno 2001

L'accordo era che Willy si lanciasse giù dalla macchina appena fuori della tenuta dei Whitmore, prima che prendesse velocità una volta oltrepassato il cancello. E che Nate fosse lì ad aspettarla, pronto a portarla via sull'auto di Jackson. Willy sperò che Jenna non l'avesse ingannata e che la comunicazione con Nate via messaggio telefonico fosse avvenuta senza intralci.

All'orario stabilito lui c'era. Willy lo vide subito fuori dal finestrino e sorrise appoggiando la mano al vetro. Non poteva più aspettare. Prima che l'autista svoltasse verso la strada principale per prendere velocità, si buttò giù dalla macchina. In un attimo fu tra le sue braccia. Quanto le era mancato! Nate le baciò immediatamente le labbra accarezzandole il viso.

«Andiamo via da qui... portami via, subito...»

Dovevano sbrigarsi, avrebbero avuto tempo dopo per stare insieme.

Nate annuì e le prese la mano, intrecciando le dita con le sue. Pronto a trascinarla via con sé. Ma si ritrovò sbattuto a forza contro il muro che circondava la residenza, mentre l'autista di Jenna osservava la scena ancora perplesso. Willy non aveva fatto i conti con i cani da guardia di suo padre e della strega. Vide uno di loro comunicare l'evolversi dei fatti attraverso un cellulare.

«No, no... lasciatelo stare!» Willy si mosse verso Nate, colpito ripetutamente allo stomaco, ma venne trattenuta da quello che aveva appena finito di telefonare. Le mani dell'energumeno intorno ai polsi le facevano male. «Lasciami andare, mi fai male! Lasciami, maledetto!»

Non riuscendo a muovere le mani, si divincolò scalciando come poteva.

Jenna era scesa dalla macchina e osservava sconvolta lo sviluppo infausto del loro piano di fuga. Willy incrociò il suo sguardo. Dall'espressione costernata della ragazza comprese che non era stata colpa sua. Ma purtroppo il suo tentativo di aiutarla era miseramente fallito.

Willy ebbe voglia di piangere e di gridare quando vide apparire sul cancello suo padre e Athilia. Tornò a guardare Nate. Erano stati degli ingenui. Giovani, sciocchi e ingenui, alle prese con una forza più grande di loro e dei loro sogni, del loro amore.

«Lasciatelo andare, non fategli male...»

Il tizio che la tratteneva lasciò andare lei, all'istante. Non per la sua supplica, probabilmente, ma per la comparsa dei Whitmore. Ma l'altro continuava a infierire su Nate, colpendolo con una brutalità eccessiva. Come se ci stesse prendendo gusto. Willy si mosse immediatamente verso di lui e venne colpita al braccio. Si morse le labbra dal dolore, ma in quel momento riusciva a pensare solo a Nate. Il cane da guardia dei suoi era grosso due volte lui e l'aveva colpito già troppe volte.

«Nate...»

«Davvero pensavate di farla franca, voi ragazzine?» Athilia sfidò Willy con lo sguardo, poi lanciò un'occhiata gelida in direzione di Jenna.

«Lei non c'entra. Ho fatto tutto da sola.» Willy non l'avrebbe tradita. Jenna non se lo meritava. Sembrava fin troppo sconvolta per replicare, per difendersi. «L'ho solo usata per uscire. E ho preso di nascosto il cellulare a una delle domestiche, per poi cancellare il messaggio.»

Bugia inventata su due piedi, ma sperava servisse. Ci mancava solo che chiudessero quella poveretta di Jenna in casa per colpa sua!

Il padre di Willy fece un cenno all'autista di Jenna. Poteva andare e riaccompagnare la ragazza a casa. Jenna prima di salire posò lo sguardo avvilito su Willy, poi su Nate. Subito dopo la macchina partì e una volta girato l'angolo sparì dalla visuale di Willy.

«In ogni caso... io me ne vado con lui. Non potete trattenermi, qualunque scusa vogliate usare. Scapperò ancora e non riuscirete più a riprendermi. Cosa volete fare? Legarmi?»

«Sei instabile, Wilhelmina. Certo che possiamo trattenerti. Noi siamo responsabili per te. E di qualunque guaio tu potresti combinare.»

La sua instabilità, ecco. Athilia non aspettava altro che giocare quella carta contro di lei, Willy lo sapeva. La sofferenza unita alle continue umiliazioni e mortificazioni da piccola l'avevano resa una bambina problematica. Per un anno si era rifiutata di parlare. Credevano che la sua fosse una forma di autismo. In realtà aveva promesso a se stessa che non avrebbe rivolto la parola a quella donna, mai, in nessuna occasione. E a nessuno che avesse a che fare con lei. Questo coinvolgeva un buon numero di persone che le stavano intorno.

«Ci hai davvero delusi, questa volta.» Lo sguardo freddo e arido di suo padre non lasciava speranza. Era contro di lei, anche lui.

«Dovresti ringraziarci, ti stiamo salvando da un arrampicatore sociale!» Athilia stava forse scherzando? Proprio lei dava a Nate dell'arrampicatore sociale? «Mira al tuo patrimonio, al tuo titolo. Possibile che tu sia tanto stupida e ingenua da non capire?»

«Non è vero...» Lo sguardo di Nate mutò, da incredulo divenne addolorato. Sembrava soffrire ancora di più di quando era stato colpito con ferocia allo stomaco. «Mina... non ci credere! Ti prego...»

«Mi conosci così poco, Nate? Tu pensi davvero che io possa credere alle bugie di questa troia schifosa?» Willy cercò di trattenersi, ma ormai lo aveva detto. Si portò una mano sulla bocca, ma non in tempo. Ciò che la turbò non era il fatto che suo padre e Athilia avessero sentito, l'insulto era assolutamente intenzionale. Ma che la piccola Sarah fosse comparsa, proprio in quel momento, sul cancello con la sua baby-sitter. Che le piacesse o meno la "troia schifosa" era pur sempre sua madre. «Non riuscirete mai a separarmi da lui. E la verità è che non potete farci proprio niente perché io sono maggiorenne. Andiamocene, Nate. Stiamo solo perdendo tempo.»

«No, Willy, no!» Sarah lasciò la mano della baby-sitter per andare a stringersi a lei. Nonostante Athilia cercasse di staccarla a forza, la bambina in lacrime si aggrappava sempre di più alla vita di Willy. «Non andare via... Portami con te!»

L'avrebbe persa. La sua piccolina, l'unica di cui le importasse in quella famiglia insensibile, arida di sentimenti. Come sarebbe cresciuta in quell'ambiente malsano, senza di lei? Il pensiero che sarebbe diventata la fotocopia di Athilia le attanagliò il cuore.

«Tornerò a prenderti, tesoro mio. Ascoltami... staremo insieme, ti porterò via.»

«Non avrai niente, Wilhelmina. Se te ne vai ora, non avrai mai più niente!» sentenziò suo padre.

«E Sarah... non la vedrai mai più!» aggiunse trionfante Athilia. Nonostante tutto sembrava estremamente soddisfatta della situazione che si era creata. «E anche quando sarà più grande, sarà lei a non volerti vedere perché nel frattempo le insegnerò a disprezzarti e a odiarti. Le racconterò tutto il male che hai fatto e lei saprà che tu l'hai abbandonata e le hai voltato le spalle per un poco di buono. Ricordati che è mia figlia!»

La strapparono a forza dalle sue braccia. Lei era libera, poteva andare perché ormai era adulta. Non poteva essere costretta, trattenuta. Ma la sua piccola, dolce Sarah avrebbe subito quella prigionia ancora per tanti, troppi anni. Non ci sarebbe stata più lei a proteggerla. E magari con il tempo, crescendo, l'avrebbe davvero odiata come aveva appena minacciato Athilia.

«Mina…»

Rimasti soli, oltre al cancello in ferro che aveva finalmente oltrepassato, Nate la strinse a sé. Willy scoppiò in lacrime tra le sue braccia.

«Ti ha fatto tanto male?» Gli accarezzò il petto con delicatezza. Poi spostò la mano sul suo viso, non sembrava ferito.

«No. Non mi importa dei pugni, quel male passerà. Sei qui con me, Mina. E sei libera. Niente potrebbe farmi male, ora…» sospirò appoggiando la fronte alla sua. «Però, quello che ha detto quella donna…»

«No, Nate. Lo sai che non ci credo che tu punti ai miei soldi.» Willy accennò un sorriso. Le faceva male, un male quasi fisico, sorridere in quel momento. C'era ben poco per cui sorridere ma doveva sforzarsi. «Magari al titolo, ma probabilmente me lo toglieranno. Quindi no, amore mio, non potrai mai diventare barone… Non funziona così.»

«Mina. Non intendevo quello. Io ci contavo già sul fatto che tu non pensassi quelle cose di me.» Le prese il viso tra le mani e la guardò negli occhi. I suoi occhi azzurro scuro prima sofferenti e stanchi divennero più profondi, intensi. «La tua sorellina… non ti odierà mai, nemmeno se la obbligheranno. Lei ti somiglia. Ha il cuore puro, esattamente come te.»

CAPITOLO 30

Anno 2001

Willy non aveva mai conosciuto la felicità in tutta la sua vita. Con Nate la trovò. Certo, non tutto era perfetto. Il dolore di aver lasciato la sua piccola Sarah non accennava a diminuire. Ma aveva lui, sempre, ogni giorno, ogni notte.

Si era trasferita nel monolocale di Leila inizialmente. Andare a stare con Nate in casa di Delia non era sembrata una buona idea a nessuno dei due.

Brandon nel giro di qualche settimana era partito per l'America. Willy sentiva che la sua vita stava finalmente prendendo forma. Presto lo avrebbero raggiunto, Nate avrebbe ottenuto un lavoro e lei lo avrebbe seguito. Delia sarebbe andata con loro, sempre che Nate fosse riuscito a convincerla. Non sembrava molto propensa a lasciare definitivamente l'Inghilterra.

La cosa migliore per Willy era il fatto che i suoi non erano più andati a cercarla. Aveva tentato di affrontare la questione con calma, di convincerli poco alla volta a comprenderla, ma era stato inutile e doveva rassegnarsi.

Non credeva che avrebbe potuto raggiungere una stabilità tale nella sua vita. Era come se tutto ciò che l'aveva sempre turbata e destabilizzata fosse stato annientato per sempre. Come se l'amore di Nate l'avesse portata a raggiungere una sicurezza e una fiducia che non avevano mai fatto parte del suo mondo prima di incontrarlo.

«L'anno prossimo…» Nate, appoggiato con la schiena alla quercia secolare, le baciò la tempia.

Willy, rannicchiata sul suo petto, teneva gli occhi socchiusi.

«Mmh… che accadrà l'anno prossimo? Mancano ancora quasi cinque mesi…»

«Niente di eccezionale» Nate inclinò il viso e le sollevò il mento con un dito, puntando gli occhi nei suoi. «Solo, noi due…»

«Siamo noi due anche quest'anno!» Willy ridacchiò, adorava metterlo in difficoltà.

«Quella cosa di cui avevamo parlato…» Nate sbuffò e appoggiò la nuca alla corteccia.

«Parliamo sempre di un sacco di cose.» Willy si strinse nelle spalle con noncuranza, poi si morse le labbra. «Quando non siamo impegnati a fare altro… come vorrei fare adesso…» Sorrise e gli baciò il collo, poi risalì verso lo zigomo.

«Insomma, Mina. Sto cercando di…» Nate si appoggiò le mani sulla testa, sospirò e chiuse gli occhi.

«Ehi…» Willy gli prese il viso tra le mani e gli baciò le labbra, rigirandosi per mettersi in braccio a lui. «Non sarà così difficile… Il fatto che conosci già la risposta non ti aiuta?»

«Il fatto che la prima volta sono stato pessimo nella richiesta… No, non mi aiuta…» Nate aprì gli occhi con una smorfia, poi scosse il capo con aria contrariata. «Io non sono bravo con le parole, lo sai.»

Willy non replicò e appoggiò la testa sul suo petto.

«Io non ho bisogno di parole. Io ho bisogno di te. Le parole contano poco, come nell'unica canzone che sai…»

Cominciò a canticchiare sottovoce *More than words*. L'unica canzone che Nate sapeva cantare.

«Sei quasi più brava di me. Canti meglio. Potresti anche prendere il mio posto.»

Nate le afferrò la mano, la voltò e le baciò il palmo.

«Potresti imparare un'altra canzone, un giorno…»

Gli passò un dito sul viso e lo fissò negli occhi azzurri, così dolci quando la guardava ma costantemente animati da un velo di malinconia. Lui sembrava scrutarla, come se non capisse quello che lei voleva comunicargli. Era teso e un po' nervoso, forse timoroso di dire o fare la cosa sbagliata.

Willy lo capiva. Era solo un ragazzo di ventidue anni e all'improvviso si era ritrovato addosso l'incombenza di doversi occupare di lei, trasferirsi in America dal fratello, convincere la nonna a seguirli, rinunciare forse per sempre al suo sogno di studiare musica.

Era solo un ragazzo che meritava un'esistenza più tranquilla, più armoniosa e meno complicata di quella che lei poteva offrirgli. Willy evitò ciò che stava per dire, mentre il cuore le si riempiva di tristezza. Per lui, per la difficoltà della sua vita, per i continui abbandoni che aveva subito, per le rinunce a cui era stato costretto. Temette che lei non fosse la cosa migliore che gli potesse capitare come lui invece era stato per lei.

«Il giorno in cui tu mi sposerai, io ti canterò una nuova canzone. Sarà come l'inizio di una seconda fase della nostra vita. E io...» Nate la strinse a sé e la guardò negli occhi, in modo diverso questa volta, quasi come se volesse entrare in lei, nella sua anima. «Sposami, Mina. Non perché dobbiamo. Ma perché lo vuoi anche tu, come io ti voglio. Sposami perché nonostante le difficoltà che abbiamo avuto fin dall'inizio, io non posso immaginare di stare senza te, mi mancherebbe un pezzo del mio cuore... anzi, gran parte, forse tutto. Sposami perché non so immaginare una vita senza te, senza tutto il resto magari sì, ma non senza te. Sposami perché nessuno al mondo ti amerà quanto ti amo io, fin dal primo momento che ti ho vista e tu mi hai quasi preso a calci... Quindi dimmi di sì adesso, perché se continuo a parlare rischio di rovinare il momento e tu lo sai che io non parlo bene quanto te e...»

Willy non rispose. Non gli disse di sì. Ma lo baciò come non aveva mai fatto prima. Con intensità, con passione, tremando mentre le lacrime inarrestabili le solcavano il viso.

«Sì… ma questo lo sapevi già. Sì, perché mi hai salvato la vita. Quello che non sai è che il tuo amore mi salva la vita ogni giorno. Sì, perché non mi hai lasciata andare via, quando sono stata terribile con te. Sì, perché hai visto in me qualcosa che non riuscivo a vedere nemmeno io e forse nemmeno c'era… è emerso solo quando ho incontrato te, come un fiore tra le rocce… Sì perché anche io sono certa che nessuno al mondo ti amerà quanto ti amo io, al punto che affronterei qualsiasi dolore per il tuo bene… E sarà sempre così, per sempre…»

CAPITOLO 31

Anno 2001

Mentre l'estate volgeva al termine, Willy e Nate erano sempre più consapevoli che nulla al mondo li avrebbe separati, nulla avrebbe più interferito con la loro felicità.

Nulla. Tranne una dramma internazionale in cui, tragicamente, restarono coinvolti. Una sciagura e un dolore che andavano molto al di là della loro capacità di comprensione, della loro forza di reagire alla situazione. Brandon Carpenter era stato una delle vittime dell'attacco alle Twin Towers dell'11 settembre 2001.

Per giorni non avevano ricevuto informazioni e avevano sperato fino all'ultimo in un errore, in un malinteso, in uno scambio di persona. In tutto ciò che era possibile sperare. Finché la notizia, ufficiale purtroppo, fu quella della morte accertata di Brandon.

La reazione di Nate era stata una non reazione. Non ci credeva. Continuava ad accanirsi nella convinzione che suo fratello non fosse morto. Continuava a cercare di carpire notizie e aggiornamenti, a indagare su possibili fraintendimenti. A trovare motivi per cui Brandon non era in grado di rispondere e di mettersi in contatto con loro. Non era lì. Sì, si trovava a New York, questo lo sapeva. Lavorava nei pressi del World Trade Center, ma non era lì, non poteva essere lì dentro proprio in quel momento. Non era il suo destino essere lì. Lì per lui, perché Nate aveva insistito e lo aveva convinto ad accettare l'offerta, quando Brandon esitava e dubitava sulla necessità di trasferirsi negli Stati Uniti. Perché presto lo avrebbero raggiunto. Perché era la cosa migliore da fare per loro. Ricominciare e rifarsi una vita altrove.

Poteva un dolore del genere portarlo alla negazione più assoluta? Passavano i giorni e Nate continuava ostinatamente a non credere, attendeva una chiamata da parte di Brandon. Di giorno, di notte, attendeva una chiamata, una lettera, un messaggio qualunque. Non dormiva, nell'attesa. Non si concedeva un attimo di tregua. Brandon era il suo fratello maggiore, la sua guida. Non poteva morire. Non doveva essere morto. Soprattutto non per colpa sua.

Willy tremava all'idea del momento in cui l'illusione di Nate sarebbe crollata e si sarebbe spezzata di fronte alla verità. Lui stesso ne sarebbe uscito spezzato, distrutto. Lo osservava, gli stava vicina, giorno e notte in attesa di una sua reazione. Senza una parola, per non turbarlo. Senza più carezze, senza baci, per non forzarlo. Non era preparata a un dolore del genere. Anche lei voleva bene a Brandon. Era stato lui a riportarla a galla quando stava per annegare. Sola, persa, incattivita da un mondo che non sentiva suo. Ma non poteva soffrire per se stessa, perché la sofferenza per Nate, per il suo amore, era troppo grande.

Delia si era chiusa in un silenzio che sfidava la realtà. Sempre sola nella sua stanza, al buio. Al contrario di Nate non aveva avuto alcun dubbio, lei. Non sperava più in un miracolo, forse aveva smesso di crederci da tanto tempo. Così un altro uomo della sua vita l'aveva abbandonata per sempre. Willy si ritrovava in mezzo a questi due dolori sentendosene ancora schiacciata. Era tornata, in un certo senso, ad essere il fiore tra le rocce che non sapeva come emergere, come sopravvivere. O come aiutare gli altri a sopravvivere.

Quando Nate iniziò ad accettare la realtà la sua reazione non fu di dolore come lei aveva previsto, ma di rabbia. Una rabbia sconfinata, irrefrenabile, quasi feroce. E nella rabbia ricordò di essere figlio e nipote di soldati. La guerra contro chi aveva condannato a morte suo fratello divenne la sua missione. O meglio, la sua ossessione.

E mentre Nate veniva accettato come volontario grazie al nome di suo padre, Adam Carpenter, il fragile cuore di Willy si spezzava ancora una volta. Irrimediabilmente. Perché per Nate era come se non contasse più abbastanza per convincerlo a restare, a non abbandonarla. Perché nella sua furia mista a disperazione aveva travolto anche lei.

«Ti prego, no. Non lasciarmi senza te. Io...» Doveva dirlo. Lui si sarebbe arrabbiato ma lei doveva dirgli che la sua smania di vendetta non avrebbe attenuato il dolore. Lui doveva soffrire per la perdita di Brandon. Non c'erano scappatoie né vie d'uscita. Non c'era negazione o rabbia che potesse annullare il dolore. Poteva solo viverlo, anche se non l'avrebbe mai superato. Doveva imparare a conviverci. «Nulla ce lo riporterà indietro, Nate.»

«Tu non puoi capire! Quindi è inutile che io ti spieghi!»

Non la chiamava nemmeno Mina, con quella tenerezza, con quell'amore che le aveva fatto palpitare il cuore fin dal primo momento.

«Io... volevo bene a Brandon! Nate, ti prego... non farmi questo. Non farlo a me e a tua nonna. Non possiamo perdere anche te!»

Nate le accarezzò la schiena con dolcezza, ma solo per un istante, come se gli costasse fatica. Poi il suo sguardo tornò duro, irremovibile.

«Non si sfugge al proprio destino. Vedi, io ho cercato di cambiare il mio, ma a quanto pare mio padre aveva ragione quando credeva che sarei entrato nell'esercito, proprio come lui. Me lo diceva sempre, da piccolo. Aveva ragione.»

Gli occhi di Nate non erano più dolci o innamorati, nemmeno quando incrociava lo sguardo di Willy. Erano sempre più oscuri e indecifrabili, cupi come un cielo in tempesta. Ma era un cielo di amarezza e rimpianto.

«Vengo con te, allora.» Willy lo supplicava dentro di sé di non farlo, di non spezzarle il cuore. «Ma non lasciarmi sola. Cosa posso fare io in questo stupido mondo senza di te?»

Non poteva abbandonarla. Nate non l'avrebbe mai abbandonata. Ma era come se il suo Nate si fosse assopito. Al suo posto era comparso quest'uomo che non sembrava nemmeno più un ragazzo di poco più di vent'anni, ma un militare, una sorta di macchina da guerra programmata per la vendetta.

«Ho bisogno di stare solo. Ho bisogno di andare via da qui. Devo andare...» Nate scosse la testa. Non la toccava più, non l'abbracciava più. I suoi occhi non la cercavano più, non si soffermavano più su di lei con quell'amore incondizionato che Willy aveva creduto indistruttibile. «Ti chiedo di avere fiducia in me, di darmi un po' di tempo. Poi tornerò da te. Ti prego Mina, dammi tempo per trovare una ragione alla morte di mio fratello.»

CAPITOLO 32

Anno 2001

Sarebbe andata con lui. Non sapeva ancora come, ma non l'avrebbe lasciato solo ad affrontare le sue ragioni, il suo dolore. Si era sentita inutile, impotente, giorno dopo giorno. Come se la fortezza del loro amore si stesse sgretolando pezzo dopo pezzo. Il loro era un legame indissolubile, Willy lo sapeva. E anche Nate lo sapeva, lei ne era certa. Doveva solo trovare la forza di andare avanti e di ricomporlo, anche se con una parte di se stesso, di entrambi, in meno.

«Non ti permetterà di seguirlo.»

Delia quelle ragioni le aveva trovate molto prima del nipote. Così aveva ripreso a occuparsi di chi, ancora in vita, aveva bisogno di lei. Forse perché Delia, quelle ragioni, era stata costretta a trovarle tante altre volte, prima di lui.

«Probabilmente non se ne accorgerà nemmeno. Che io ci sia o no, gli è indifferente.» Il momento si avvicinava. Nate non la vedeva più. Willy non aveva mai avuto la sensazione di essere così invisibile ai suoi occhi. Ma non le importava. Forse il suo cuore sarebbe tornato da lei, un giorno. E se non fosse accaduto il suo amore sarebbe stato sufficiente per entrambi. «Io non esisto più. È come se mi avesse tagliata fuori dal suo mondo. Mi ha esclusa.»

«Sta soffrendo così tanto che non ti vuole coinvolgere. Teme di distruggere anche te.» Willy non seppe come interpretare le parole di Delia. «Ti esclude perché ti ama. Magari tu non te ne accorgi più o pensi che lui ti voglia abbandonare.»

«Io non ho paura del suo dolore. Sono pronta ad affrontarlo, anche se si abbatterà su di me.» Le sembrava strano che Delia le stesse parlando dell'amore di Nate nei suoi confronti. Nel periodo che avevano trascorso insieme, soprattutto in quegli ultimi mesi in cui la loro relazione si era intensificata, le era sembrato che la nonna di Nate la tollerasse appena come fidanzata del nipote. «Io potrei seguirlo in capo al mondo. O aspettarlo per sempre se lui me lo chiedesse. Anche se non me lo chiedesse. Io lo aspetterò per sempre.»

«Una ragazzina come te non dovrebbe essere tenuta a usare parole come queste. "Per sempre" sembra una presa in giro detto da una Whitmore.»

L'occhiata che le lanciò Delia fu brusca, crudele. Per qualche motivo detestava la sua famiglia, questo lo aveva compreso già da tempo. Gli altri, compreso Nate, temevano i Whitmore. Ma Delia li disprezzava. Forse perché erano tutto ciò che lei non era. Rappresentavano un mondo per cui Delia non provava alcuna stima. E Willy, in fin dei conti, non poteva darle torto.

«Non posso cambiare quello che sono o la famiglia in cui sono nata.» Willy sospirò e ricambiò lo sguardo con fermezza. «Ma con i fatti dimostrerò che le mie non sono solo parole. Nate non è un'infatuazione per me... per cui anche se sono...»

«Ti racconterò una storia, piccola Whitmore. Siediti qui, accanto a me.» Delia indicò il muretto di fronte a casa su cui era seduta. Spostandosi fece abbastanza spazio per entrambe. Willy annuì e l'accontentò. «È la storia di mio fratello, Nathaniel Carpenter.»

«Nate mi aveva detto che ha preso il suo nome da lui.»

Willy accennò un sorriso. Un'occhiata di Delia la convinse a non interromperla durante il suo racconto.

«Durante la Seconda guerra mondiale, mio fratello venne reclutato e partì. Non fu una sua scelta. Ma dovette andare. E lasciare la ragazza che amava, Wilhelmina Fergus.»

Willy, che stava ascoltando tranquillamente il racconto di Delia, sgranò gli occhi incredula a quel nome.

«Mia…»

Sua nonna? Fergus era il cognome da nubile di sua nonna. Il fratello di Delia, da cui Nate aveva preso il nome, era stato innamorato di sua nonna?

«Una ragazza di buona famiglia, una nobile. Un mondo che non era il suo. Lei aveva promesso di aspettarlo, anche per sempre se necessario. Ma non andò così, perché poco dopo la giovane Wilhelmina andò in sposa al barone Whitmore.» Delia chiuse gli occhi per un lungo istante. «Non è buffa, la vita? Ora abbiamo un altro Nathaniel Carpenter, perché il padre di Nate ha preso il mio cognome e non quello di suo padre che ci ha lasciati prima che lui nascesse. E una Wilhelmina Whitmore, che promette di aspettarlo. Il destino è perverso e malefico, nella sua perfidia non ha pietà di noi poveri esseri umani.»

Willy non replicò. Osservò Delia in silenzio. La storia si stava ripetendo, è questo che voleva dirle? Che anche lei avrebbe tradito Nate, come sua nonna aveva tradito il primo Nathaniel Carpenter.

«Colpa mia, tutta colpa mia.» Delia inaspettatamente si stava accusando. Willy non comprese il motivo. Un velo di tristezza annebbiò gli occhi chiari della donna, come se improvvisamente fosse stata catapultata nel passato. «Sono stata io a farli conoscere, a farli incontrare, io a credere nella loro storia. Wilhelmina era una giovane molto dolce, pulita, innocente. Mi aveva insegnato i primi rudimenti di pronto soccorso durante la guerra, così siamo diventate amiche nonostante le differenze sociali. Era un piacere restare ad ascoltarla, lei era istruita, sapeva tante cose. Poi…»

«Si sono innamorati. È successo e basta. Non è stata sua la colpa.» Willy posò delicatamente la mano sulla spalla di Delia. «Anzi, non è proprio una colpa.»

«Le somigli in modo impressionante. Non solo fisicamente. Hai lo stesso entusiasmo, la stessa innocenza nello sguardo. La stessa volontà di fuggire, di vivere, di amare.» Le parole di Delia la lasciarono interdetta. Non avrebbe mai usato quei termini per definire sua nonna. Ma forse lei non la conosceva affatto. «Ma poi, quando la fiamma si spense, la nobile fanciulla se ne tornò tranquillamente a casa, si sposò con un suo pari scelto per lei dalla famiglia e visse felice e contenta nel suo castello. Mio fratello poco dopo rimase ucciso in un agguato.»

«Io non sono mia nonna.» Willy si alzò in piedi, stizzita dalla vicinanza di Delia, offesa dal paragone, ferita dalla pessima considerazione che la donna aveva nei suoi confronti. «Io non torno indietro. Seguirei Nate ovunque, anche in guerra se lui mi volesse. In realtà cercherei di seguirlo anche se non volesse…»

«Sono stata io a tradirvi.» Gli occhi di Delia erano diventati gelidi e la trapassavano da parte a parte, come due lame. «Io ho fatto in modo che i tuoi sapessero di quella tresca che avevi con Nate presso la fondazione benefica.»

«Ha fatto bene.» Willy annuì senza scomporsi, anche se la rivelazione l'aveva colta impreparata. «Così mi hanno costretta a lasciare Nate. Così mi hanno riportata a casa, rinchiusa come in una prigione, tenuta controllata e sottochiave. Così io sono riuscita a fuggire e a tornare da Nate e mi sono allontanata da loro, per sempre. Mi hanno diseredata, ma la mia non è stata una perdita. Al contrario, è stata una liberazione. Quindi la ringrazio per averci traditi.»

«Sei coraggiosa e audace. Ma sei sicura che il tuo amore per Nate non sia stato solo un espediente per uscire dalla tua gabbia dorata? Era quello che cercavi di fare, ancora prima di incontrarlo.»

Delia non sembrava voler cedere e nemmeno concedere a lei il beneficio del dubbio. Willy comprese che quella a cui Delia la stava sottoponendo non era una sorta di inquisizione o una condanna. Ma la desolazione, il dramma di una donna che aveva vissuto troppi abbandoni e delusioni nel corso della sua esistenza, troppi traumi.

«Sono sicura. La mia fiamma non si spegnerà mai, proprio perché non è una fiamma. Come io non sono mia nonna.» Willy sorrise. Se mai avesse avuto un dubbio su ciò che provava per Nate, ora Delia l'aveva aiutata a cancellarlo per sempre. Nonostante lui l'allontanasse al momento, nonostante si fosse staccato da lei, Willy lo avrebbe amato sempre, sopra ogni cosa. «Io non torno a casa, io non abbandono. E prima o poi sarà costretta ad ammetterlo e a farsene una ragione. Questa Wilhelmina Whitmore non lascerà mai Nathaniel Carpenter.»

CAPITOLO 33

Anno 2001

«Mina...» Era tornato a chiamarla con il nome che amava sulle sue labbra. Ma non voleva, o forse non poteva, cambiare idea. Sarebbe partito. «Farai la brava ragazza e non tenterai di raggiungermi, vero?»

«Potrei rasarmi i capelli e farmi prendere tra i marines.»

Restava aggrappata a lui, lo stringeva così forte da non permettergli quasi di respirare. Non poteva lasciarlo andare. Non le sembrava concepibile trascorrere nemmeno un giorno senza lui. Come poteva pensare di lasciarla sola per mesi?

«In mezzo a tutti quei ragazzi? Non ci provare, Mina!» Nate le prese il viso tra le mani, accarezzandolo piano con entrambi i pollici. «Sei mia. Quando torno non ti lascerò mai più. Ma ora... ti prego, dimmi che mi capisci.»

Willy ci aveva provato, a capirlo. Ci provava continuamente. Per lui era diventata come una missione in nome del fratello e forse anche del padre. Non era più la disperazione o la rabbia a guidarlo. Era una sorta di volontariato, di solidarietà presso persone che avevano bisogno di aiuto e di sostegno. Quindi sì, lo capiva. Le faceva male, le spezzava il cuore ma lo capiva.

«Io ti capisco. E ti aspetterò. Ma tu promettimi di tornare... promettimi di essere mio, sempre... sempre...»

Stava tremando. Aveva paura, una paura folle e irragionevole. Avrebbe voluto gridargliela in faccia tutta la sua paura. Se fosse... se gli fosse successo qualcosa, la stessa cosa sarebbe successa anche a lei! Avrebbe voluto metterlo di fronte alla responsabilità, alle promesse che aveva fatto a lei, a lei che era viva e che lo amava e che era sua. Ma non aveva il coraggio di dirgli di mettere da parte il padre e il fratello morti, per lei che era viva. Lo avrebbe ferito troppo. Non con la verità ma con l'accusa di non amarla abbastanza. Willy sapeva che Nate la amava. E sapeva anche che doveva ritrovare la forza di andare avanti, di fare pace con se stesso. Per questo restava in silenzio e accettava la sua decisione.

«Tornerò, Mina. E tu avrai una nuova canzone... Ho già qualche idea!» Nate le baciò ripetutamente le labbra.

«L'hai già scelta?» Willy sorrise, stringendolo più forte. Sorrideva e scherzava, mentre il suo cuore era straziato all'idea di lasciarlo andare.

«Non ancora, sto selezionando. Spero di non fare troppo schifo, altrimenti non raggiungerò il mio scopo!»

«Ho amato la tua voce gracchiante e fastidiosa dalle prime parole di *More than words*. Non ti preoccupare troppo, amore mio...»

I minuti correvano e si susseguivano, uno dopo l'altro, a una velocità folle. Come poteva lasciarlo? Come poteva perdere il suo corpo, le sue carezze, i suoi baci, le sue parole, i suoi occhi di quel colore così indefinibile tra l'azzurro e il grigio che si accendevano quando si concentrava su di lei e l'accarezzava con lo sguardo?

«Devo andare.»

Per un attimo lo vide esitare. Forse, forse avrebbe potuto trattenerlo. Piangere, disperarsi, smettere di fingere tutta quella forza che non possedeva.

«Nate...» Si era sciolto dal suo abbraccio, la sfiorò con un bacio per un'ultima volta. Willy fissò disperata le sue labbra. Non poteva perderlo. Non poteva lasciarlo andare. «Nate...»

Anche la mano stava lasciando la sua. No, no... non avrebbe più resistito.

Nate indietreggiò di qualche passo. Lo aspettavano. Era ora di andare.

«Mina... ti amo, non dimenticarlo mai. Sono tuo per sempre. Qualunque cosa accada, sono tuo per sempre.»

«Ti prego...» Era il momento? Di fermarlo, di cambiare tutto, di supplicarlo. "Io non vivo senza te." Era il momento di dirglielo? Di metterlo di fronte alla verità? Era stanca, debole, troppo fragile senza lui. Senza lui non sapeva nemmeno essere se stessa. «Anche io ti amo, Nate. Sarò qui ad aspettarti. Sono tua per sempre.»

CAPITOLO 34

Quando riapro gli occhi riconosco la zona. Richmond. Così vicino al nostro posto segreto. Le immagini di noi affollano, una dietro l'altra, la mia mente. Tremo al pensiero di non ritrovare più, nell'uomo che sto per incontrare, il riflesso di quel ragazzo. Del mio ragazzo.

Mentre Jackson devia per una stradina di campagna, la mia tensione aumenta. È pomeriggio, ormai. Forse lui non ci sarà, forse sarà uscito.

«Lui lo sa?»

Voglio sapere se Nate si aspetta il mio arrivo, se è preparato a vedermi.

«Non gli ho detto che stiamo andando da lui. Dopo che sei rientrata in casa non gli ho più parlato, come sai.» Jackson rallenta, sembra in cerca di qualcosa, come se si sforzasse di rammentare una direzione. «Però sono certo che ti sta aspettando.»

Non sono più forte come un tempo, non sono più tanto brava a reprimermi, a simulare un coraggio che non ho.

«Ho paura di lui, Jackson. Una paura terribile.»

«Di cosa hai paura, Willy?» Jackson si ferma, si volta e ingrana la retromarcia. Poi svolta e prosegue per una stradina ancora più stretta e dissestata. «Di essere giudicata da Nate. Ricordi di essere mai stata giudicata da lui?»

Socchiudo gli occhi e sospiro. Scuoto la testa.

«No, mai.» Mi chiedo intanto dove mi stia portando.

Si ferma di fronte a una casa in mattoni con un ampio giardino poco curato. Anche la casa avrebbe bisogno di una seria ristrutturazione. Mi aggrappo quasi alla cintura di sicurezza.

È qui? Dovrei scendere? Nate si trova proprio all'interno di quella casa? Non la riconosco, non significa nulla per me. Non mi ci aveva mai portata ai tempi della nostra relazione.

«Era la casa della famiglia di Delia. Non ha mai voluto venderla, ma non ha più voluto viverci. Lunga storia, insomma.»

Lunga storia che Jackson non sembra aver voglia di raccontarmi. Anche perché forse sa che per me sarebbe solo un espediente per non entrare e affrontare…

Nate. Nate si trova là dentro. Ora io dovrei davvero slacciarmi la cintura di sicurezza, scendere dalla macchina di Jackson, percorrere la distanza che mi separa da quella porta in legno scuro, bussare e attendere che lui, Nate, venga ad aprirmi. E trovarmelo davanti. Il Nate che ho visto sull'autobus in centro città, il Nate con quattordici anni in più ma lo stesso sguardo intenso su di me, gli stessi occhi che mi accarezzano piano, che studiano ogni mia reazione scrutando tra i miei pensieri, le mie emozioni.

Non posso. Ho paura. So quale sarà il suo aspetto e lui conosce probabilmente il mio perché anche lui mi ha vista. Non temo delusioni da quel punto di vista e non temo di deluderlo perché anche se non sono più la ragazza di un tempo mi sono trasformata in una donna bella e raffinata. Così dicono tutti. Anche se lui non è tutti.

La mia paura vera è un'altra. Ho paura di amarlo ancora troppo e di scoprire che invece lui non mi ama più. Che il suo amore è ormai un ricordo lontano, una passione giovanile ormai tramontata. Ho paura di leggere nei suoi occhi affetto, tenerezza per un passato comune, per i bei momenti trascorsi insieme. Ma nulla più.

Mi stringo le mani al petto. Devo placare questo mio cuore che ha preso una rincorsa folle, disperata. Non so come fare, cerco di controllare il respiro ma l'ansia mi paralizza.

«Vai da lui, Willy.» Mi incoraggia ancora Jackson, con un tono comprensivo, conciliante. «Vuoi che ti aiuti a scendere? Che ti accompagni alla porta?»

Scuoto la testa con enfasi esagerata. Mi slaccio la cintura di sicurezza e mi butto quasi a forza giù dall'auto. Ora sono in piedi, osservo meglio la casa senza quasi vederla però. So solo che lui è là dentro.

Un passo dopo l'altro. Un passo dopo l'altro e percorro il breve tragitto che mi conduce fino a lui. Fisso la porta in legno come se fosse una meta da raggiungere. Ancora pochi passi, cinque, quattro. Chiudo gli occhi e rischio di inciampare. Devo essere attenta, vigile, decisa. Affrontare qualunque reazione da parte sua e anche da parte mia. Non avere paura che il mio cuore venga scalfito, rotto, annientato.

Nate è vivo, questa è la sola cosa importante. Che io non abbia più il suo amore è solo un dettaglio con cui imparerò a convivere. Nate è vivo e sta bene. Per me è sufficiente. Il mio mondo ha ancora senso di esistere.

CAPITOLO 35

Mi ritrovo di fronte alla porta e dovrei bussare, lo so. La sfioro appena con la mia mano chiusa a pugno. Probabilmente non mi ha sentito, il rumore è stato quasi impercettibile.

Invece percepisco dei passi e poi vedo la porta schiudersi. I secondi diventano eterni e la mia paura si trasforma in vero e proprio terrore.

Resto paralizzata, immobile a fissare il suo viso. Come se volessi conservarne la memoria per il resto della vita. Ed è proprio quello che sto facendo.

Ora riesco ad analizzare meglio i dettagli. Ha i capelli castani più lunghi, mossi sul davanti, quel filo di barba che lo rende più maturo, più uomo. È effettivamente più uomo. Sembra anche più robusto. Le sue spalle sembrano più ampie sotto al maglione blu. Solo gli occhi sono sempre gli stessi. Il modo in cui mi guarda. Suppongo che anche lui stia analizzando me allo stesso modo.

Restiamo entrambi fermi, in silenzio, per un periodo di tempo non quantificabile. Se è vero quello che dicono che il tempo è un'illusione, una costruzione mentale, noi siamo bloccati nell'eternità.

Analizzo i suoi dettagli fisici per non analizzare i sentimenti. E scoprire che lo amo ancora follemente, irrazionalmente. Forse anche più di prima.

«Mina...»

La sua voce è un sospiro. Quasi doloroso. Mi trapassa l'anima. Non sentivo la sua voce da più di quattordici anni. Non mi invita a entrare. È ancora immobile e non distoglie gli occhi dal mio viso.

«Ciao, Nate...»

Quattordici anni senza di lui. Sono talmente tanti e talmente tanto è stato il mio dolore che non saprei neanche spiegargli quanto mi è mancato. Credo che non esistano parole o se esistono questa volta sono io a non saperle trovare.

Improvvisamente sembra distogliersi.

«Entra... ti prego...»

Si sposta di lato per permettermi di passare, mi fa cenno con la mano.

Annuisco ed entro, lo oltrepasso poi mi volto subito a guardarlo. Come se da un momento all'altro potessi perdere la visione di lui. Non lo sopporterei.

«Come stai?»

Sono due semplici parole ma sembra compiere uno sforzo disumano per pronunciarle. Ora toccherebbe a me rispondere. Ma la voce non vuole ubbidire, è come bloccata in una cavità ignota del mio corpo. Percepisco soltanto il cuore, sembra occupare troppo spazio e scoppiarmi nel petto.

«Bene... tu?»

Bene? Ho davvero detto bene? La mia anima è stata massacrata per quattordici lunghi anni. Ma sì, sto bene.

«Sei splendida, Mina... Sei...»

Continua a guardarmi. Ma non più come mi guardava una volta, con gli occhi di quel ragazzo innamorato poco più che ventenne. Il suo sguardo è quello di un uomo profondamente colpito. Non tanto da me, dal mio aspetto. Sembra colpito da una sofferenza inesprimibile perché troppo radicata.

«Anche tu stai bene. Hai... i capelli più lunghi, ti stanno bene.»

Gesticolo, sono un po' ridicola. Ripeto ossessivamente la parola "bene", come se nel mio vocabolario non sapessi trovare altro. Sto dicendo sciocchezze perché non possiamo restare così. Perché se non mi butto su commenti sul suo nuovo aspetto e sulla banalità della vita quotidiana rischio di dirgli la verità. Rischio di dirgli che non ho mai smesso di amarlo, mai, nemmeno per un istante della mia misera, povera vita senza lui.

Rischio di dirgli che non importa cosa è stato o cosa sarà, le mie non erano le promesse di una ragazzina, io lo amerò davvero per sempre.

«Anche tu hai i capelli più lunghi» sorride e inclina il viso. Sembra prendere confidenza con il mio nuovo aspetto. «E ti stanno davvero…» Solleva la mano e sfiora con le dita i miei capelli. «Sei tutta più…» sospira, si morde appena le labbra. «Raffinata, elegante, sei… sei bellissima.»

Considerati gli ultimi giorni trascorsi ne dubito. In realtà non mi sono nemmeno controllata allo specchio prima di venire qui. Forse avrei dovuto pensarci ma con lui è sempre stato… Sono sempre stata io, senza badare a questi dettagli.

«Grazie, sei gentile.»

Restiamo in silenzio, di nuovo. Vorrei guardare altrove, l'interno della casa magari, le pareti, ma non riesco a distogliermi da lui.

Tutto qui? Complimenti su quanto siamo diventati carini nel corso degli anni?

«No, non sono gentile.» Nate riprende la parola improvvisamente. Ora mi guarda e non sembra più sorpreso o incantato, come prima. È diventato serio, cupo, quasi ostile. «Non sono gentile, non sono mai stato gentile con te. E non lo sono neanche adesso.» Non comprendo il significato delle sue parole, la sua espressione determinata mi spaventa, mi turba. «Quello che ho provato per te era vero, Mina.»

«Nate… non sono più Mina da tanto tempo, ormai. Tu l'hai lasciata sola e non sei più tornato.»

La sua Mina non esiste più. E in parte è anche colpa sua. È stato lui a lasciarla, ad abbandonarla in balia di tutto il resto del mondo. Inizio a tremare, sento esplodere la rabbia. Con che diritto mi ha lasciata? Con che diritto non è più tornato da me?

Indietreggio mentre lui tenta di sfiorarmi il braccio con la mano. Dovrei controllarmi. Lo so che dovrei controllarmi e continuare con la farsa dei due conoscenti che si rivedono dopo tanto tempo e si fanno tanti complimenti. Ma non ci riesco.

Non con lui. Non posso fingere con lui, esattamente come tanto tempo fa.

«Io credevo... Tu eri in America, Mina. Scusa... Wilhelmina, Willy...» Si passa una mano sul viso. Qualunque cosa stia provando ora non riesco nemmeno a sentire compassione per lui. Mi fa male, mi fa ancora troppo male, un male che mi schiaccia e mi corrode allo stesso tempo. «Eri felice, realizzata... con una vita meravigliosa...»

«Come diavolo hai potuto credere una cosa del genere, Nate?»

Non sono in grado di trattenermi. Urlo e mi sento soffocare. Suppongo che il mio volto sia diventato una maschera di orrore. Lo guardo come se fosse l'essere più abominevole e immondo che mi sia mai capitato davanti. E la sua sofferenza non mi impietosisce, anzi... mi fa infuriare ancora di più.

«Abbracciami, Mina...»

Gli trema la voce, si avvicina a me ma io continuo a respingerlo e a indietreggiare fino a sbattere contro la porta chiusa.

«No! Non mi toccare!» Cerco di riprendere il controllo dei miei gesti, delle mie parole. «Non voglio più niente da te. Solo una spiegazione. Come potevi essere così convinto che io fossi felice in America? Come hai potuto pensare che non ti aspettassi? Dopo tutto quello che ci siamo detti... Perché non mi hai cercata? Stavi forse scherzando con me, stavi giocando e credevi che giocassi anch'io? Perché io voglio davvero capire. Lo devo a me stessa. Devo capire, devo farmene una ragione e magari iniziare a darmi dell'imbecille, della cretina, dalla povera ingenua. Per aver passato anni, anni rinchiusa in un ospedale psichiatrico, imbottita di sonniferi e di psicofarmaci, subendo anche elettroshock allo scopo di cancellarti dai miei ricordi, estirparti dal mio cuore... mentre tutti intorno mi dicevano che eri morto e io non ci credevo!»

CAPITOLO 36

Il mio dolore si è perpetuato per quattordici lunghi anni. Il suo sembra essersi concentrato tutto in pochi minuti, a seguito delle mie parole. Abbassa lo sguardo e si passa una mano sul petto. Solo in questo breve istante provo pietà. Per lui, per me stessa, per entrambi.

«Sono... sono stato coinvolto in un agguato. Sono sopravvissuto ma...» Solleva il viso su di me. Come posso non amarlo più? Come, se continua a guardarmi così? «Ho perso la memoria. Mi avevano colpito alla testa, molto forte... Sono rimasto incosciente, non so esattamente per quanto. Senza memoria per quasi tre anni. Ma ti vedevo... Sì, io ti vedevo sempre, anche se non avevo più idea di chi tu fossi. Apparivi nei miei sogni come un angelo, mi imploravi di resistere, di vivere... E ci sono stati momenti in cui davvero non avevo più nessuna voglia di vivere, tutto ciò che desideravo era lasciarmi morire.»

Lo guardo. Vorrei stringerlo a me, forte. Forte per guarire le sue ferite, le ferite di entrambi. Invece mi limito ad annuire permettendogli di continuare.

«Sono tornato a cercarti, Mina. Appena ne ho avuta la possibilità, io sono tornato da te. È stata la prima cosa che ho fatto. Perché poco alla volta ho rimesso insieme i pezzi e tu eri... quello più importante per me.» Smette di parlare e mi guarda, poi distoglie lo sguardo. «Mi hanno detto che eri felicemente sposata da due anni, in America. E io sapevo, ricordavo che tu volevi andare in America per sfuggire ai tuoi. Ne avevamo parlato tante volte, lo avevamo progettato insieme. Tu pensi che io abbia creduto alle loro parole? No, no che non ci ho creduto! Non giocavo con te e sapevo che anche tu...»

Aggrotta la fronte, come incerto se continuare.

«Vai avanti, Nate...» Mi avvicino e gli appoggio la mano sulla spalla per incoraggiarlo. «Ti prego...»

«Mi sono appostato, in attesa di riuscire a vederti. Sono entrato anche in casa tua, nella residenza dei Whitmore. Mi ero convinto che ti stessero nascondendo a me, in qualche modo.» Si morde forte le labbra e mi guarda. «Non riuscivo a non pensarti, non riuscivo ad accettare che tu non fossi più mia. Ma tu non c'eri. Ho anche cercato qualcuno, ho sperato di incontrare qualche dipendente dei tuoi, non so... qualcuno che mi dicesse che tu eri ancora lì da qualche parte, che tu mi stavi aspettando. I tuoi mi hanno denunciato per violazione di proprietà privata, per furto e non ricordo più che altro... sono finito in prigione...»

«Oddio, Nate...»

La sua sofferenza unita alla mia rischia davvero di uccidermi ora. Mi sento precipitare in un abisso da cui non riuscirò più a emergere. Non questa volta.

«Poi mi hanno fatto uscire. Hanno fatto in modo che io non trovassi alcun lavoro in Inghilterra. Infine, mi hanno pagato perché io non tornassi più a cercarti e sparissi per sempre dalla circolazione.»

Ora mi guarda come se fosse un condannato a morte. Si aspetta che io lo insulti o mi arrabbi. Invece aspetto. Aspetto ma lui non prosegue, non si giustifica, rimane in silenzio.

«Hai accettato.» Non lo chiedo, lo dico.

Sì, lui ha accettato di rifarsi una vita altrove e cancellarmi. Lasciarmi al mio destino.

«Sì, mi sono lasciato corrompere. E non solo io. Sono risaliti alla famiglia che mi aveva aiutato quando avevo perso la memoria.» Chiude gli occhi per un attimo. Io gli concedo il tempo necessario per riprendere. «Io volevo aiutarli a trasferirsi qui, dovevo la vita a quelle persone. Ma non era possibile. L'uomo che mi ha salvato mi ha trattato come un figlio per tre anni, io non potevo lasciare che restassero a morire nel loro paese... io...»

Dovrei odiarlo. Ha scelto degli sconosciuti al mio posto. Mi ha lasciata sola nel mio tormento. Per quanto credesse davvero che io stessi bene e fossi felice, lui non mi ha più cercata, non se n'è mai accertato personalmente.

«Hai finito?»

Voglio andare via, via da lui, via dai suoi occhi, dalle sue braccia. E voglio che anche lui se ne vada via. Via per sempre dal mio cuore.

«Sono la tua famiglia, Mina...»

Sembra lottare con se stesso. Ma a questo punto voglio sapere tutto. Tutto il peggio di tutti quanti. Senza risparmiarmi nulla. Ormai mi sono resa conto che non c'è più salvezza, per nessuno.

«Io... speravo che lo fossi tu, Nate...» Non so come riesca ancora a reggermi in piedi. Mi gira la testa, ho una nausea persistente che non mi abbandona. Potrei anche piangere fino a non avere più lacrime, se non ne avessi già versate abbastanza in questi anni. Invece mi limito a restare ferma ad ascoltarlo. «Vai avanti. Finché non hai finito, vai avanti.»

«Mi sarei lasciato uccidere, prima di rinunciare a te. E lo so che tu mi credi... lo so come so che tu avresti fatto lo stesso per me.» Mi conosce bene, allora. Ancora. «Ma hanno minacciato quelle persone, quell'uomo, sua moglie, i suoi figli... Poi hanno promesso loro una nuova vita, lontano dal loro paese in guerra, ma anche lontano da qui. Una tenuta in Australia, sistemati per sempre, senza più preoccupazioni. A patto che io non ti cercassi più. Ho sposato la figlia maggiore di quell'uomo, una ragazza dolce, gentile...»

Si ferma. Non mi guarda, anzi si gira e mi volta le spalle. Forse lo sa quanto male mi sta facendo. Sicuramente se lo immagina. Si è ricostruito una vita altrove, con una nuova famiglia. E mi ha lasciata qui da sola a mettere insieme i frammenti di me stessa.

Non parlo, non gli rispondo. Perché non so nemmeno io cosa dire, cosa rispondere. Bravo, hai fatto bene? Non ci riesco. Non sono abbastanza buona, non sono abbastanza generosa per apprezzare il suo gesto. Quest'uomo mi ha spezzato la vita.

Mentre è ancora voltato apro la porta. Devo uscire da qui, dalla sua casa, dalla sua vita. E la cosa peggiore è che ora davvero non so cosa ne sarà di me senza di lui. Forse dovrei trasferirmi anch'io da un'altra parte, lontana, lontana.

Sarò mai abbastanza lontana? Oppure dovrei perdere la memoria e sperare di non incontrare il suo viso nei miei sogni. Se esistesse davvero qualche cura per eliminare per sempre quegli occhi, quelle carezze, la sua voce... il suo cuore...

«Addio, Nate.»

Sospiro piano. Sì, addio. Addio perché sono sempre stata un'egoista. Addio perché non ho mai messo gli altri prima di me stessa. Addio perché non ho i tuoi stessi principi, i tuoi ideali. Addio perché ci ho provato a essere come te, senza mai riuscirci. Addio perché probabilmente sono davvero una Whitmore che cerca di ottenere sempre quello che vuole, non sono così diversa dalla mia famiglia. Addio perché ti basterebbe una parola, un gesto per capire che il mio amore per te è più forte di qualunque ragione, anche quella che mi sta dicendo proprio ora che forse tu non mi amavi abbastanza, che mi hai presa in giro, che il tuo amore è stata una menzogna. Che hai preferito salvare degli estranei. E distruggere me.

CAPITOLO 37

«Ti ho amata come nessun'altra, Mina.»

Sento i suoi passi avvicinarsi. No, non riuscirà a fermarmi. Non può, non deve.

«Smettila! Smettila Nate e lasciami andare...» Vorrei, ma non riesco a muovermi. Sto lottando disperatamente, in realtà è solo una piccola parte di me, la mia mente, la mia ragione a lottare. Ma è come se il mio corpo si rifiutasse di ubbidire ai miei comandi. Perché il mio corpo, il mio cuore, ogni mia cellula vorrebbero solo voltarsi e stringersi a lui, toccarlo, baciarlo. «Lasciami andare prima che io rischi di odiarti... più di quanto ti abbia mai amato.»

«No!» No. Non mi lascia andare. Mi abbraccia da dietro, mi stringe così forte da impedirmi qualunque movimento. O forse sono proprio io a non volermi muovere. Appoggia la testa sulla mia spalla e sento le sue lacrime sul collo. Non riesco a trattenermi, gli accarezzo il braccio con cui mi cinge la vita. «Cosa ti hanno fatto... La mia Mina... cosa ti hanno fatto? Cosa ho lasciato che ti facessero?»

Non sta solo piangendo. Sta singhiozzando sulla mia spalla. È diventato così forte, così uomo. E si dispera stretto a me, come non aveva mai fatto prima. Sente il mio dolore come io sento il suo. Non solo. Lo vive, come io l'ho vissuto in questi quattordici anni senza lui. E si ritiene il responsabile.

«Nate...» Mi libero per un attimo della sua stretta, solo per riuscire a girarmi e stringerlo a me. I nostri corpi aderiscono ancora perfettamente. Gli accarezzo la schiena e poi la nuca. «Non è vero, non è vero che ti odio! Io ti amo... anche più di prima.» Mi si spezza il cuore. Piango insieme a lui. Gli prendo il viso tra le mani. Ho bisogno dei suoi occhi, del cielo tempestoso che riserva solo a me. Sembra confuso, troppo ferito. Come se non fosse riuscito a interpretare il senso delle mie parole. «Mi hai sentito, amore mio? Ti amo. Non potrò mai smettere…»

Mi asciuga gli occhi con una tenerezza infinita, senza staccare un attimo lo sguardo da me. Passa l'indice sulle mie labbra.

«Sei vera? Quando ti ho vista su quell'autobus non potevo credere che tu fossi proprio vera… Credevo fosse uno dei miei soliti sogni, però… eri diversa, eri più adulta, allora…»

Mi bacia la fronte, premendo piano le labbra. Sento vibrare il mio corpo da capo a piedi, gli appoggio le mani sul petto. Percorre il mio viso, si sposta verso la tempia, lo zigomo. Mi afferra per i fianchi mentre io, incapace di resistere oltre, muovo la testa fino a incontrare le sue labbra.

Restiamo immobili per un istante che mi sembra infinito. Poi lo afferro per la nuca e lo bacio senza più esitare. Dischiude le labbra e ricambia il bacio. Perdiamo entrambi l'equilibrio, proprio come la prima volta, il nostro primo bacio quella notte di Capodanno di tanti anni fa. Invece del muro però c'è la porta. Ci stacchiamo un attimo e ci guardiamo negli occhi. Mi sorride appena e annuisce, capisco che anche lui ricorda.

Mi stacco a forza da lui, percorro le sue braccia e prendo le sue mani tra le mie. Per quanto lo desideri, non lo spingerò a comportarsi in modo disonesto. Questo bacio è stato solo in ricordo del nostro passato. Perché capisca che non potrò mai, mai odiarlo nonostante tutto. Questo bacio è tutto ciò che ci resterà.

«Voglio vivere la tua vita, Mina.» Intreccia le dita con le mie. «Sono stato io a rovinartela, per cui lasciami vivere la tua vita. Raccontami tutto, non tralasciare nulla. Raccontami in modo che possa prendere parte del tuo dolore su di me. Se è vero che ancora mi ami… aiutami Mina, ne ho bisogno. Aiutami a non provare questo odio sfrenato che sento ora per me stesso, aiutami a sopravvivere ancora una volta.»

CAPITOLO 38

Anno 2002

I giorni senza lui, intollerabili, divennero settimane. Poi il primo mese, quel gennaio così freddo, così rigido, era finito. Willy era rimasta nel monolocale di Leila. Almeno restava nel suo mondo, con i suoi amici. Cercava costantemente un contatto con lui. Ne aveva bisogno. Avrebbe dato qualsiasi cosa per una sua parola, un messaggio, una telefonata.

Sarebbe tornato presto. Sei mesi le aveva promesso, non un giorno di più. Quindi tra la fine di giugno e i primi di luglio sarebbe stato nuovamente suo.

Willy aveva così iniziato a contare i giorni. Aveva comprato un calendario e lo aveva appeso nel salottino in casa di Leila. A volte si fermava a guardarlo, come se il tempo potesse trascorrere più veloce se lei si concentrava abbastanza perché accadesse.

Una mattina, nel cortiletto fuori casa, aveva trovato ad aspettarla una macchina. E da quella macchina era sceso suo padre. Le chiedeva di tornare a casa insieme a lui. Tutto sarebbe stato dimenticato. La sua era stata solo una follia di gioventù, una di quelle che prima o poi capitano a tutti i ragazzi e le ragazze di buona famiglia. Un istinto di ribellione adolescenziale.

«Non sono più un'adolescente, papà. Sono una donna che sa quello che vuole.» Willy aveva ascoltato le parole del padre distrattamente, stringendosi le braccia al petto in un istinto di protezione. Sapeva cosa voleva da lei. E quelli erano i soliti discorsi che si facevano a una ragazzina viziata che si era cercata un diversivo per combattere la noia. «Voglio restare qui e aspettare l'uomo che presto tornerà da me. Sposarlo e iniziare una vita insieme a lui. In America.»

Forse aveva detto troppo, avrebbe dovuto trattenersi. Ma ormai era fatta. Non voleva ripetere più, mai più, quella conversazione. Sperava così di essere stata chiara, una volta per tutte. A suo padre non restò altro da fare che voltarsi, andarsene e lasciarla alla sua vita.

Aiutava Leila e Delia alla mensa. Aveva imparato a cucinare e preparava con Leila molti dolci che vendevano a una pasticceria. Ogni suo gesto era pensato in funzione di Nate. A cosa lui avrebbe detto, a cosa lui avrebbe pensato.

Quanto era cambiata in poco più di un anno! Magari avrebbe preso anche il diploma, prima o poi. Magari lui sarebbe riuscito a dedicarsi alla musica che tanto amava. Oppure a diventare uno chef di fama internazionale. Qualunque cosa lui avesse deciso non gli sarebbe mai mancato il suo amore e il suo sostegno incondizionato.

Quando ormai aveva iniziato il conto alla rovescia, erano finalmente vicini gli ultimi due mesi della loro separazione, arrivò la notizia. E la prima cosa che Willy pensò e che persistette nel ripetersi ininterrottamente fu *"Aprile è il più crudele dei mesi..."*.

Non ricordava la continuazione di quell'estratto della *Terra Desolata* di T.S Eliot che le avevano fatto studiare in collegio negli anni precedenti. Nemmeno le era piaciuto. Ma quelle parole continuavano a rimbombare, a rimbalzare assurdamente nel suo cervello. Aprile era davvero il più crudele dei mesi per lei. Perché in un giorno di fine aprile aveva perso il suo amore. Nate era stato dato per disperso dopo un attacco. E di lui non si era saputo più niente.

CAPITOLO 39

Anno 2002

Continuava a rifiutarsi di credere. Credere che lui l'avesse lasciata per sempre. Non lo sentiva. Al contrario, Willy lo sentiva troppo palpitare nel suo cuore, con troppa forza, con troppa passione. Lui doveva essere da qualche parte. E la cercava, la chiamava, forse aveva paura. Anche lei aveva paura, di affrontare la vita senza lui.

Prove della sua scomparsa? Il suo campo sterminato, raso al suolo? Davvero speravano di convincerla così? In ogni caso avevano cominciato a non darle tregua. Insistevano perché lei tornasse a casa, in famiglia. Per riprendersi, per il suo bene. Nelle sue condizioni ne aveva bisogno. Forse non attendevano altro ed erano ben lieti che la tragedia l'avesse colpita.

Quando avevano iniziato a minacciare velatamente Delia, Willy aveva acconsentito. Delia aveva perso anche più di lei. Ancora una volta. Delia aveva perso troppo. Per quanto Willy sperasse di poterla compensare in qualche modo, forse non sarebbe stato abbastanza.

Alla fine acconsentì, a patto di ottenere il permesso di recarsi da sua nonna in Cornovaglia, per qualche tempo. Con la scusa che cambiare aria le avrebbe fatto bene. In realtà sperava che almeno lei le credesse.

Sentiva una connessione, anzi la verità era che sapeva di avere una connessione. Anche lei, Wilhelmina Whitmore, anche se ai tempi era Wilhelmina Fergus, aveva amato un Nathaniel Carpenter. Non poteva averlo dimenticato del tutto.

Ma quello che ottenne dalla prima Wilhemina non fu ciò che si aspettava, ciò di cui aveva bisogno. Nessun supporto morale, nessuna comprensione, solo freddezza e distacco.

«È inutile rimpiangere i morti. Bisogna vivere. Continuare a vivere, andare avanti.»

Delia aveva avuto ragione su di lei, era davvero uguale a tutti gli altri della sua famiglia. Ipocrita ed egoista. E questo la feriva profondamente. Sarebbe morta per mancanza d'amore senza Nate.

Ormai lo sapeva, era solo questione di tempo. Non le importava più dove stare, non c'era più nessuna casa per lei, perché la sua casa era lui. E lui era... No, non era quello che dicevano loro. Lui era ancora da qualche parte. Lui esisteva perché lo sentiva palpitare nel cuore. Poteva percepire il suo amore, doveva solo ricordarsi di respirare e non arrendersi. Per lui, per loro. Per ciò che le aveva lasciato.

Una settimana dopo erano venuti a riprenderla per riportarla a casa. Si era mossa la strega in persona insieme a suo padre. Così avevano raccontato alla nonna, che non si era opposta, non aveva fatto nulla per trattenerla. Invece la destinazione era stata un'altra. Willy aveva dormito per tutto il viaggio, le avevano dato dei calmanti quando lei aveva tentato di ribellarsi e si era innervosita troppo.

Si era ritrovata in una stanza dalle mura bianche, talmente bianche da ferirle gli occhi. E lì era rimasta. E lì le avevano tolto tutto. Sapevano che non si sarebbe potuto aspettare oltre.

I giorni erano passati. Poi erano diventati mesi, anni. E Willy era sempre così stanca, tanto stanca. Più le imponevano il riposo assoluto, più lei diventava stanca. C'erano giorni in cui ogni più minimo movimento la affaticava, le toglieva il respiro. Della Mina Carpenter che sarebbe sbocciata sempre più grazie all'amore di Nate non era rimasto nulla. Al suo posto era tornata Wilhelmina Withmore, sempre più indifesa, sempre più fragile, sempre più smarrita. Un fiore tra le rocce.

CAPITOLO 40

Anno 2002

Lo capiva cosa volevano da lei. Strapparle il ricordo di Nate, la sua immagine. Ma la sua immagine era impressa troppo indelebilmente in lei. E più studiavano nuovi metodi per estirparlo dal suo cuore, più profondamente Willy si legava a lui.

«Salvami, Nate, salvami.»

Si era convinta che era ancora viva, continuava a resistere perché anche lui era vivo. Se non lo fosse stato si sarebbe lasciata andare.

E se chiudeva gli occhi, piano, piano, poteva sentire ancora la sua voce, il suo tocco. Così mentre riceveva continue scosse lei si concentrava sulla sua voce, sulle sue parole, sulla sua unica canzone.

"La mia unica canzone sei tu."

Quello che si erano detti, le immagini di lui. Per quanto si impegnassero lui era l'immagine più importante della sua vita. Si teneva aggrappata con così tanta forza, da non poterla slegare o sciogliere.

Athilia Whitmore aveva deciso di occuparsene personalmente. Lei era il suo caso. Il suo affare da risolvere. L'ostacolo, l'intralcio da debellare, da quando era entrata a far parte della famiglia Whitmore. Spesso la raggiungeva per monitorare gli sviluppi. Riusciva incredibilmente a imporre la sua autorità e a far valere la sua influenza anche sui responsabili della clinica, sugli inservienti. Li teneva avvinti, soggiogati nella sua ragnatela. Willy la scorgeva, con quel suo camice così bianco, così bianco e accecante come le pareti di quella stanza.

Conosceva bene la scienza medica, Athilia Whitmore. Le era mancata solo la specializzazione, ma non aveva importanza ormai perché aveva conosciuto Edward, l'uomo dei sogni. E l'aveva preso per sé. Perché lui aveva bisogno, assolutamente bisogno, di una seconda madre per la sua bambina così fragile, così delicata. Questo era stato il suo espediente.

«Lasciati andare, Wilhelmina. Non resistere. Andrà tutto bene...» le sussurrava all'orecchio con quella sua voce melliflua ma sadica, perversa. Willy la sentiva amplificata mentre ripeteva incessantemente "tutto bene, tutto bene, tutto bene..."

«No, no! Lasciami andare... maledetta, lasciami andare... Nate... salvami Nate, torna da me... ti prego, torna da me...»

Non riuscendo ad ottenere il suo scopo con le buone, Athilia passava alle maniere forti, alle minacce. Alla crudeltà che le risultava tanto facile mettere in atto e che sembrava infondere il lei energia, vigore e un sadico piacere.

«Io ti piegherò. No, non avrei mai dovuto lasciarti andare. Non accadrà di nuovo. Adesso che sei qui, che sei in mio potere, puoi starne certa che ti piegherò! Il tuo Nate è morto. Mi hai sentita? Morto! Non tornerà da te, mai più. Quindi lasciati andare, ti conviene.»

Se avesse ubbidito, se si fosse lasciata andare cedendo solo per qualche istante, glielo avrebbero strappato per sempre, portato via. E lei non poteva, non doveva permettere che lo portassero via da lei. Sopravviveva solo grazie a lui. Il suo amore lo percepiva ancora, ovunque lui fosse.

Non smetteva di perseguitarla, la dottoressa Athilia Whitmore. Personalmente se ne occupava, ancora e sempre. Giorno dopo giorno, anno dopo anno, fino a plasmarla secondo le sue necessità, fino a controllare la sua mente e trasformala in ciò che doveva essere dal principio. Uno spiacevole inconveniente, un intralcio da tenere in disparte.

Willy, in determinate occasioni, era diventata scaltra, aveva imparato a fingere. Metteva al sicuro i sentimenti per lui, si legava alla sua unica canzone per riuscire a riemergere, a tornare a galla appena avessero finito con lei, convinti di aver raggiunto il loro scopo.

Fu in quei momenti che li vide. Athilia Whitmore e il suo amante, uno di quelli a cui la affidava quando tornava a Stanmore per interpretare il ruolo della moglie devota, dell'angelo del focolare. Uno dei dottori della clinica in cui si aggirava con aria altezzosa, come una regina.

Poi le appariva un'altra donna. Aveva le sembianze di Alisa Wagner. Quell'Alisa Wagner, la senzatetto discendente del compositore che Willy aveva seguito verso la mensa quando Leila era andata a prenderle. Era un'altra sua alleata, Alisa Wagner, oltre a Nate. Musica, lei le portava la musica. Musica che Nate amava tanto. E in Willy tornava viva l'immagine dell'orgogliosa vagabonda, quella che non chiedeva niente che non le venisse offerto. Reale o sognata, Willy non riusciva mai a ricordare, Alisa era diventata la sua confidente.

«Continua a sperare, bambina…» le raccomandava Alisa «Continua a sperare… uscirai prima o poi, non è tua questa vita, la tua vita è altrove…»

E Willy continuava a sperare e a ripercorrere la sua storia con Nate, incessantemente. Immagini su immagini di loro due insieme, di lei con Leila, con Brandon, con tutti gli altri. Immagini che concedevano una tregua alla sua anima esausta, distrutta.

Sì, Willy si sarebbe salvata. Perché i legami che aveva costruito erano troppo forti, perché nulla avrebbe cancellato l'impronta di un amore come quello che Nate le aveva donato. Non le restava che attendere il suo ritorno. E del suo ritorno non aveva alcun dubbio, lo attendeva con fiducia. In quella vita o in un'altra avrebbero percorso lo stesso cammino, perché si appartenevano. Per sempre.

CAPITOLO 41

«Mai. Non ti hanno mai strappato via da me.»

Chiudo gli occhi. Tanti particolari gli ho celato nel mio racconto. La sua sofferenza mi causa un dolore troppo vivo. Non ho più timore della mia, riesco a farci i conti da tanti anni, ma la sua non riesco, non sono mai riuscita a tollerarla.

Non mi parla. Quando riapro gli occhi vedo che mi guarda senza dire una parola, senza esprimersi. Sembra confuso, attonito. Sollevo una mano verso di lui, ma non ricevo nessun cenno da parte sua.

«Tutto questo...» sospira, quando decide di parlare quasi non riesco a udire le sue parole. «Tutto questo hai dovuto subire per aver amato me?»

«Se ne avessi la possibilità ripercorrerei le stesse tappe e ti amerei ancora, ancora, mille altre volte...» Resto ferma a guardarlo. Sto bene, sono serena. «Sapendo quello che mi aspetta, rifarei tutto quanto, rivivrei tutto insieme a te, ogni singolo istante. Anche questo.»

«Cosa ho fatto per meritarti, Mina?»

I suoi occhi pieni di lacrime mi trafiggono il cuore. Mi poso una mano sul petto. Non sono in grado di resistere.

«Mi hai vista, mi hai amata, mi hai salvata, Nate.»

«Ti ho lasciata sola...» Si passa le mani tra i capelli, ripetutamente. E inizia a camminare avanti e indietro. Sembra folle, incapace di reggere la verità. «Ti ho abbandonata, quando avevo promesso di non farlo mai. Ho rincorso una vendetta, una missione inutile. Che non è servita a nessuno. Non a Brandon, di certo. E ho distrutto te e anche me stesso. Io sono... io sono imperdonabile! Io ho permesso che ti facessero così male, io... io... meritavo davvero di morire quel giorno...»

«No, no...» Lo afferro e lo stringo a me con tutta la forza che ho. Freme tra le mie braccia e ancora una volta il suo dolore rischia di annientare entrambi. «Sono qui... Nate, guardami...» Lo costringo a guardarmi e mi sforzo di sorridere. «Siamo qui, insieme. Va tutto bene. Io sono diventata più forte, tanto forte, tu non ne hai idea.»

In parte è la verità, in parte no. Non importa.

«Hai detto che io ti ho salvata, Mina. Ora sei tu a salvare me.»

Forse non ne ha voglia, ma sorride. Lo fa per me. Fingiamo entrambi. Per illuderci che la nostra situazione non sia poi così disperata.

Mi cinge con le braccia, non mi aveva mai stretta così, fino a togliermi il respiro. Inclina il viso e cerca le mie labbra, istintivamente. Sto per abbandonarmi a lui, quando sento un colpo alla porta. Mi spavento e mi aggrappo a Nate per un momento, poi lo lascio andare ad aprire.

Quando apre la porta ricordo che Jackson mi aspettava fuori. Nate gli parla, poi richiude proprio mentre Jackson lancia un'occhiata dubbiosa verso di me.

«Gli ho detto che resti qui con me. Ti riaccompagno io, più tardi.»

«Non può accadere nulla tra noi.» Mi guardo intorno, mi sento improvvisamente stanchissima e cerco un posto dove sedermi. «Io non ti porterò a fare qualcosa che non devi e che non puoi.»

«Lo so, Mina. Ma ti chiedo di restare con me oggi. Di continuare a parlarmi, perché io di te non posso, non voglio averne abbastanza. Non ancora.»

Chiudo gli occhi mentre mi stringe tra le braccia. Sono così stanca, sono stanca da così tanti anni. Sto per crollare e me ne accorgo.

Posso lasciarmi andare, finalmente? Posso smettere di trattenermi, di opporre resistenza. Sono con Nate, non mi farà del male, non approfitterà della mia debolezza per indirizzare i miei pensieri, per rimodellarmi i sentimenti a suo piacimento.

Mi prende in braccio prima che cada a terra e io mi sento così piccola, così indifesa… Ed è una gioia tale che una parte di me sorride, prima timidamente, poi senza più esitazione.

Mi distende e mi lascia per un breve istante. Poi torna per stringermi a sé. Sento il suo calore mentre mi accarezza le braccia, mi bacia la fronte. Apro gli occhi, per un attimo. Sono in un'altra stanza, distesa su di un letto.

«Nate… perdonami, ma io…»

«Riposa, Mina. Io sto qui con te…» mi sussurra ricoprendo di baci il mio viso.

«Non farli entrare, non lasciare che mi portino via… io…» Il sonno sta per vincermi. Non ricordavo nemmeno più cosa significasse avere davvero sonno, dormire. Non dormo spontaneamente da così tanti anni… Per resistere, per non permettere ai piccoli mostri di vincermi, di invadermi, di strapparmi l'anima. La sua canzone, Nate sta cantando la sua canzone, solo per me. E la sua voce è così bella, così pulita, così profonda. L'ho sempre pensato e non gliel'ho mai detto. Adoravo prenderlo in giro. Anche quella sera, quando ci siamo incontrati. Non vedevo gli altri, solo lui. Ho sempre visto solo lui. «Sono… ancora l'unica canzone per te?»

Mi culla dolcemente, sul suo petto. Riesco a sentire i battiti del suo cuore e sorrido, prima di chiudere gli occhi.

«Sarai sempre l'unica canzone per me, Mina. Sempre.»

CAPITOLO 42

«Perdonami.»

Apro gli occhi e lo guardo. Non ho idea di quanto ho dormito, forse troppo.

«Figurati! Eri bellissima e io ho potuto guardarti per bene.» Mi sorride e mi solleva il mento. Desidero ardentemente che mi baci, invece continua a parlare. «Sei bellissima.»

«Ho dormito troppo, vero?» sospiro e mi copro il viso con le mani. «È questo che stai cercando di dirmi…»

«Ma no, solo due o tre giorni. Che vuoi che sia?» replica serio, stringendosi nelle spalle, poi sogghigna divertito.

Lo osservo e annuisco quasi convinta dalle sue parole, poi quando mi rendo conto dello scherzo lo colpisco al petto delicatamente.

«Ma sempre così idiota sei?»

«Non colpisci più come una volta, Mina.» Mi prende la mano e intreccia le dita con le mie. «Davi certi pugni per essere una ragazzina!»

«Si vede che un certo stronzo mi ispirava!»

Rido, come non rido da così tanto tempo che avevo addirittura dimenticato fosse possibile. Mi afferra entrambe le mani e si gira, mettendosi quasi sopra di me. Quando mi bacia non so resistere. Vorrei lasciarmi andare, lo vorrei più di ogni cosa al mondo, ma sposto il viso di lato.

«Scusami…» Si ricompone e torna al suo posto. «Ma quando ridi… quando ridevi così io ho sempre perso la testa. L'avevo persa comunque… la perdo comunque…»

«Mmh…» Evito di approfondire il discorso, per il bene di entrambi decido di cambiare argomento. «Parlami un po' di te. Che cosa hai combinato? Musica? Cucina? Entrambe?»

«Non ho più suonato né cantato.» Guarda fisso di fronte a sé, poi socchiude gli occhi. «Da quando mi sono trasferito in Australia io con la musica ho chiuso. A volte mi infastidisce anche solo ascoltarla, perché... mi ricorda ciò che ho perso.»

Appoggio la testa sulla sua spalla e gli accarezzo il viso dolcemente. Avrà mai pace il mio cuore? Ho una gran voglia di lasciarmi andare e così poca resistenza nei suoi confronti.

«Vuoi sapere la verità? Ti ho sempre mentito, Nate. Adoravo la tua voce. Non l'ho mai considerata gracchiante e fastidiosa. E visto che sono in vena di sincerità... non ho mai pensato che Jackson fosse il più figo del gruppo.»

«Ah davvero, stronzetta?» sorride e si arrotola una ciocca dei miei capelli intorno al dito tirandola leggermente. «E chi, allora? Trevis? Scott?»

«Erano entrambi dannatamente attraenti, devo ammetterlo. Ma... c'era quel tipo, dietro alla batteria, che io...»

Non riesco a proseguire, mi sfiora le labbra con un bacio. Un bacio delicato, appena accennato. E mi sorride. Restiamo così, in silenzio, a guardarci senza dire più niente. Sono tentata di proseguire, dire qualcosa. Ma se lui non vuole raccontare, non insisterò.

«Vorrei tornare a suonare. Vorrei...» Aggrotta la fronte, scuote la testa. «No, ormai sono troppo vecchio per fare il batterista scapestrato di una boy band...»

«Sai quanto mi piacerebbe rivedervi insieme?» Sorrido entusiasta e mi metto in ginocchio, accucciandomi contro di lui. «Se potessi esprimere un desiderio... io vorrei vedervi suonare insieme, come quella sera. Tutto esattamente come quella sera...»

«Se stai tentando di dirmi che desideri ardentemente prendermi a botte, Mina, esattamente come quella sera...» sospira e fa il broncio.

A ogni suo gesto, a ogni sua espressione, sono più innamorata di lui. Ancora di più.

«Quanto sei scemo, Nate!» Lo bacio sulla fronte e poi sul viso. «Non stavo scherzando, ero assolutamente seria... eravate tipi così sexy!»

«Sono diventato uno chef alla fine, lavoro nel catering e nella ristorazione. Poco sexy, mi dispiace.»

Aggiunge qualche particolare della sua nuova vita. Accetto ciò che decide di raccontarmi senza forzarlo.

«Sì, decisamente poco sexy.» Lo guardo e annuisco. «Ma anche l'instabilità mentale mescolata alla paranoia è poco sexy... molto meno di una ragazzina ribelle che ti prendeva a botte e scattava fotografie.»

«Mina...»

Si posa le mani sugli occhi. Non avevo intenzione di farlo soffrire.

«Nate... ti avrei amato comunque.» Poso le mani sulle sue e le allontano dai suoi occhi, costringendolo a guardarmi. «Questo è un dato di fatto. Io sono stata instabile per tanto tempo. Quando ci siamo incontrati, tanti anni fa, lo ero per rabbia, per alienazione da un mondo che non sentivo mio. Per esasperazione. Poi lo sono diventata per disperazione e perché... perché la mia famiglia invece di aiutarmi, di sostenermi mi ha spinta sempre di più nell'abisso. Sempre più a fondo, dove non avevo nulla a cui aggrapparmi. Ma ora sono libera, sono finalmente libera. Non sono più arrabbiata, né alienata, né disperata. Sono solo io. E non so quanto la mia attuale normalità possa essere affascinante.»

«Potrei passare la vita a dirti quanto sei affascinante, provocante, irresistibile. E dolce... Lo so che hai sempre cercato di fare quello che stai facendo proprio ora. Stai tentando di convincermi che sì, hai sofferto... ma non così tanto, stai bene, non è più un problema. Così che io possa andare avanti e non preoccuparmi troppo per te. L'hai fatto quando hai cercato di farmi credere che la tua sorellina fosse la cosa più importante per te e non io, così che ti avrei lasciata andare senza causare troppa sofferenza a tutti gli altri. E anche quando mi hai lasciato partire... hai detto di capirmi, che accettavi la mia scelta e...» Mi guarda come se si fosse perso nelle sue stesse parole. So cosa vuole dirmi. Che ora l'ha capito e che forse lo aveva capito anche prima. «Tu non sei mai stata fragile, Mina. Tu eri e sei una forza della natura. Io ero fragile e lo sono ancora. Il più debole tra noi due sono sempre stato io.»

Sono forte? Io sono davvero così forte come lui dice?

«Un fiore tra le rocce?»

«Il mio fiore tra le rocce...» Si alza di scatto, si inginocchia e apre il cassetto di un comodino poco distante dal letto. Torna con un quaderno. Mentre lo apre mi accorgo che è un album fotografico. Dentro ritrovo il nostro fiore tra le rocce, preso da diverse angolazioni. Poi il nostro luogo segreto, la quercia. Anche foto di lui che io gli ho scattato e di noi due insieme. «Le avevo perse quando...» Sospira e solleva le spalle. «Ma quando sono tornato la prima volta le ho rimesse tutte insieme, ne ho fatte così tante copie e me le porto in giro ovunque, insomma... Sono un povero imbecille romantico, fattene una ragione Mina...»

Conclude con una specie di risata. Lo ha sempre fatto per alleviare la tensione.

«Ah, credi che non lo sappia?» rido anch'io e continuo a sfogliare l'album. «Oddio Nate, ma guardami qui. Ero orribile... Guarda i miei capelli e... quella faccia incazzosa...»

«Eri dolcissima. Guarda me invece... sembro un fantasma qui, pallido pallido... Ma come facevo a piacerti? Non ti facevo paura?»

«No, ero piuttosto coinvolta all'epoca. Direi che non me ne sono accorta...»

Continuo a sfogliare l'album e arrivo alla fine. Alla penultima pagina trovo la fotografia di un bambino. Dimostra sei o sette anni, ha lo sguardo simile a Nate, lo stesso taglio degli occhi, le stesse labbra. Solo la carnagione è più scura. Sollevo il viso ma nello stesso tempo Nate ha abbassato gli occhi e distolto lo sguardo sia da me sia dall'album.

«Nate... è davvero bellissimo. Ti somiglia.» Gli accarezzo la mano, poi raggiungo il suo viso e lo sollevo come spesso faceva lui con me, obbligandolo a guardarmi. Sorrido e annuisco. «Ti somiglia davvero tanto. E per la cronaca, non lo sto dicendo solo per farti sentire meglio. Lo penso davvero. E sapevo già di lui.»

«Grazie, Mina.» Sorride anche lui e mi accarezza i capelli. «Qui era più piccolo, ha dieci anni ora. E da grande vuole fare il musicista.»

CAPITOLO 43

Siamo rimasti insieme un giorno intero. Ho chiamato Sarah e mi ha detto che sarebbe rimasta ospite a casa di Thomas e Jackson fino al mio ritorno, ma non sarebbe andata più, mai più a casa, nemmeno sotto minaccia. Mia sorella sta ripercorrendo i miei passi, più di quanto io avrei mai creduto possibile.

La difficoltà maggiore per me e Nate è stata quella di tenere sotto controllo i sentimenti e l'irrefrenabile desiderio che abbiamo di stare insieme. Ma questo giorno, questo giorno, è stato solo nostro. La consapevolezza che lui stia bene mi ha riportato la pace che avevo perso per così tanti anni.

Se solo avessimo potuto rendere questo giorno eterno...

Noi due in questa casetta sperduta alla periferia di Londra, per sempre. Era la casa costruita dal suo prozio, Nathaniel Carpenter. E Delia non ha mai voluto venderla.

Quando mi ha parlato di lei ho temuto che quella donna così forte, così vigorosa, non ci fosse più. Invece si è ripresa dopo l'ictus, poco alla volta. Ora si trova in Australia insieme alla nuova famiglia di Nate.

«Almeno come chef sei davvero eccezionale!» Sorrido per non cedere alla malinconia. Nate ha cucinato per me due volte in questo nostro giorno perfetto. È stato dolcissimo e romantico. È stato un assaggio di quello che sarebbe stata la mia vita con lui e so che me lo dovrò far bastare per il resto della vita. Dovrò lasciarlo andare. Solo qualche ora e ci separeremo definitivamente. «Però... io credo che una parte di me aspetterà sempre quella seconda canzone. Almeno per tuo figlio dovresti riprendere con la musica.»

Nominare suo figlio mi fa più male di quanto vorrei ma spero che non se ne accorga, spero di non darlo troppo a vedere. Cerco di essere naturale e tranquilla.

«Possiamo fare qualcosa...» Il tempo scorre troppo velocemente e sento Nate sempre più insofferente, irrequieto. «Io non ce la faccio, io non posso lasciarti andare.»

«Devi riaccompagnarmi a casa di Jackson, Nate. Sarah mi aspetta.»

Cosa dovrei dirgli? Di lasciare sua moglie e suo figlio per stare con me? No, non posso. E nemmeno voglio. Non lo farò mai.

Annuisce e distoglie lo sguardo da me. Cerca qualcosa. Prende la giacca appoggiata su un lato del divanetto nel salotto e in una tasca trova le chiavi. Esce di casa in silenzio e io lo seguo.

Nel giardino sul retro c'è la macchina parcheggiata. Apre e mi fa cenno di salire. Salgo in silenzio, allaccio la cintura di sicurezza e chiudo gli occhi. Lo sento salire al mio fianco e sbattere la portiera. Ma non parte. Quando apro gli occhi e mi volto vedo che è immobile con lo sguardo fisso e le mani sul volante.

«Nate...»

Mi spezza il cuore. Mi chiedo come riuscirò a sopravvivere a questo distacco, ancora una volta.

«Odio il fatto che tu sia così dannatamente perfetta, Mina. Mi ami, lo so quanto... perché ti amo anch'io allo stesso modo. Ma non sei venuta a letto con me. Sono io ad avere dei doveri, non tu. Eppure, ti assicuro che non avrei esitato un attimo! Nemmeno mi chiedi di lasciare mia moglie, nemmeno ci provi... Qualunque altra donna lo farebbe al tuo posto.» Non si volta a guardarmi, è come se parlasse a se stesso, non a me. «Ma forse è per questo che io amo te e non qualunque altra donna...»

«Non ti chiederei mai di fare qualcosa che non ti faccia stare in pace con la tua coscienza, Nate.» Poso il palmo della mano sul suo viso, con dolcezza. «Hai già sofferto troppo nella tua vita. Voglio che ripensi a noi due come a qualcosa di bello, non come alla causa dei tuoi mali.»

«E tu... come penserai a me, a noi due?»

Si volta di scatto verso di me, mi prende la mano e la bacia con impeto.

«A te... come al ragazzo più sexy di una band che adoravo.» Sospiro e appoggio la fronte alla sua. «L'amore della mia vita.» Poi mi stacco e mi volto, la passione che leggo nei suoi occhi mi sta uccidendo. «Ora andiamo, per favore.»

Percorriamo la strada in silenzio. Fra poco ci lasceremo per sempre e io avrei ancora così tante cose da dirgli. Non devo piangere, questo è importante. Non piangere.

Si ferma davanti a casa di Jackson. Il mio proposito di non piangere viene annientato in un attimo perché voltandomi verso Nate vedo che i suoi occhi grigio azzurri sono davvero troppo lucidi. Mi impegno per dire qualcosa di sensato.

«Io sono stata davvero molto felice insieme a te. Prima per un anno, poi per un giorno...»

«Mina no, non farlo.» Mi attira a sé quasi con furia, prendendomi tra le braccia. «Tu e i discorsi di addio siete davvero una pessima combinazione...»

«Cosa dovremmo dire allora, Nate? Arrivederci?»

Solleva le spalle e resta in silenzio. Io so che devo assolutamente scendere dalla sua macchina e lasciarlo andare. Tornerà in Australia, dalla sua famiglia. Io non so cosa farò. Potrei sposare Charles, è una brava persona e non mi tormenterà come mi hanno tormentato mio padre e Athilia in tutti questi anni. Sarebbe per me una via di fuga. Potrò stare tranquilla, con lui. Magari dedicarmi alla fotografia.

«Puoi farmi una promessa, Nate?» sorrido e stringo le sue mani tra le mie.

«Qualunque cosa tu voglia, amore mio...» sorride anche lui e mi bacia entrambe le mani.

«Torna alla musica, Nate. Se vuoi sentirmi vicina... torna alla musica. Io voglio riprendere a scattare fotografie, voglio studiare, diventare brava per quanto posso.»

Annuisce appena, anche se sembra poco convinto.

«Te lo prometto. Ma anche tu promettimi una cosa...» Il suo sguardo diventa serio, determinato. «Se dovessero farti ancora del male, chiamami. Voglio dire, se non puoi chiamare me... chiama Jackson, chiama qualcuno che possa aiutarti. Io devo andare e sapere che tu starai bene, che nessuno ti farà più soffrire Mina, mai più!»

«Te lo prometto...» annuisco e comprendo che per me è davvero giunto il momento di andarmene, di scendere dalla sua macchina. E spero che non decida di scendere e di entrare da Jackson ora perché io non riuscirei a sopportare altri momenti insieme a lui, sapendo che dovrò poi staccarmene per sempre. «Ciao, Nate.»

Mentre cerco di aprire la portiera, mi afferra per l'altro braccio costringendomi a voltarmi ancora verso di lui. Mi prende il viso tra le mani e mi bacia. Come se fosse il nostro ultimo bacio. Come se non volesse staccarsi mai più dalle mie labbra. Lo stringo disperatamente. Di fatto è il nostro ultimo bacio. L'ultima volta tra le sue braccia. L'ultimo sguardo. L'ultima carezza sul suo viso e sul mio.

Mi stacco a forza da lui e scendo. Nella fretta di correre verso la casa di Jackson per poco inciampo nei miei stessi piedi. Arrivata davanti alla porta busso forse con troppo vigore. Mi devono aprire subito. Non posso, non devo voltarmi verso di lui.

Jackson mi apre la porta. Io sto per entrare ma non resisto. Mi volto ancora e lo guardo. Sto per scoppiare, non ce la faccio più. Non sopporto di vederlo piangere. Solleva appena la mano in cenno di saluto. Lo imito e lo saluto anch'io. Sembriamo quasi rispecchiarci uno nell'altra.

Entro in casa e mi ritrovo tra le braccia di Sarah. La mia piccolina, la mia sorellina adorata. Da fuori sento un motore avviarsi e un'auto partire. Addio amore mio, addio vita mia.

CAPITOLO 44

Non so cosa dire. Non so nemmeno da che parte cominciare. Mi sciolgo dall'abbraccio di Sarah e accenno un sorriso. Forzatissimo, innaturale.

Jackson mi scruta con aria preoccupata e Thomas si mantiene un po' più a distanza, come se non osasse avvicinarsi.

«Sto bene.» Mi sento in dovere di tranquillizzarli. «È andato tutto bene.» Rivolgo uno sguardo a Jackson e sospiro. «Anche Nate sta bene...»

Non sono certa che mi credano. Non crederei nemmeno io a me stessa. Ma non importa. Ora devo riprendere in mano la mia vita. Io e Nate ci siamo scambiati delle promesse e intendo mantenerle, rispettare la mia parte dei patti.

«Noi dovremmo tornare a casa...»

Mi rivolgo a Sarah, lascio scivolare la mano dalla sua spalla lungo il suo braccio. Mi guarda con un'espressione seria ma indecifrabile.

«Neanche per idea. Te lo puoi scordare!» Per rendere più convincente il concetto va a sedersi sul divano e incrocia le braccia. «Io non ci tornerò mai più a casa ora che so con esattezza quello che ti hanno fatto! Da piccola non lo capivo bene, ho dei ricordi confusi, ma già avevo intuito che ti avevano fatto del male...» Fa il broncio, in questo momento mi ricorda così tanto la Sarah bambina da non riuscire a placare la tenerezza che provo per lei. «Mi hanno staccata da te. Io ti tenevo stretta, volevo che mi portassi via... e loro mi hanno staccata da te! Ho pianto per giorni, ma a nessuno è importato niente.»

Mi siedo accanto a lei e la avvolgo nel mio abbraccio.

«Io non ti lascerò mai più, tesoro mio. Mai, mai, mai piccolina…»

«Noi…» Sarah sospira, non mi risponde e solleva gli occhi scuri e tristi su Thomas, poi li sposta su Jackson. «Potete ospitarci qui, per qualche giorno? Solo il tempo per trovarci un posto nostro dove stare… per favore…»

«Sarah… devi pensare a te stessa, al tuo futuro.»

Devo riportarla alla ragione. Rischia di commettere i miei stessi errori, di soffrire quanto me.

Jackson resta in silenzio, sembra ancora perso nei suoi pensieri.

«Per me potete rimanere. Potete prendere la mia camera, io starò benissimo sul divano.» Thomas sorride a Sarah e annuisce. Lei ricambia il sorriso, si alza e lo abbraccia.

Solo in quel momento Jackson sembra tornare in sé. Guarda i due ragazzi quasi con un lampo di orrore negli occhi, come se stessero facendo qualcosa di profondamente sbagliato. Poi guarda me e io credo di intuire quello che sta pensando. No, si sbaglia. Sarah e Thomas, se mai qualcosa dovesse nascere tra loro, non ripercorreranno la stessa strada mia e di Nate. Ci sarò io a non permettere che accada.

«Sarah, il tuo sogno di diventare stilista… Tu hai bisogno del supporto dei nostri genitori.»

Non ho mai considerato Athilia mia madre, ma devo riuscire a includermi nel quadretto di famiglia allo scopo di convincere Sarah a non rinunciare alla sua vita per me, per i torti che io sola ho subito.

«Posso farcela anche senza di loro. Ho un mio conto per pagare la scuola, mi sono creata qualche contatto con alcune case di moda. Dicono che sono abbastanza brava, posso proporre da sola i miei modelli!» Sorride quasi con entusiasmo. Mentre io e Jackson restiamo seri e preoccupati, Thomas annuisce incoraggiante. È un ragazzo adorabile, davvero. Dolce, tenero, comprensivo. In parte mi ricorda Nate. Sempre pronto a cercare il meglio, a vedere il meglio nelle persone. «Insomma, ho vent'anni, anzi quasi ventuno!»

«Sei giovanissima tesoro, hai ancora bisogno di...»

Non mi lascia nemmeno terminare la frase. È cocciuta e determinata.

«Tu quando sei andata via eri più giovane di me! Ed eri anche più sola!»

Sì, su questo non ha torto. Ero più giovane e più sola, almeno all'inizio. Ed ero emotivamente e psicologicamente più distrutta, più smarrita. Più spaventata e incosciente. Sarah nella sua gioventù, nella sua determinazione, sembra sapere perfettamente quello che sta facendo e a cosa andrà incontro.

«Non mi accadrà quello che è accaduto a te, Willy. Non lo permetterò, me ne andrò prima, molto prima!»

«Piccola, tu non corri il rischio, stai tranquilla. Io sono sicura che non ti capiterà mai, mai...»

No, la verità è che io non sono sicura proprio di niente. In realtà la mia è più una speranza. Sarah è figlia di Athilia. E io spero che non condannerà mai sua figlia al tormento, al supplizio che ha inflitto a me. Non sarebbe sensato. Non sarebbe naturale.

CAPITOLO 45

Tre mesi sono volati via. E in questi tre mesi appena passati la mia vita ha subito una sorta di evoluzione, di trasformazione. Dopo tanti anni trascorsi al buio, ho finalmente fatto pace con me stessa, con la mia povera anima dilaniata, stravolta dagli eventi.

Sposerò Charles Greenwood fra qualche settimana. E questa volta è una mia decisione, presa con assoluta autonomia e coscienza. La motivazione essenziale di questa scelta è che Charles è una brava persona e mi tratterà bene, rispetterà la mia volontà, la mia necessità di solitudine, di silenzio. Non si imporrà mai a me. Su questo ci siamo accordati. Con il tempo sono abbastanza certa che imparerò a volergli bene. Anche lui me ne vuole, del resto ci conosciamo da molti anni, fin da ragazzini. E anche se l'ho sempre reputato goffo e frignone, mi adatterò a lui.

Mi rendo conto che sarà il classico matrimonio di convenienza, non come quello che scherzando pianificavamo io e Nate per fuggire in America o comunque lontano da qui. Mi impegnerò per essere una buona moglie per Charles, senza interferire mai nella sua libertà. Sarò dolce, paziente e discreta. Una graziosa facciata insomma.

«Sei una favola, Willy!» Jenna sorride reggendo tra le mani il velo del mio abito da sposa e lasciandomelo scivolare delicatamente sulle spalle. «Stupenda davvero!»

«Sì, direi passabile…» ridacchio guardandomi allo specchio e faccio un giro su me stessa. Mi hanno confezionato un abito da sposa su misura. Merletti, pizzi, lustrini e pietrine sul petto, scivola leggermente sulle spalle, gonna ampia, fin troppo ampia. Sembro la principessa che non mi sono mai sentita di essere. Troppa roba messa insieme per i miei gusti. «Ora aiutatemi a togliermi questa specie di bomboniera gigante di dosso, altrimenti da sola rischio di fare qualche danno.»

Nessun complimento da parte di Sarah. Mi osserva con espressione quasi ostile, contrariata. So che non è assolutamente d'accordo con il mio matrimonio sebbene io abbia tentato in tutti i modi di spiegarle le mie ragioni. Per lei non era necessario arrivare a tanto. Per lei in qualche modo ce la saremmo cavata anche da sole. È ancora arrabbiata con me.

Dopo un paio di giorni trascorsi da Jackson e Thomas, a forza sono riuscita a convincerla a tornare a casa. Abbiamo avuto una lunga ed estenuante discussione con papà e Athilia in cui tutte le carte, o quasi, sono state messe in tavola. In qualche modo siamo riusciti a raggiungere una sorta di accordo. Molto fragile in realtà, mi aspetto sempre il peggio dalla mia famiglia ormai, ma meglio di niente.

«Tanto impegno per uno di cui non ti frega niente…»

Sarah sbuffa e mi toglie il velo un po' maldestramente tirandomi i capelli, probabilmente con intenzione. In realtà avevo chiesto a lei di disegnarmi il vestito, mi avrebbe fatto un immenso piacere. Si è rifiutata dicendo che non avrebbe prestato la sua arte a qualcosa di finto. La capisco. Ma così stanno le cose, credo di agire per il meglio. Con Charles al mio fianco sarò più sicura sotto ogni punto di vista. E se io sarò più sicura anche Sarah, di conseguenza, avrà più protezione da parte mia, potrà sempre trovare un rifugio da me e da mio marito.

«Sarah… non essere ingiusta.» Jenna le rivolge uno sguardo un po' severo. Anche lei conosce la situazione ma si sente in dovere di intervenire in mia difesa.

Sarah solleva le spalle e sbuffa.

«Ho detto la verità. Niente di più.»

Non cerco di difendermi. La cosa importante per me è che Charles mi accetti. Che accetti la mia condizione, il mio mondo. Chiudo gli occhi e poi li riapro. Se solo fosse andato tutto diversamente… Nemmeno mi importerebbe del vestito, del velo, dei lustrini, della torta…

Scuoto la testa, no, non ci devo e non ci posso pensare. Accarezzo il corpetto del mio abito da sposa principesco. Con una mano raggiungo il mio ventre e lì la trattengo. Ci sono questioni che è stato meglio tacere. Con tutti coloro che non sanno e mi sono legati. Speravo che sarebbe stata una sorpresa gradita tanti anni fa. Immaginavo l'espressione di Nate, appena tornato. Luglio, sarebbero stati i primi giorni di luglio. Probabilmente si sarebbe già incominciato a vedere anche prima.

Sento la nausea salire, senza pietà. Devo riuscire a rimuovere il pensiero ancora una volta, a lasciarlo rintanato nel suo angolino dove lo cullo e lo stringo a me solo di tanto in tanto. Fa male, decisamente troppo male. Ma posso sopportarlo, ci sono sempre riuscita anche da sola.

Ciò che è davvero importante per me è che Charles non pretenderà mai ciò che non posso dargli. In fondo è giusto che lo sappia, molto meglio così. Hanno agito per il mio bene, così mi hanno detto. E no, non ci sarebbe stata più speranza per il futuro. Ma a me non importava di avere ancora una speranza per il futuro se nemmeno potevo avere il presente che amavo.

Penso a lui ogni giorno. E continuerò a pensare a lui ogni giorno. No, ogni giorno è riduttivo. Penso a lui ogni attimo della mia vita. Spesso lo sogno. I sogni di lui sono più frequenti degli incubi ricorrenti ultimamente. E questo è un bene per me. Perché almeno in sogno posso baciarlo, accarezzarlo, stringerlo. Almeno in sogno riesco a crearmi l'illusione che sia per sempre solo mio, davvero mio.

CAPITOLO 46

«Sono innamorata di Thomas e anche lui mi ama.»

La rivelazione di Sarah non mi stupisce. Mi preoccupa, caso mai, ma non mi sconvolge. Sono entrambi giovani, belli, buoni. Sembrano un po' meno incoscienti e sprovveduti di quanto lo eravamo io e Nate e forse questo è molto meglio per loro. È come se avessero già la strada spianata, come se la mia storia con Nate fosse diventata per loro un esempio a cui prestare attenzione e da non ripetere.

«Ci incontriamo in università. Io penso di lasciare, non mi interessa proprio economia. Voglio dedicarmi solo alla moda e trovarmi un lavoro al più presto. Poi appena possibile ci sposeremo e io me ne andrò via da qui.»

Non mi sta chiedendo un'opinione o un consiglio. Quella di mia sorella è una chiara, lucida esposizione dei fatti.

«Perché tutta questa fretta, Sarah?» Devo cercare di farla ragionare, con calma. In lei leggo comunque un'ansia irrefrenabile. «Siete giovani, avete tutto il tempo di conoscervi meglio e fare le cose con calma.»

«No, no. Noi non vogliamo fare le cose con calma. Noi ci vogliamo sposare al più presto, anche solo… insomma, non mi importa della cerimonia…» Abbassa lo sguardo, si morde le labbra, fa un sospiro profondo e poi torna a guardarmi con gli occhioni scuri pieni di lacrime. «Abbiamo paura, Willy. Abbiamo paura che possa succedere qualcosa… Non sappiamo cosa. Qualcosa che ci separerà per sempre come è stato per te e Nate… E io… non voglio, a noi non deve capitare!»

«Oh, tesoro…» Mi avvicino e la stringo tra le braccia. «Piccola, certo che a voi non capiterà, non ci devi nemmeno pensare! Io e Nate…» Mi fa male pensarci. È come se mi si

181

spezzasse il cuore ogni volta. La sensazione fisica del cuore che comprimendosi si rompe, di un frammento che si stacca e vaga senza più ricongiungersi a tutto il resto. «Io e Nate siamo stati davvero molto sfortunati. È stata una serie di circostanze...»

«Dimmi che ci aiuterai, ti prego!» Sembra non aver nemmeno prestato attenzione alle mie parole. Trema e mi stringe le mani. «Jackson non è molto d'accordo... e lo capisco anche, ha paura che possa succedere a suo fratello quello che è successo a... Io detesto, detesto la paura che la nostra famiglia incute nelle persone! Se ci ostacola anche lui, chi ci rimane?»

«Va bene... va bene, stai tranquilla.» Mi passo le mani sul viso e fisso il laghetto, nel giardino della nostra tenuta. Siamo sedute qui sulla panchina di legno, sembra tutto così tranquillo, così pacifico, una specie di paradiso in terra. Siamo state due ragazze fortunate, nate in una famiglia nobile e con abbondanti mezzi economici. Ma in realtà siamo sole, stanche e impaurite da tutto quello che ci circonda. La nostra ricchezza, la nostra nobiltà è come una prigione da cui smaniamo di uscire, lottiamo per liberarci. «Parlerò io con Jackson, mi ascolterà. Però tu e Thomas dovete pensare bene a quello che volete fare, d'accordo? E la cosa davvero importante, anzi fondamentale, è che papà e tua madre non sappiano niente della vostra storia. Niente di niente, nemmeno il minimo sospetto. Mi hai capita Sarah?»

Annuisce e corruccia la fronte, profondamente scontenta.

«Sì, lo so. Non sospettano niente, infatti. Sono stata attenta. Non è giusto, però. Thomas è un bravo ragazzo, mi ama, mi tratta bene, mi rende felice come non sono mai stata. E io lo sto tenendo nascosto come se fosse qualcuno di cui dovrei vergognarmi. Non è giusto...»

«Lo so...» Le passo il braccio intorno alle spalle e appoggio la testa alla sua. «Ma sarà solo per poco, solo finché non troveremo la soluzione più adatta. Non possono saperlo adesso. Dovete prendervi tempo per diventare più sicuri, più forti. In modo che niente vi possa dividere, anche quando si verrà a sapere.»

«Io so solo una cosa, Willy...» Si volta verso di me, la sua espressione è più decisa e determinata che mai. «Io non permetterò a nessuno di mettersi in mezzo, di far del male a me o a Thomas. Mai. Non sanno di cosa potrei essere capace! Non ci devono neanche provare!»

CAPITOLO 47

A due settimane dal matrimonio la nonna è arrivata dalla Cornovaglia per assistere alla cerimonia. Sembra stare bene, a parte il fatto che preferisce restare rintanata nella sua stanza e non ha molta voglia di dialogare. Rivolge solo qualche breve parola durante il pranzo e la cena, ma sembra costantemente assente, come se si fosse rifugiata in un mondo tutto suo da cui tutti gli altri restano esclusi. Probabilmente è l'età. Ma non la ricordavo così durante le mie ultime visite in Cornovaglia. Ora è come dominata da un'inconsolabile tristezza e rughe più profonde le solcano il viso. A ogni respiro sembra quasi che il cuore le pesi sempre di più.

Sono riuscita a convincerla a uscire dalla sua stanza per fare qualche passo con me. Siamo ormai in maggio e l'aria è tiepida, piacevole. Andiamo a sederci sulla panchina di fronte il laghetto, il mio luogo preferito di tutta l'immensa residenza dei Whitmore.

La nonna osserva i cigni con un sorriso appena accennato dipinto sulle labbra. È così vaga, così persa. Sembra meditare qualcosa nella sua stanchezza, nei suoi gesti lenti e meditati. A volte mi guarda, ma sembra quasi che non mi veda. Sono arrivata anche a dubitare che abbia compreso il vero motivo della sua presenza qui. Forse non lo ha ancora capito che mi devo sposare, a breve, con Charles Greenwood.

«Sei felice così, Wilhelmina?»

Pronuncia il mio nome, che è lo stesso suo, con particolare enfasi. Lo ha sempre fatto, fin da quando ero piccola.

Felice? Ho un nodo in gola che non ne vuole sapere di scendere. Felice è chiedere troppo.

«Sto bene, nonna.»

«Sei davvero sicura che quello sia l'uomo giusto da sposare?»

Distoglie l'attenzione dal laghetto e volta il viso verso di me. Non so cosa pensare, non so cosa risponderle. Lei stessa anni fa, quando l'avevo raggiunta nel pieno della disperazione, mi aveva detto che era meglio lasciare andare il passato e andare avanti. Ora è cambiata però, sembra che abbia un velo sugli occhi, come se fosse costantemente rivolta al passato, non più al presente o al futuro.

«Forse non ce n'è uno giusto o uno sbagliato. Forse bisogna solo pensare a sopravvivere come si può o si riesce.»

Non so nemmeno se sto rispondendo a lei o a me stessa.

«Non sei innamorata di lui, Wilhelmina.»

Non me lo chiede, lo afferma. E intanto torna a fissare rapita l'evoluzione di uno dei cigni nel laghetto.

«Forse, un giorno. Se non ricordo male è quello che mi hai detto tu un po' di tempo fa.» Andare avanti. È quello che sto cercando di fare. Andare avanti. «La stessa cosa che hai fatto tu.»

«Io ho sbagliato. Non avrei dovuto…» Socchiude gli occhi per lasciarsi accarezzare dalla lieve brezza primaverile. «Ho sbagliato con me stessa e soprattutto ho sbagliato con te. Avrei dovuto aiutarti, non lasciare che ti portassero via. Avrei dovuto proteggere te e il tuo bambino.»

Scuoto la testa. No, no, io non posso, non posso. Nessuno ne ha mai parlato ad alta voce. Nessuno mai, nemmeno io. Finché nessuno ne parlava potevo credere che fosse una mia illusione, un mio sogno, qualcosa di non totalmente vero. Qualcosa che sarebbe diventato vero solo se Nate fosse tornato.

Vorrei urlare, urlare così forte da annullarmi completamente. Non ci riesco. Mi sento scivolare all'indietro sulla panchina. Appoggio la nuca allo schienale e guardo il cielo. Ora vorrei davvero piangere, piangere fino a non avere mai più lacrime per tutto il resto della mia vita. Non ci riesco. Non ci riesco. Non riesco a piangere per il bambino mio e di Nate.

La nonna mi appoggia una mano sulla fronte.

«L'hai detto a lui?»

Scuoto la testa e chiudo gli occhi.

«Non ho potuto. Era morto, così dicevano. È stato impossibile. Quando è diventato possibile sarebbe stato ingiustamente crudele.»

Non so perché le sto raccontando queste cose. È assurdo ormai. Devo concentrarmi sul mio presente, sul mio futuro. Sul mio matrimonio con Charles. Invece ora il mio cuore trova spazio solo per Nate e per il nostro bambino.

«Dovrebbe saperlo, Wilhelmina.»

Mi toglie la mano dalla fronte e punta gli occhi su di me, come in attesa di una mia risposta. Cosa vuole, esattamente? Perché si sta comportando così proprio ora?

«No, non lo saprà mai. È troppo tardi, comunque.»

Nessuno al mondo mi convincerà mai ad aggiungere questa sofferenza a quelle che Nate ha già patito nella vita.

«Io lo so chi è lui.» Non sono sicura di capire cosa intenda. Aspetto che prosegua. «Il nipote di Delia, Nathaniel Carpenter. Come il mio.»

Mi sta scoppiando la testa. Perché anche la nonna vuole farmi del male? Perché ha deciso proprio ora di buttarmi addosso questa storia? Ora che voglio starmene finalmente calma e tranquilla? Non ho voglia di ascoltarla. Avrei potuto, e forse anche voluto, anni fa. Ora no, è troppo tardi.

«Non voglio sapere niente, nonna. Per cui per favore... non dirmi niente.»

«Invece dovrai ascoltarmi, Wilhelmina.» Passa le dita sul mio viso, in un tentativo di carezza mal riuscito. «Perché c'è qualcosa che devi fare per me e puoi farlo solo tu, nessun altro.»

La guardo e non rispondo. È una vecchia testarda, forse è un vizio di famiglia. Continuerà a parlare, a gettarmi addosso i suoi ricordi e a opprimermi che io lo voglia oppure no. Quindi tanto vale che mi arrenda.

«Dimmi cosa devo fare.»

«Io lo amavo davvero. Delia non mi ha mai creduto. Sono passati più di settant'anni e lei non mi ha mai creduto.» Afferra la mia mano e la stringe con forza esagerata. Poi la sento tremare. Non guarda me, continua a fissare il laghetto. È come persa in un tempo remoto, il suo tempo. «Avevamo diciassette anni io e Delia... Nathaniel ne aveva diciannove.»

Perché insiste, perché continua? Mi fa male solo a sentirlo pronunciare quel nome. Ricordo che c'è qualcosa che vuole da me, glielo rammento perché non ho più la forza di farle da confidente e raccogliere le sue memorie. È troppo tardi anche per me. Prima non avrei desiderato altro, ma ora non più. Ora voglio solo andare avanti.

«Cosa devo fare, nonna?»

«Quando lui è stato ucciso Delia ha creduto che si fosse lasciato morire per me. Che non abbia combattuto come avrebbe dovuto perché io lo avevo lasciato.» Sposta lo sguardo su di me e socchiude gli occhi. «Ma non era vero. I miei genitori stavano organizzando il mio matrimonio, ma io non lo avevo lasciato, facevo solo finta. Io aspettavo che tornasse, non mancava molto. Poi sarei andata via con lui, in Italia. Eravamo già d'accordo. Io lo stavo aspettando e lui lo sapeva.»

Mi passo le mani sul viso. Un altro amore spezzato da un destino maledetto. Per quanto io e Nate avessimo potuto lottare non ci sarebbe mai stata speranza per noi. Il destino aveva già deciso da prima di accanirsi sulle nostre famiglie. Quando torno a guardare la nonna vedo che regge tra le mani la sua borsa. La apre e prende un fascio di lettere legate insieme da una cordicella e poi un altro. Sorride e le accarezza con cura.

«Sono le nostre lettere, le mie e di Nathaniel. Per quanto possibile ci siamo scritti mentre lui era in guerra. La mia domestica ci ha aiutati, le lettere di Nathaniel erano indirizzate a lei. Lui... lui trascriveva le mie su pezzi di carta per rileggere quello che gli avevo scritto, ma la copia originale la rispediva a me insieme alla sua risposta perché ne avessi cura. Diceva che erano troppo belle e non voleva che andassero perse. Diceva che erano destinate a stare insieme le nostre lettere, come noi… Così quando sarebbe tornato le avremmo rilette, una dopo l'altra. Era un ragazzo romantico, Nathaniel. Voleva fare lo scrittore, come Hemingway diceva. Anche Hemingway era stato in guerra… nella Prima guerra mondiale. Nathaniel amava i suoi romanzi. Li raccoglieva nella casa che stava costruendo, vicino a Richmond. Quando le cose si sarebbero sistemate e lui sarebbe diventato uno scrittore affermato forse i miei genitori avrebbero accettato il nostro matrimonio. Ci saremmo trasferiti lì, in quella casetta. E lui l'avrebbe ingrandita e resa bella, per noi…»

La conosco quella casetta. La conosco, purtroppo. E anche io mi sono immaginata la mia vita con Nate, proprio in quella casetta. L'ho sognata e vissuta, anche se solo per un giorno.

Non so cosa dire, vorrei solo che smettesse di parlarmi. Vorrei che mi lasciasse libera di buttare davvero il passato alle spalle. Vorrei dirle di non farmi soffrire più di così perché, sebbene io non sia perfetta, non credo di meritarlo. Invece capisco che lei non ha finito, non ancora. La guardo sforzandomi di trattenere le lacrime e con un cenno del capo la incoraggio a proseguire.

«Mi manca poco da vivere, Wilhelmina. Ecco cosa devi fare per me… Queste lettere, le mie e quelle di Nathaniel, devi fare in modo che le abbia Delia. Così la smetterà finalmente di sentirsi in colpa per aver assecondato la mia relazione con suo fratello. Testarda quella donna, non ha mai voluto leggerle, mai… Testarda e ostinata!»

«Lo so…» annuisco e accenno un sorriso, poso la mia mano su quella della nonna che trattiene in grembo le lettere. «L'ho conosciuta bene. Ti prometto che farò quello che mi hai chiesto. Dopo il matrimonio troverò il modo di farle avere a Delia.»

Non so ancora come, visto che Delia si trova in Australia con Nate. Questo significherà per me cercare Nate, contattarlo e... Non so ancora come, ma ho promesso. È giusto che la nonna e Delia trovino pace. E se questa è l'unica soluzione per loro, cercherò il modo per portare a termine il mio incarico.

«Brava, Wilhelmina. Sei una brava ragazza.»

La nonna sospira profondamente e sorride, come sollevata. Lei almeno riesce ad esserlo. Il mio cuore invece ora è in subbuglio, più tormentato che mai. Il suo racconto non ha fatto altro che riaprire la mia ferita e scavare più a fondo, sempre più a fondo. Lo sa almeno cosa mi sta chiedendo?

Per mettere pace tra due ultraottantenni che hanno avuto in comune un giovane e romantico soldato morto durante la Seconda guerra mondiale, il mio cuore e forse anche quello di Nate rischia di essere spezzato ancora, ancora...

Ci sarà mai limite alla mia sofferenza? Probabilmente no. Come non ci sarà mai limite al mio legame con Nate, al mio amore per lui.

CAPITOLO 48

A causa delle lettere della nonna da consegnare a Delia sono tornata a pensare a Nate più di quanto dovrei. Non solo a pensarci… a volerlo disperatamente, a desiderarlo per me. E so che non devo e che non è giusto. A giorni mi sposerò con Charles, voglio essere una buona moglie per lui.

La mia distrazione non mi ha permesso di rendermi conto di ciò che stava accadendo, proprio sotto ai miei occhi. Sarah si è trasformata in me ogni giorno di più, soprattutto in queste ultime settimane. E io non me ne sono accorta. Finché è stato troppo tardi.

«È scappata di casa! E la colpa è solo tua… ancora una volta solo tua!»

Athilia entra nella mia stanza come una furia, spalanca la porta senza nemmeno bussare. Non comprendo perché sia così sconvolta. Già una volta Sarah se n'era andata insieme a me, quando ho scoperto la verità a proposito di Nate. Mi sembra assurdo che non si sia accorta di cosa le stava succedendo, forse era troppo occupata a tenere a bada me. Tiene al mio matrimonio con Charles più di chiunque altro in questa casa, me compresa.

«È grande abbastanza per prendere le sue decisioni.» Sono preoccupata, non tanto per Sarah che so al sicuro insieme a Thomas, ma per la reazione di Athilia. So per esperienza quanto sia imprevedibile e dannosa. «Non sei riuscita a rovinarla come avevi minacciato di fare anni fa.»

Lo dico tra me ma ad alta voce. Mi rivedo davanti la scena. La piccola Sarah che si aggrappava a me e loro che la strappavano a forza dalle mie braccia. Io che avrei voluto portarla via ma non potevo fare niente. Ma ora quei tempi sono passati e finiti per sempre. La verità è che sono felice che Sarah se ne sia andata, anche se non sarà facile per lei subirne le conseguenze.

Athilia mi si avvicina di qualche altro passo. Non comprendo le sue intenzioni, o meglio, le comprendo quando è troppo tardi. Mi schiaffeggia così forte da farmi quasi perdere l'equilibrio. Finisco comunque sul mio letto e non a terra. Mi brucia la guancia e ci passo sopra la mano. Non importa. Potrebbe colpirmi ancora, anche con più forza. Non mi importerebbe comunque.

«Sono contenta…» La sfido con il mio sorriso soddisfatto. «Sono davvero contenta che mia sorella sia una donna libera. Libera da te!»

Freme di rabbia. E più la vedo fremere di rabbia più a me viene una voglia irrefrenabile di riderle in faccia. È sempre la stessa. Tirata a lucido, con il suo vestito stretto, i capelli che non perdono mai la piega, perfettamente truccata in ogni momento del giorno. Mi ricorda sempre di più una macchina programmata per ferire gli altri. Me soprattutto, quasi tutta la mia vita è stata nelle sue mani. Il mio destino, la mia salute mentale.

Mi hanno tolto Nate, mi hanno separata per sempre dall'unico uomo che io abbia mai amato. E sebbene io sappia che anche mio padre è responsabile del mio dolore, sono certa che sia stata soprattutto lei l'artefice di tutto. I miei anni più belli, la mia stabilità, la mia sicurezza. Annientati da questa donna cinica e perversa. Si è presa tutto. Si è presa la mia gioia, fin dalla mia infanzia.

«Esattamente come la madre…» Sembra ringhiare, non l'avevo mai vista così fuori di sé. «Una puttana!»

Mi alzo, pronta a saltarle addosso, buttarla a terra. Non me ne importa delle conseguenze, questa volta ha esagerato.

«Non ti permettere di insultare mia madre!»

Invece di replicare o tentare di spostarsi e difendersi mi ride in faccia. La sua risata sembra trasformarle il viso in una maschera orrenda. Quel rossetto esagerato, i ragni dei suoi occhi. In questo momento mi ricorda uno di quei clown che usano nei film dell'orrore.

«Non parlavo di tua madre... ma la madre della tua cara sorellina Sarah!»

Proprio mentre sto per colpirla mi fermo, interdetta. Resto con il pugno sollevato in aria, come se mi avessero paralizzata, bloccata. Lo abbasso al rallentatore, senza nemmeno avere più particolare consapevolezza del mio corpo e dei miei gesti.

Cosa diavolo sta blaterando questa donna? Cosa intende? Definire se stessa una puttana... Non che non lo sia, ma... Non capisco, non capisco e continuo a guardarla mentre lei continua a ridere. Sembra completamente invasata, folle.

«Non cercare di interpretare le mie parole in chissà quale modo contorto. Hai davvero capito bene. Una puttana come la madre! Sarah è figlia di una puttana, una prostituta che batteva le strade della periferia est di Londra. Ciò implica il fatto che oltre a non essere mia figlia... non è tua sorella!»

«No... no...»

Non so dire altro. Ma come può dire una cosa del genere? Questa donna è completamente pazza! Cosa saprebbe inventarsi pur di farmi soffrire, pur di spezzarmi il cuore?

«E invece sì! Quella che hai sempre creduto la tua dolce sorellina in realtà non lo è mai stata!»

Mi sento male, sto per cadere a terra. A fatica riesco a indietreggiare e a lasciarmi scivolare sul letto. Non è possibile. Non ci crederò mai. La mia Sarah... l'unica cosa buona della mia vita, della mia famiglia...

Mi porto le mani alle tempie, mi sta per scoppiare la testa. Una parte di me continua a ripetersi che questa sporca manipolatrice sarebbe capace di qualsiasi cosa pur di ferirmi. Hanno ingannato Nate, minacciato, corrotto le persone che lo avevano aiutato... Ora Sarah se n'è andata e lei si vendica così, su di me.

«Non è vero, tu stai solo cercando di farmi ancora del male. Io ti conosco bene! Non è vero…»

«Avevo perso la mia… nata morta. E avevo bisogno di trattenere tuo padre. Erano momenti difficili, tu…» Mi punta il dito addosso, furente. «Tu mi detestavi e incominciavi ad avere troppa influenza su di lui! Io dovevo avere la mia bambina, solo così l'avrei tenuto legato a me! E quella puttanella non sapeva se la voleva o no… Alla fine è stato meglio così. Sono stata anche fortunata perché mi somigliava un po' fisicamente. Così le è stato detto che la sua bambina era morta, mentre la mia… bella e sana come un fiore!»

Provo un dolore inesprimibile quando raggiungo la consapevolezza che non si sta inventando tutto per ferirmi. È vero. Cerco di combattere questa sensazione. Mi chiedo se Athilia arriverebbe davvero a tanto. E la risposta è sì… arriverebbe a tanto, ne sarebbe capace.

«Tu sei un mostro…» Riesco a esprimermi a fatica e non ho nemmeno la forza di muovermi. «Sei un mostro.»

«No, sono affamata. Voglio tutto. E la mia fame non si placa, non posso, non potrò mai placarla. Mi sono assicurata che dopo il primo incidente tu non potessi avere più figli. Come ti ho detto, tu non mi rovinerai tutto! Ho lottato per avere questa vita! Ma tu sei tornata, tuo padre ha insistito per riprenderti. Poi mi sono convinta anche io che sarebbe stato meglio così… ma alle mie condizioni.»

Il mio bambino. Ha chiamato "incidente" il mio bambino… Vorrei ucciderla ora. Devo ucciderla, devo liberare il mondo da questo essere ripugnante. Invece non mi muovo.

«Io… te la farò pagare. Tu andrai in prigione…»

Sto analizzando tutto quello che ho perso per colpa sua. Tutto. Ho perso tutto. E davvero voglio ucciderla. Voglio prendere la sua stupida faccia e farla a pezzi. Sfondarle il cranio. Strapparle il cuore.

Mi appoggio una mano sulla fronte. Mi sto per sentire male. Io non volevo niente di tutto questo, perché ha dovuto togliermi le uniche persone che erano importanti per me? Non avrei interferito con la sua smania di possesso, con la sua fame, se solo mi avesse lasciata vivere in pace.

«Io ora chiamerò la polizia e tu andrai in prigione.»

Lo dico convinta, decisa, fredda. Mi guardo intorno in cerca del mio cellulare. Lo vedo appoggiato sul mobile di fronte allo specchio e mi alzo per raggiungerlo.

«Posso ricordarti che sei stata per anni in una casa di cura, Wilhelmina. Depressione acuta, negazione della realtà, psicosi, schizofrenia, allucinazioni... Insomma, l'elenco è veramente lungo. Abbastanza per rinchiuderti ancora in una bella e bianca clinica a tempo indeterminato. Te la ricordi, vero?» Solleva le spalle e sogghigna. «Puoi benissimo inventarti quello che vuoi, nessuno ti crederà! E io ovviamente negherò tutto. Di certo tuo padre e la tua piccola Sarah non saranno particolarmente contenti di questa tua fantasia... Spezzeresti loro il cuore.»

«Come tu ti sei sempre impegnata a spezzare il mio...»

Chiudo gli occhi. Non posso più guardarla. Devo andarmene, non vederla mai più.

«C'è un motivo per cui ti ho raccontato questo episodio spiacevole. Voglio che tu faccia in modo che Sarah torni a casa, qui da me. E devi essere assolutamente convincente.»

«Tu sei completamente pazza!»

Sgrano gli occhi su di lei. Sarah non deve tornare qui, mai più!

«Cosa vorresti fare allora? Dirle la verità? Raccontarle tutto quello che ti ho detto? Vuoi distruggerla con questa storia? Ti garantisco che non ti conviene!» Solleva le spalle e mi rivolge un sorriso. Un cinico sorrisetto diabolico. «Devi convincerla a tornare a casa. Lei è la mia bambina, che ti piaccia o no. Me la sono procurata ed è mia. Sarà sempre la mia bambina.»

CAPITOLO 49

Dopo che se ne è andata dalla mia stanza sono rimasta sola. Seduta sul bordo del letto senza riuscire a muovermi. Le sue parole hanno continuato a rigirarsi nella mia mente come in un vortice. Non ci posso credere. Non è vero. Nessuno può essere davvero così crudele.

Mi stavo preparando per uscire ma non ricordo nemmeno più dove stavo andando. E in ogni caso non ne ho più la forza. Non può essere vero. Quella donna mi ha mentito, mi ha presa in giro allo scopo di farmi ancora del male. Mi odia, l'ho sempre saputo che mi odia. E per distruggermi completamente sta usando Sarah. Solo per vendicarsi del fatto che se n'è andata via, lontana da lei.

Stringo forte le coperte del mio letto. Avrei davvero tanto bisogno di parlare con qualcuno, di raccontare quello che Athilia mi ha appena detto. Solo per sentire un'altra opinione, da parte di qualcuno che mi confermi che quello che sto pensando è vero. Deve aver mentito per ferirmi. Sarebbe troppo atroce altrimenti.

Non riesco a non pensare a lui. Ho bisogno di aiuto, ho bisogno di qualcuno al mio fianco che mi suggerisca cosa fare. E penso a Nate. È lui che voglio al mio fianco, è con lui che voglio confidarmi. È da lui che voglio un consiglio su cosa fare. Mi passo le mani sul viso. Se solo lui fosse qui... Mi sento così irrimediabilmente sola...

Devo cercarlo. Lui mi ha detto di cercarlo se avessi avuto bisogno d'aiuto. E io in questo momento ne ho bisogno e lo voglio qui. Non ho voluto il suo recapito quando ci siamo lasciati, ho rifiutato la sua mail e il suo numero di telefono. In modo da non essere tentata di contattarlo. E non ho lasciato a lui il mio. Ora me ne pento. Ora lo vorrei più di qualunque cosa al mondo. Magari solo sentire la sua voce, solo qualche minuto.

Mi sposto all'indietro e mi lascio andare fino a stendermi. Potrei chiedere a Jackson il numero di Nate. Voglio parlargli solo per un po', davvero solo qualche minuto, non di più. Il mio cuore inizia ad aumentare i battiti, mi porto le mani sul petto. Vorrei calmarmi ma non ci riesco. Ho bisogno di Nate, ho bisogno di averlo qui, ora. Ho bisogno che mi stringa tra le braccia.

Tutto il mio mondo sta crollando, ancora una volta. E io sono così infinitamente stanca. Mi asciugo le lacrime, cerco di distrarmi, di pensare ad altro. Ma non riesco a trovare nient'altro. Niente che non sia il bisogno assoluto di lui. La mia sorellina Sarah non è mia sorella, non lo è mai stata. Athilia ha ucciso il bambino mio e di Nate. E in questo momento vorrei essere morta anch'io insieme a lui almeno non dovrei più pensare, non dovrei più soffrire.

Nate... Perché non ho accettato il suo numero? Perché gli ho imposto di interrompere tutti i contatti? Non c'è nessuno, nessuno che possa aiutarmi. Nessuno al mondo, tranne lui.

Mi stringo le ginocchia al petto. Devo proteggere Sarah da quel mostro che per tutto questo tempo ha creduto sua madre. Che poi lo sia davvero oppure no, questo non ha importanza. Quella donna è un mostro di crudeltà e perfidia. E io devo riuscire a tenerla lontana da lei. Sarah non dovrà tornare qui, mai più.

Jackson. Potrei chiedere aiuto a lui. Raccontargli tutto e chiedergli cosa ne pensa. Però... ora che Sarah sta con suo fratello Thomas non sono certa che Jackson possa darmi un parere disinteressato. È troppo coinvolto. No, devo trovare un'altra soluzione.

Sento squillare il mio telefono. Guardo il numero, è Charles. Dovevo vedermi con lui, per questo motivo mi stavo preparando per uscire. Forse potrei raccontare tutto proprio a Charles, del resto tra qualche giorno diventerà mio marito.

Sarebbe la persona più adatta. Ma ci sarebbe così tanto da raccontare che io non saprei da dove cominciare.

Mi sollevo e mi metto seduta. Un paio di respiri profondi per riprendere il controllo di me stessa.

«Charles... Sì, sto arrivando. No, non ho dimenticato il nostro appuntamento, ho solo avuto un piccolo contrattempo.»

CAPITOLO 50

Non ho raccontato nulla a Charles. Quando l'ho avuto davanti non ci sono riuscita. Ho continuato a pensare a Nate per tutto il tempo, ininterrottamente. A cosa mi avrebbe detto, a come avrebbe asciugato le mie lacrime, baciato le mie labbra. A come mi avrebbe stretta a sé per consolarmi. E poi avremmo trovato un modo per affrontare il problema, cercato una soluzione per quanto possibile.

È sempre stato così, anche quando tentavano con tutti i mezzi di separarci. Noi cercavamo soluzioni per stare insieme. Era tutto ciò di cui ci importava, stare insieme. Anche ora. Tutto ciò che vorrei è stare insieme a lui, ma non posso. Ora non c'è più soluzione.

Il mio matrimonio si avvicina, giorno dopo giorno. E io non faccio che pensare a lui. Non più alla nostra storia passata, ma al giorno che abbiamo trascorso insieme.

Da quando la nonna mi ha lasciato in consegna quelle lettere non sono più riuscita a pensare al mio futuro senza Nate. Ci sto provando, mi sto davvero impegnando per vedermi come la moglie devota di Charles Greenwood. Non ci riesco. Non ce l'ho con lui, ovviamente. Di certo non è colpa sua. È una delle persone migliori che potesse capitarmi. Ma non è Nate, l'unico uomo che vorrei al mio fianco, l'unico che io abbia mai considerato come mio marito. Però devo andare avanti, non ho alternativa. E sono ancora convinta che sia l'unica cosa da fare.

Sento bussare alla mia porta. Mi sposto dalla finestra per andare ad aprire. Non ho intenzione di ascoltare ancora una volta le cattiverie di Athilia e nemmeno di vederla. Devo inventarmi qualcosa perché di certo non acconsentirò mai al suo ricatto di costringere Sarah a tornare a casa. Anzi, se potessi me ne andrei anch'io, all'istante. Forse lo farò comunque, indipendentemente dal mio matrimonio. Non riusciranno più a trattenermi, nemmeno con minacce e ricatti.

Apro la porta e al posto di Athilia, come credevo, mi ritrovo davanti una delle domestiche. Nervosa, agitata, sembra volermi dire qualcosa e non trovare le parole per farlo.

«Suo padre, signorina… si è sentito male…»

Annuisco e senza chiedere niente la seguo. Sta scendendo le scale verso la biblioteca. Trovo Ronald, il segretario di mio padre, e il nostro maggiordomo Harold. Di Athilia nessuna traccia.

«Il dottore sarà qui a momenti.» Mi tranquillizza Ronald. «L'ho chiamato immediatamente.»

«Grazie Ronald.»

Mi inginocchio accanto a mio padre e mi guardo intorno smarrita. Poi torno a lui. Ronald e Harold gli hanno opportunamente slacciato la camicia e lo hanno aiutato a stendersi sul divanetto della biblioteca.

«Sto bene piccola, tranquilla…» Mi prende la mano e mi guarda con una dolcezza inconsueta negli occhi chiari. Non l'ho mai visto così. Sembra diverso, non più il rigido e austero barone Whitmore. Sembra tornato a quando ero davvero piccola, una bambina. Prima che arrivasse lei. «Solo un calo di pressione, sono sicuro.»

«Il dottore arriverà presto…»

Non so che altro aggiungere. Mi sento quasi male anch'io. Mi manca l'aria, respiro a fatica. Ho paura. Ho sempre avuto paura, ma ormai non riesco davvero più a reggere questa sensazione.

I minuti scorrono e mio padre sembra riprendersi, stare un po' meglio. Mi sposto appena arriva il dottore per permettergli di visitarlo. Continuo a chiedermi dove sia Athilia. Probabilmente è uscita per le sue spese o chissà che altro. Vorrei trovare normale la sua assenza, ma ormai non riesco più nemmeno a concepire il concetto di normalità. Mi sento distrutta, emotivamente e fisicamente. Medito sul fatto che mi sono sentita così per la maggior parte della mia esistenza e non lo trovo giusto. No, non è giusto.

Nonostante i suoi dinieghi il dottore è irremovibile, vuole che papà si metta a letto. Ha bisogno di riposo assoluto, a quanto pare è stato solo lo stress a fargli avere quel malore. Forse dovrei rimandare il mio matrimonio con Charles. No, non è per questo. Non è per mio padre. Sono io a volerlo rimandare. Questa è la verità. E non voglio solo rimandarlo.

In questo momento vorrei essere in grado di pretendere qualcosa per me stessa. Pretendo Nate nella mia vita. Pretendo che torni qui e resti con me. Mentre accompagnano papà nella sua stanza anche io lo seguo.

Cosa mi hanno fatto? Mi hanno separata da Nate per tutti questi anni. Ci hanno privati della nostra vita per costringerci a viverne un'altra. Mi fermo a metà scala, aggrappata al corrimano e chiudo gli occhi. Non accetto più questa vita, non la voglio, la rifiuto. Voglio Nate. Voglio che lui torni qui e stia con me. Magari nella casetta a Richmond. Non mi importa di essere egoista e ingiusta, anche il mondo è stato ingiusto con me. So che lui tornerebbe da me, so che troverebbe il modo se io glielo chiedessi. Anche io voglio trovare il modo insieme a lui.

Invece tra poco più di una settimana sposerò Charles, metterò il cuore sottochiave e non lo lascerò più libero, mai più. Ho preteso di spezzare qualunque contatto con Nate. Ma come posso cancellarlo davvero, come?

Riprendo a salire le scale. Raggiungo la stanza di mio padre e lo trovo già a letto, mentre Harold lo aiuta a stendersi e a sistemare i cuscini.

«Sarah...» Per un attimo lo guardo perplessa. Credo mi abbia confusa con Sarah. Poi comprendo. «Chiama Sarah, Wilhelmina... Vorrei vederla.»

Annuisco appena. Lui ha diritto di sapere. Anche Sarah dovrà sapere. Io sono stanca. Forse dovrei davvero fuggire in

America, lontano da tutto e da tutti. È come se ogni segreto, ogni minaccia, ogni richiesta mi venisse riversata addosso con la pretesa che io corrisponda alle necessità di tutti. Vorrei scappare da casa come tanti anni fa e approdare per magia in una vita più semplice, meno dolorosa.

«Va bene...»

Accenno un sorriso e trovo un pretesto per lasciare la stanza. Se resto rischio di raccontargli tutto, di rivelargli chi è la donna che ha sposato, colei che ha scelto e mi ha imposto come seconda madre. Sono arrabbiata con tutti, anche con lui. Sono arrabbiata con me stessa. Sono arrabbiata con il mondo. Anche con Sarah che ha più coraggio e forza nel vivere una vita come quella che doveva essere mia. Con la nonna che mi ha affidato una missione con cui non voglio avere nulla a che fare. Con Nate che se n'è andato e mi ha lasciata sola, che si è lasciato corrompere... E che ora ha accettato la mia decisione di spezzare qualunque contatto e perdermi per sempre.

Devo uscire da questa casa, immediatamente. Entro nella mia stanza solo per prendere la borsa, poi esco di corsa e mi avvio in cerca del nostro autista. Con un cenno gli indico di preparare la macchina, ho bisogno di lui.

«Simon, vorrei andare in aeroporto. Uno qualunque, non ha importanza.»

Mi osserva perplesso, a tal punto che temo possa chiamare mio padre o Athilia per denunciare la mia follia. Vorrei mettermi a urlare o insultarlo, ricordandogli che sono io che comando. Mio padre sta male al momento, mia nonna è diventata una vecchia triste che rimpiange il suo amore perduto in guerra e Athilia è solo una squallida troia ladra di bambini.

«Certo, signorina. Heathrow, può andare bene?» accenna un sorriso e io ricambio. Mi conosce da quando ero bambina, Simon. È al nostro servizio da oltre trent'anni.

«Heathrow andrà benissimo, grazie Simon.»

Annuisco e salgo in macchina. Chiudo gli occhi abbandonandomi a un tranquillo dormiveglia, cullata dalla sua guida sciolta e rilassante.

Quando arriviamo lo ringrazio e lo lascio andare. Continua a scrutarmi confuso, ma decide di obbedire. Non ho nulla. Non ho bagagli. Ho solo la borsa con pochi soldi. Ho però le carte di credito per comprarmi un biglietto qualunque. Gli altri dovranno cavarsela senza di me. Ho deciso di sparire, come tanti anni fa. Ricrearmi un'altra vita in un altro posto. Forse troverò anche un altro Nate in un altro universo.

Sento squillare il telefono nella mia borsa. Vorrei spegnerlo del tutto, invece rispondo. La mia coscienza non mi lascerà mai libera di andarmene. Potrebbe essere papà, magari sta ancora male. O Sarah che ha bisogno di me.

«Pronto?» rispondo senza controllare che il numero sia davvero il loro. Sento silenzio all'altro capo. Forse è uno sbaglio.

«Mina... sono io.»

No, non può essere lui. Non ora.

«Nate, avevamo detto che...» Mi mordo le labbra. Vorrei dirgli di correre subito da me e allo stesso tempo di sparire per sempre, una volta per tutte, dalla mia vita. «Non dovresti avere il mio numero.»

«L'ho avuto da tua sorella. Lei...» Sono tentata di riattaccare. Non posso sopportare. Sono disperata, sono sola contro tutti, anche contro di lui. Riprende a parlare. «Non ti sposare, Mina. Ti prego... io sto cercando di...»

«No, Nate. No! Non ti voglio, mi hai capito bene? Non ti voglio, io...»

Io sono arrabbiata col mondo e il mondo include anche lui. Tutti pretendono qualcosa da me. Tanto, troppo. Tutti si sentono in diritto di dirmi quello che devo o non devo fare. Non riesco più a sopportarlo.

«Hai ragione, tesoro. Hai ragione... Non sarei dovuto andarmene la prima volta. E non avrei dovuto ascoltarti la seconda. Lo so che tu fai così...»

Sento che sta lottando con le parole. Vorrebbe essere qui ma non può e allora sta cercando le frasi giuste per trattenermi.

«Non ce la faccio più! Questa vita è un inferno! Io sono stanca...» Trovo un angolino e mi ritiro contro la parete, mi asciugo automaticamente le lacrime che mi scorrono sul viso. «Io voglio andare via, sparire per sempre...»

«Mina, dammi un po' di tempo. Ma per favore non ti sposare con quell'uomo! Non rendere tutto ancora più complicato.»

Cosa vuole da me? Cosa mi sta proponendo?

«La verità è... Nate, io...» Mi siedo per terra e cerco di calmarmi. «Io sono arrabbiata con tutti. Sono arrabbiata anche con te. Mi sento come... manipolata dal mondo intero. Tutti hanno tramato alle mie spalle, tutti mi hanno detto cosa dovevo fare, cosa dovevo pensare... e anche tu adesso. Sai dove sono ora? In aeroporto... Vorrei prendere un aereo qualunque per una destinazione qualunque e sparire. Come ero sparita tanti anni fa perché non riuscivo più a far parte di quel mondo. Però farei le cose in grande stile, questa volta. Non tornerei più indietro. Magari potrei anche trovare un altro te, da qualche altra parte. E fare finta che non sia successo niente, prima. Ricominciare la mia vita dal principio, cercare qualcosa di nuovo, di buono e di giusto per me stessa.»

Mi ascolta in silenzio. Sospira quando smetto di parlare.

«Forse faresti bene. Trovare un uomo che ti merita più di me. E hai ragione ad essere arrabbiata. Devi dirmelo quanto sei arrabbiata con me. Anche se... anche se non mi ami più, tu devi dirmelo...»

«No, io... io ti amo, Nate. Posso amarti ed essere arrabbiata con te allo stesso tempo? Non lo so se posso... Forse mi giustifica il fatto che in questo momento sono arrabbiata con tutti, però... Ecco, mi sto comportando come un'adolescente depressa che scappa di casa. Con la differenza che io sono una donna adulta che può pagarsi un biglietto per l'altra parte del mondo! E voglio mollare tutti al loro destino e ai loro problemi. Sono una persona egoista. Arrabbiata ed egoista!»

Respiro profondamente alla fine. Vorrei raccontargli della rivelazione di Athilia, del malore di mio padre, della richiesta di mia nonna. Ma non ne ho voglia. Sono troppo concentrata su me stessa al momento e sulla mia rabbia.

«Io non ti lascerò mai. Per quanto tu possa essere arrabbiata con me. Sei stata arrabbiata con me fin dall'inizio, Mina. Lo prendo come un buon segno.»

Lo sento ridere. Come può ridere? Non ha capito quello che ho detto?

«Tu non capisci niente, Nate.» Sospiro, chiudo gli occhi. «E Sarah non avrebbe dovuto darti il mio numero. Io devo tornare indietro. Ormai il mio attimo di follia si è esaurito.»

Forse la mia fuga davvero finisce qui. Con me che torno ai miei doveri.

«Ti sposerai?»

Si è intestardito sul mio matrimonio, non capisce che non è questo il punto.

«Vuoi un invito? O vuoi farmi da testimone?» rido anch'io e mi passo una mano sugli occhi per asciugare qualche residuo di lacrime.

«Vorrei essere invitato, sì... Nella parte dello sposo.»

La prende sul ridere anche lui, forse perché non c'è altro da fare.

«Stupido...»

Sento sbollire parte della mia rabbia. Non potrò mai sostituirlo con un altro uomo. In nessun altro universo.

«Quindi?» Temo che non si arrenderà così facilmente. Dovrò dirgli le cose come stanno. «Che intenzioni hai, Mina?»

«Non so cosa tu abbia saputo da Sarah.» Mi incammino verso l'esterno dell'aeroporto. Prenderò un taxi e mi farò riportare in città. «Ma le cose stanno così. Sì, mi sposerò con

204

Charles. È buono e mi tratta bene. Saremo amici, siamo d'accordo. Ognuno farà la propria vita. Lui ha bisogno di una moglie carina di facciata e a quanto pare io sono adatta per questo ruolo. Sarà un matrimonio in grande stile, ho un abito principesco che sembra una bomboniera. Ho anche il velo che tocca terra... Lo odieresti, ne sono certa!»

«Poco importa, te lo toglierei immediatamente!» sbuffa più volte. «Comunque, non mi piace lo stesso... Anche se quello promette di non toccarti. Non sopporto l'idea!»

«Vorrei che tra noi fosse stato destino, Nate.»

Mi tornano in mente le lettere tra mia nonna e Nathaniel, il prozio di Nate. Il destino ce l'ha con noi, è evidente.

«Io farò in modo che lo sia, che sia destino. Sposati pure, Mina. Trova tutti i Charles di questo mondo e sposali. E resta arrabbiata con me finché vuoi, anche per sempre.» Vorrei che non mi ricordasse tanto il ragazzo di un tempo in questo momento. Forse non può essere altrimenti. Una parte di lui è ancora il ragazzo di un tempo. «Ma io ti amo e tu sarai mia. Perché io farò in modo che sia destino.»

CAPITOLO 51

Mi faccio lasciare davanti alla casa di Jackson e chiedo al tassista di aspettarmi. Una parte di me desidera ancora scappare, volare via, in un altro mondo. Invece sono qui, a lottare contro i demoni del mio presente.

Sarah... Dovrei prendermela con lei per aver chiamato Nate. Ma non ci riesco, io stessa morivo dalla voglia di sentirlo. E poi dovrei chiederle di tornare a casa, trovare il modo di convincerla.

«Sei arrabbiata con me, lo so.»

Mi guarda seria appena Thomas mi apre la porta ed entro in casa. È quasi diversa dalla solita Sarah, sembra essersi ambientata, sembra addirittura più grande, più matura. Eppure, sono passati solo pochi giorni. In questo momento lo è sicuramente più di me.

«No, io...» Sento una morsa stringermi il petto e farmi male. Sì, sono ancora arrabbiata. Generalmente arrabbiata e stanca, triste, sola. Mi passo una mano sulla fronte, devo ricordare che tra le due sono io la maggiore. Non posso permettermi di fare i capricci e mettermi a frignare perché la vita non è andata secondo i miei desideri. «Non sono arrabbiata con te, ma non avresti dovuto farlo.»

«Speravo che lui ti convincesse.» Solleva le spalle e sbuffa, abbassando il viso. «Speravo che...»

Non continua. Forse non sa nemmeno lei cosa aggiungere. E io non ho nessuna intenzione di riportarle la mia conversazione con Nate. In realtà non ci sarebbe nulla da dire perché nulla cambierà, le mie intenzioni sono rimaste le stesse.

«Devi tornare a casa, Sarah.»

La osservo, poi sposto lo sguardo su Thomas. Non interviene, mi fissa come se io fossi colei che potrebbe distruggere tutti i suoi sogni da un momento all'altro. Mi fa rabbia pure lui, alla fine, per l'unica colpa di ricordarmi troppo sfacciatamente Nate.

«Non puoi chiedermi questo, proprio tu!»

L'espressione di Sarah si fa sempre più contrariata, astiosa. Mi guarda quasi come una nemica, come quella che pur essendoci passata non vuole capire. E probabilmente ha ragione. Non voglio capire, perché sono davvero troppo sfinita. Forse avrei dovuto seguire l'istinto che mi avrebbe trascinata lontano, magari per sempre.

«Nostro padre...» Nostro padre? Se è vero quello che Athilia ha detto non lo è affatto, non il suo almeno. Rimuovo il pensiero e proseguo. «Si è sentito male e ha chiesto di te.»

Dico la cosa così com'è, senza particolare enfasi o sentimento. Neanche per tentare di convincerla. Sono scappata anche io tanti anni fa. Mi sono innamorata di un ragazzo. Ho lottato per questo amore. Ho perso tutto, tutto ciò che una persona può perdere nella vita, compresa la dignità e il rispetto di se stessa. Mi sono trascinata in qualche modo. Ho ritrovato il ragazzo che amavo, solo per capire che l'avevo perso di nuovo. Però ho fatto pace con me stessa. Ho rimesso insieme i pezzi e sto andando avanti.

Allora perché sono diventata una donna così stanca? Stanca, stanca, stanca. Di tutto e di tutti. Anche dell'amore, mio e degli altri. Mi sento come un involucro senza sentimenti, al momento. Al punto che anche l'amore per Nate è diventato come un riflesso del mio amore passato.

Sarah mi risponde e quasi mi coglie alla sprovvista.

«Va bene, vengo a vedere papà. Ma non mi trattengo. Io torno qui, la mia casa è questa.»

Annuisco quasi indifferente. È la mia sorellina, nonostante quello che afferma Athilia. Sta lottando per la sua vita, per la sua felicità. E io non ho nemmeno la forza o la voglia di sostenerla perché al momento sono troppo concentrata su me stessa. Non sulla mia felicità, sulla mia realizzazione, sui miei sentimenti. Proprio su me stessa come persona, come essere umano.

Sarah e Thomas si abbracciano e si baciano. Si guardano negli occhi. Si scambiano promesse che io non voglio ascoltare, tanto le conosco più o meno a memoria. Sono sempre le stesse. Le stesse mie e di Nate. Le stesse che saranno state anche di mia nonna e Nathaniel più di settant'anni fa. Le stesse di chissà quanti, ovunque in questo mondo, in tutte le sue epoche. Le stesse noiose promesse che poi si concludono con cuori spezzati, lacrime e troppi rimpianti.

Un involucro vuoto. Senza sentimenti. Arrabbiata. Con il mondo, con l'amore, con me stessa. Mi chiedo perché, se tutto questo è vero, ho ancora voglia di piangere. Sento il cuore ancora compresso, come se una morsa lo stesse stritolando.

Saliamo entrambe sul taxi e do indicazioni per farci portare alla residenza dei Whitmore. Guardo dritta davanti a me, come se non avessi voglia di affrontare nessun discorso con Sarah. Non voglio sentirla parlare dei suoi sentimenti per Thomas, del grande amore, del bisogno di stare con lui per sempre. Potrei anche mettermi a urlare.

Sarah però mi accarezza piano la mano e inclina il viso verso di me, con dolcezza. Sento che vorrebbe provare a raggiungermi, a cercare uno spiraglio nella corazza che mi sono costruita intorno.

«Mi dispiace, Willy. Forse non avrei dovuto interferire. Ma...» sospira e mi stringe la mano. «Dai a te stessa e a Nate un'altra possibilità. Non essere così intransigente, lui ti ama tanto...»

«Potrei essere io...» Lo voglio dire, lo voglio esprimere ad alta voce, forse anche per renderlo vero. «Potrei essere io a non amare più lui.»

CAPITOLO 52

Forse è vero. Ora che il mio sogno d'amore potrebbe davvero realizzarsi, potrei essere io a non volerlo più, a non amarlo più. Forse amavo solo un ricordo. Forse non lo amavo nemmeno prima. Non abbastanza.

Con gli occhi della mente me lo rivedo davanti. Nate il giorno del nostro incontro. Nate che canta la sua unica canzone. Il nostro primo bacio. Tutta la nostra storia, fino all'ultimo giorno trascorso insieme. I suoi occhi azzurri così mutevoli, sfumature grigie e poi più scure tendenti al blu. Il suo modo di guardarmi, di stringermi a sé, di accarezzarmi, di baciarmi.

Immagino anche la sua reazione alle mie parole.

"Non ti amo più, Nate. Qualunque cosa tu possa o voglia fare. Non ti amo più."

E voglio che soffra alle mie parole. Spezzargli il cuore. A lui, proprio a lui. Forse perché è l'unico a cui potrei fare veramente del male.

«Willy... non stai dicendo davvero...» Sarah mi accarezza i capelli con tenerezza. «Io lo so che non dici davvero, sei mia sorella.»

Sospiro e sollevo le spalle. Se solo sapesse... Sono stanca di tutto. Anche di aver amato lui e solo lui tutta la vita.

Il taxi accosta per farci scendere, così posso evitare di rispondere. Pago e scendiamo. Come rientriamo in casa veniamo accolte dall'espressione preoccupata del maggiordomo.

«Cosa è successo, Harold?»

«Signorine Whitmore... vostro padre è peggiorato, purtroppo. Ho richiamato il dottore. E sto tentando di rintracciare la baronessa.»

Com'è possibile? È stato soltanto un lieve malore dovuto allo stress, aveva solo bisogno di riposo. Così ha detto il medico.

Invece appena entro nella sua stanza mi rendo conto che la situazione è cambiata. Non sarei dovuta uscire lasciandolo solo. Ho sbagliato ancora una volta. Mi avvicino al suo letto. I suoi occhi mi cercano e allunga la mano verso di me. Ha l'espressione avvilita e sofferente. Anche Sarah si avvicina.

Prendo la sua mano tra le mie e accenno un sorriso.

«Andrà tutto bene...» Continuo a chiedermi il motivo del suo peggioramento. Athilia non è ancora tornata e il dottore probabilmente era andato via dopo la prima diagnosi. «Stai tranquillo, papà.»

Sarah si siede sul letto accanto a lui, si china e lo bacia sulla guancia. Sorride e inizia a parlargli in modo più tenero e delicato di me. Io non ci riesco. Forse non ci sono mai riuscita. Indietreggio di qualche passo, per poi voltarmi e uscire in silenzio dalla porta.

Sosto in corridoio accarezzandomi le spalle. Apro la borsa e cerco il mio telefono. Vado all'ultima chiamata. Non conosco il numero, dovrebbe essere il cellulare di Nate in Australia. Sono tentata di chiamarlo io questa volta. Che cosa starà facendo il mio dolce, pazzo, romantico ragazzo? Sta davvero sconvolgendo tutta la sua vita per me? Davvero potrei averlo al mio fianco per il resto dei nostri giorni? Rischio di essere tentata, troppo tentata.

Ecco, il mio egoismo non ha davvero più limiti ora. Mio padre sta male e io penso a Nate. Ad averlo accanto, perché mi sostenga e mi conforti. Non voglio che altre persone soffrano a causa mia. Non voglio che abbandoni suo figlio. Quel bambino potrebbe vedermi come una matrigna perfida e crudele come io ho sempre visto Athilia.

Ma su una cosa Nate ha ragione. E anche Sarah. Io non posso, non posso sposare Charles. Io devo trovare un'altra soluzione. E devo parlare con Charles. Anche se...

Tacchi sulle scale. Nessun dubbio, so bene a chi appartengono. La sento poi percorrere il corridoio. Eccola tornata. Mi guarda e inclina il viso rivolgendomi quel suo sorrisetto di circostanza, quello che rivolge ai conoscenti che la considerano una gran signora, la baronessa Whitmore.

Che qualcuno mi aiuti a non ucciderla, a non spingerla e rovesciarla giù dalle scale, sarebbe tanto facile farle perdere l'equilibrio! Non avrei nemmeno più il ritegno che mi sono imposta per anni dal fatto che sia la madre di Sarah.

«Vado a vedere mio marito!»

Mi comunica quasi con furia, come se io intendessi ostacolarla o impedirglielo.

«Qualsiasi cosa tu gli abbia fatto, è ancora vivo...»

Non so come mi escono queste parole, ne resto sorpresa io stessa. Sono talmente convinta che questa donna mostruosa sia capace di tutto, che ormai mi aspetto qualsiasi crimine da parte sua.

«Tu non osare...»

Sgrana gli occhi su di me con aria sdegnata. Poi scuote la testa, facendo ondeggiare i capelli sulle spalle e mi oltrepassa.

«Io non mi sposerò. Mio padre sta male.»

So che è una cosa a cui lei tiene per cui mi diverte scagliarle addosso anche questa lieta notizia. Sembro tornata bambina, quando mi impegnavo a indispettirla in tutti i modi possibili.

«Non fare scherzi! Ti ho in pugno, sciocca ragazzina. Ti ho sempre avuta in pugno! Non sei cambiata in tutti questi anni. Sempre la solita sciocca, ingenua e sentimentale!» Si volta e mi rivolge un'occhiata sarcastica e avvicinandosi mi stringe forte il polso. «Ho in pugno anche la salute di tuo padre. Potrei colpirlo al cuore con la mia verità, quella che tu ora conosci bene. E non dimenticare la tua sorellina Sarah. Non sorellina, anzi...»

Mostro. Mostro di donna. Non posso più dirle le cose in faccia, devo imparare a usare sotterfugi, agire nell'ombra. Non voglio che conosca i miei piani contro di lei. Il matrimonio con Charles mi serve solo per essere sicura, da ogni punto di vista.

Gli parlerò francamente, senza che lei lo scopra. Mi accorderò con lui e lo renderò mio alleato.

«Se papà starà bene io sarò ben lieta di sposarmi tra dieci giorni.» Mi libero il polso con uno strattone, la spingo e la vedo barcollare. «Per cui tu non fare scherzi. E Sarah è nella stanza, insieme a papà. Dille qualcosa di sbagliato o cerca di forzarla a restare con i tuoi soliti ricatti e farò scoppiare uno scandalo tale che non saprai più dove andare a nasconderti. Racconterò tutto quello che mi hai fatto. Ci finiremo dentro tutti, lo so bene. Ma io a differenza tua non ho nulla da perdere ormai. Mi hai già tolto tutto, ma al mondo c'è ancora qualcuno che tiene a me. Tu invece, stronza schifosa, non avrai più nessuno.»

CAPITOLO 53

Con chi posso parlare, a chi posso esprimere i miei dubbi? Non ho nessuno. Athilia ha fatto così tanto male a me. Potrebbe farne anche a mio padre, suo marito? Ma che motivi avrebbe? È sempre stato dalla sua parte, le ha sempre dato ascolto. Non l'ha mai contraddetta. Le ha permesso di farmi qualunque cosa le venisse in mente. Perché lei era un'esperta, una dottoressa. Era in grado di occuparsi di me nel migliore dei modi, trovare le cure più adatte.

Forse escludendo tutti coloro a cui non posso rivolgermi, soprattutto Sarah e Nate, l'unico che mi rimane è proprio Charles, il mio fidanzato. Non rischio di ferirlo con le mie confidenze e non è dall'altra parte del mondo. Lo chiamo, mi propone di raggiungermi ma preferisco andare io da lui.

Quando arrivo alla sua residenza appena fuori città mi accoglie sulla veranda. Un abbraccio e un bacio a fior di labbra. Non credo che riuscirò mai ad avvicinarmi a lui più di così. Riesco a vederlo come un amico, manca totalmente qualsiasi tipo di attrazione e di trasporto nei suoi confronti. Eppure è un bell'uomo. Alto, capelli scuri, spalle larghe. Tantissime donne sarebbero entusiaste all'idea di sposarlo.

«Mio padre si è sentito male.»

Lo informo subito, così possiamo evitare ulteriori convenevoli.

«Oh cara, mi dispiace.» Mi accarezza il braccio e si muove per abbracciarmi ancora. «Come sta ora? Meglio? Siediti, ti faccio portare subito qualcosa da bere. Un tè freddo va bene?»

Annuisco e mi siedo su una sedia a dondolo, la prima che mi capita vicino al tavolino in legno. Respiro profondamente e socchiudo gli occhi.

Devo proprio correre il rischio di rivelargli tutto quello che penso? I miei sospetti? E se li prendesse per i deliri di una che non è mai stata particolarmente stabile? Ma come posso dirgli che la mia matrigna è un mostro? Che ha rapito una bambina per sostituirla alla sua e che temo voglia fare del male a mio padre? Senza contare tutto quello che ha fatto a me per anni!

«Charles io credo che Athilia c'entri qualcosa!»

Mi esce tutto in un attimo. Vorrei rimangiarmi quello che ho appena detto ma non posso, troppo tardi. Continuo a ripetermi che quello che ho di fronte è l'uomo che sto per sposare, mi vuole bene, è sempre stato gentile con me, ci conosciamo fin da ragazzini.

Charles resta in silenzio, in attesa che la domestica si allontani.

«Cosa intendi esattamente?»

Mi fissa un po' stranito mentre io sorseggio il tè che ci è appena stato servito.

«Quello che ho detto...» Più vado avanti più ho la sensazione che la mia sia una confidenza inutile. Forse è meglio fare un passo indietro. Anzi, più di un passo. Un'intera marcia indietro. Charles non mi crede. Lo capisco dall'espressione perplessa e assorta con cui mi guarda che non mi crederebbe neppure se andassi avanti e gli dicessi tutto quello che so. Tutto quello che Athilia mi ha fatto. «Lei è... purtroppo era fuori casa quando papà si è sentito male. Magari se ci fosse stata avrebbe saputo cosa fare...»

Mi sto arrampicando sugli specchi ora. È abbastanza stupido da accettare le balle che mi sto inventando? Spero di sì. Chiunque voglia sposare me ritenendo che io possa essere una buona e decorativa moglie deve essere sicuramente abbastanza stupido.

«Sono sicuro che si riprenderà, cara.»

Sempre "cara" sono per lui. Non osa chiamarmi Wilhelmina perché da bambina gli avevo mollato un calcio negli stinchi quando lo aveva fatto. Probabilmente se ne ricorda ancora. E chiamarmi Willy è troppo disdicevole o confidenziale. Oddio, sto parlando del mio futuro marito. In teoria dovremmo essere abbastanza in confidenza. Dovrebbe chiamarmi in qualche altro modo che non sia solo "cara".

«Sì, si riprenderà sicuramente. Nel dubbio però dovremmo pensare a rimandare il matrimonio.»

Posa il suo bicchiere sul tavolo e mi lancia un'occhiata contrariata.

«Non credo sia il caso. Ormai è tutto pronto, gli inviti spediti...»

Tutto pronto, certo. Cerimonia, inviti, cappella, rinfresco, torta multipiano, abito, velo. E tanto altro. Potrebbe mancare la sposa ma è solo un dettaglio.

No, niente da fare. Il mio quasi marito è irremovibile. Tutto va bene, la vita è meravigliosa e noi due avremo un matrimonio da favola. Mi guarda con quella sua solita espressione placida e tranquilla che mi suscita una grande noia nell'anima e nel corpo. La pace dei sensi più totale.

«Hai ragione.» Mi alzo, non ho più motivo di trattenermi. Potrei perdere tutto il resto della giornata a parlargli, non verrei comunque a capo di nulla. Ho capito che non mi vuole credere, non vorrà mai. Rovinerei la sua esistenza perfetta. «Sono venuta solo per informarti. Meglio che torni a casa a vedere come sta mio padre.»

«Vuoi che ti accompagni?»

Si alza e mi sfiora il braccio con la mano, trattenendolo il giusto necessario. Anche il suo senso del dovere è perfetto. Impeccabile, come sempre.

«No, l'autista è rimasto qui ad aspettarmi. Grazie, caro.»

Accenno un sorriso di circostanza, quelli che vengono tanto bene ad Athilia. E anche io lo chiamo "caro". Giusto per non mandarlo al diavolo.

Almeno ci ho provato. Devo tornare a casa. E lì sarò ancora in balia della strega. Spero che Sarah se ne sia già andata, che sia tornata al sicuro da Thomas.

Mentre sono in macchina prendo il cellulare. Vorrei chiamare qualcuno ma non so nemmeno io chi. No, non è vero. Non vorrei chiamare qualcuno a caso. Vorrei chiamare Nate. Ho bisogno della sua voce, almeno. Solo per qualche minuto.

«Mina…»

Evidentemente ha riconosciuto il mio numero.

«Ehi…»

Mi batte il cuore solo a sentirlo pronunciare il mio nome. Mina. Come mi ha sempre chiamata lui.

«Hai ripensato a quello che ci siamo detti?» sospira e lo sento esitare. «Puoi avere un po' di pazienza?»

«No. Cioè… non è per questo che ti ho chiamato. Non voglio parlare del mio matrimonio, non voglio che tu mi faccia promesse, non voglio che tu mi dica cosa fare o non fare.» E non voglio nemmeno raccontargli tutto ciò che mi turba. Sarebbe troppo e lui è troppo lontano perché possa fare qualcosa per me. «Io volevo solo sentire la tua voce, per qualche minuto ancora.»

«Va bene. Però non chiedermi di cantare, al telefono potrei essere ancora peggio che dal vivo. Davvero pessimo.»

Lo sento ridere e per un attimo dimentico tutto il resto.

«Sciocco, mi leggi nel pensiero?»

Appoggio la testa al sedile e chiudo gli occhi.

«Ci provo, ma temo che tu sia troppo complicata. Mina io…»

Resta in silenzio. Sta cercando le parole adatte per proseguire.

«Non dirmi le cose che non voglio sentirmi dire e di cui non voglio parlare.» O che muoio dalla voglia di sentirmi dire, ma ho troppo paura per credere. «Dove sei ora, cosa stai facendo?»

Domanda cretina. Magari è qualcosa che davvero non voglio sentire!

«Sono vicino a Sidney, in macchina. Sono stato a bere qualcosa con un amico.»

«Stai tornando a casa?»

Ecco che sprofondiamo proprio in quello che non voglio né sentire né sapere. E la cosa peggiore è che sto facendo tutto da sola, da brava idiota!

«Sì. Mina, lo so che non vuoi sentirlo, ma...» Si innervosisce, non avrei dovuto chiedere.

«Non dirmi niente, allora. Sono stata io a sbagliare domanda.»

«Tu dove sei?» La sua voce cerca di assumere un tono più tranquillo.

«In macchina anch'io. E anch'io sto tornando a casa.»

Cerco di imitarlo e rilassarmi.

«Stai telefonando mentre guidi, Mina? Dove sei? In centro a Londra?»

Ora torna preoccupato. E mi immagino anche la sua espressione cambiare, lo vedo quasi aggrottare la fronte contrariato.

«No, dimentichi che sono la baronessina Whitmore, tesoro. Ho l'autista!» Rido e in qualche modo riesco a sentirmi meglio.

«Oh già, è vero. Dimenticavo quanto fossi una stronzetta viziata, Wilhelmina.» Ride anche lui, per un attimo abbiamo raggiunto entrambi una sorta di tregua. «Dove sei stata? A fare shopping?»

«No, sono stata...»

Da Charles, il mio fidanzato. Ecco, di nuovo qualcosa di cui non voglio parlare.

«Prendi tempo per inventare una balla per non dirmi qualcosa che non mi piacerà?»

Come non detto. Era meglio confermare lo shopping.

«Passiamo a una domanda di riserva, Nate. Hai ripreso con la musica?»

«Sto mettendo insieme qualche idea. Poi ho selezionato alcune canzoni per...» Si ferma improvvisamente. «No, tanto non lo vuoi sapere. Tu, con la fotografia stai facendo progressi?»

«No, per ora no. Non ho avuto tempo a causa del...»

Matrimonio? Rivelazioni e tragedie familiari? Altri argomenti off limits.

«Mina… a questo punto ci resta solo di parlare del tempo!»

Per fortuna non la prende male. Sono innamorata di lui. Sarò sempre innamorata di lui.

«Qui c'è il sole. Però è ancora un po' fresco…»

Decido di assecondarlo, in attesa della sua risposta.

«Qui è sera e ci sono le stelle. Tante stelle.» Sospira e lo sento esitare, di nuovo. «Io ci credo ancora in noi due. Scusami, so che non vuoi sentirlo e non avrei dovuto dirlo. Ora rischio che mi attacchi il telefono in faccia, ma Mina insomma… io ci credo…»

«Hai ragione. Perché sto davvero lottando con tutte le mie forze per non crederci più, ma non ci riesco.» È la verità. L'unica che conosco, anche se mi sento terribilmente in colpa. Intanto la macchina oltrepassa il cancello d'entrata dei Whitmore. «Nate, sono arrivata a casa. Fra qualche minuto dovrò scendere e tornare a interpretare la parte della baronessa stronza.»

«Chiamami ancora, ogni volta che vuoi.» Sospira, come se non sapesse cosa dire. O se dire qualcosa. «Ti amo.»

No, non posso chiamarlo ogni volta che voglio. Potrebbe essere… Non essere così libero di rispondere.

«Nate…»

«Non importa, Mina. Non devi dirlo per forza.»

Invece muoio dalla voglia di dirlo. E non solo di dirlo. Sospiro e davvero non so come concludere la telefonata. Non voglio lasciarlo. Lo amo e non voglio lasciarlo. Il fatto che non lo dica non lo rende meno vero.

«Grazie. Ma la prossima volta ti costringerò a cantare.» Decido di riagganciare e ripongo il telefono nella borsa. Poi socchiudo gli occhi. Ormai è tardi, lui non può sentirmi, allora lo sussurro a me stessa. «Ti amo anch'io.»

Scendo dall'auto, raggiungo la stanza di mio padre. Lo trovo solo, sembra essersi assopito. Sento muovere la porta alle mie spalle e mi preparo al contrattacco nel caso si tratti di Athilia. Invece quando si apre vedo entrare la nonna, un po' di soppiatto.

«Wilhelmina...» sussurra appena e mi fa segno con la mano di avvicinarmi. Ubbidisco un po' confusa. «Lei lo sta avvelenando.»

Non c'è bisogno che mi specifichi chi intende con "lei".

«Come puoi dirlo, nonna?» La guardo. Sembra estremamente lucida, nonostante l'età. «Anche se fosse dobbiamo avere delle prove.»

Analizzo velocemente le mie conoscenze a proposito di veleni. Nessuna. La nonna inclina il viso, come persa nel suo mondo ora. Mi chiedo se ne sappia più di me per essere arrivata a questa conclusione.

Io devo trovare assolutamente qualcuno che mi ascolti e che mi aiuti. Ma devo anche agire cautamente, di nascosto, senza destare troppi sospetti. Escludendo la nonna che ovviamente non è nelle condizioni per farlo, Charles che purtroppo non mi crederebbe, Nate che è dall'altra parte del mondo immerso nei suoi problemi. A Sarah non posso dirlo altrimenti dovrei dirle anche tutto il resto. Forse Jenna... ma cosa potrebbe fare Jenna per aiutarmi? Sarebbe troppo per lei.

L'unico rimasto è Jackson, ho conservato il suo numero dopo la mia permanenza a casa sua di pochi giorni. Anche Nate mi aveva suggerito di chiedere aiuto a lui se avessi avuto bisogno. Ma non posso andare a casa sua, rischio di incontrare anche Thomas e Sarah, devo trovare il modo di vederlo da sola. E poi se quel demonio di donna mi scoprisse, potrebbe farmi ancora del male. No, non deve succedere. Ora ho Nate. Anche dall'altra parte del mondo ora ho Nate e lui ha me. E questo non cambierà mai più.

CAPITOLO 54

Ho chiamato Jenna con la scusa di un ultimo shopping prima del matrimonio. Cosa assolutamente non da me. Primo perché detesto lo shopping. Secondo perché non lo farei con mio padre in quelle condizioni. Ma, come mi chiama Nate scherzando, giocherò un po' a fare la stronza viziata. Ci incontriamo in centro e lascio andare a casa l'autista dicendogli che più tardi prenderò un taxi.

«Andiamo a bere qualcosa in una caffetteria.»

Trascino Jenna all'interno di una libreria in Oxford Street e poi direttamente al piano della caffetteria. Ordiniamo un caffè e ci sediamo a un tavolino che guarda sulla strada. Sospiro e ci penso ancora, spero di non sbagliare a coinvolgerla.

«Ho bisogno di un favore, Jenna.»

«Certo, dimmi pure.»

Sorride tranquilla, ha abboccato senza problemi alla scusa dello shopping dell'ultimo momento. Ora invece le dovrò raccontare la verità. O almeno la parte che la coinvolgerà direttamente.

«Ci sono questioni che ho assolutamente bisogno di sistemare.» Mi mordo le labbra e mi passo una mano sulla fronte. «Ti ricordi anni fa... quando mi hai aiutata a lasciare casa mia insieme a Nate?»

«Che cosa? No, insomma Willy...» Sgrana gli occhi e mi guarda con aria costernata. «No, questa volta se vuoi fare una cosa così sei grande abbastanza, non mettere di mezzo me.»

«Ti assicuro che se potessi lo farei anche subito.» Prendo tempo, devo formulare la frase nel modo giusto per renderlo accettabile. «Questa volta non si tratta di fuggire da casa con l'uomo che amo. È una cosa più complicata. Si tratta di mio padre, di mia sorella, della mia famiglia. Ci sono cose che ho bisogno di sapere e… c'è qualcuno che mi potrebbe aiutare.»

«Io?»

Mi punta gli occhi addosso sempre più confusa.

«Sì, tu. Perché io potrei essere… Non posso rischiare troppo, insomma. Ho bisogno che tu mi faccia da tramite, per sicurezza.»

«No, qualunque cosa sia… Io no, non questa volta! Non di nuovo!»

Si agita ancora di più e sposta la sedia indietro per alzarsi. Capisco che possa sentirsi usata, ma io ho bisogno di lei.

Si alza e non posso costringerla a restare e ad ascoltarmi. Abbasso lo sguardo e annuisco, devo lasciarla andare. Non posso trattenerla e imporle la mia volontà. Ha ragione lei, in fondo. Non siamo più ragazzine e io sono grande abbastanza.

«Scusate il ritardo.» Jackson arriva alle spalle di Jenna e occupa la sedia al suo fianco bloccandole il passaggio. «Mi sono preso una pausa ma non ho molto tempo.»

«Jenna non rimane…»

Faccio segno a Jackson di lasciarla passare. Jenna annuisce, lo oltrepassa e se ne va senza aggiungere altro. Io mi sento più sola e smarrita che mai. Alzo lo sguardo e gli occhi verdi di Jackson mi scrutano. Le piccole rughe d'espressione intorno denotano stanchezza e anche scarsa tranquillità.

«Cosa c'è Willy? Ho sentito che i progetti matrimoniali continuano…» sospira e appoggia i gomiti sul tavolo.

Mi chiedo se abbia parlato con Nate recentemente, ma evito di domandare. Sarah vive da lui e da Thomas, può averlo saputo da lei.

«Sì, temo di non avere alternativa. Insomma, in poche parole… Vorrei che questa conversazione restasse riservata. E con questo intendo che non devi parlarne né con Sarah né con tuo fratello e ancora meno con Nate.»

«Non ti prometto niente finché non so di cosa si tratta.»

Il suo sguardo si incupisce e controlla l'orologio. Mi sta incontrando in un ritaglio di tempo e anch'io non posso trattenermi a lungo.

«Capirai subito perché non devi dirlo a Sarah. E se vuoi bene a Nate, se sei il suo migliore amico, capirai perché devi stare zitto anche con lui. Insomma...» Devo raccontargli tutto. Veloce, concisa e il più possibile chiara. «La mia matrigna, Athilia, non è la vera madre di Sarah. L'ha sottratta a un'altra donna perché la sua bambina era nata morta. Me l'ha confessato lei stessa. Mio padre si è sentito male e mia nonna e anche io in realtà... crediamo sia stata lei. Secondo mia nonna ha usato un veleno. Io non sono certa che sia un veleno o altro, qualche farmaco con effetti collaterali dannosi per lui... ma sono convinta che lei sia la causa scatenante. Però ci servono prove che purtroppo non abbiamo. Mia nonna è anziana, io sono stata in cura per depressione, allucinazioni... e altri sintomi anche peggiori che non mi rendono una persona del tutto affidabile se mi venisse in mente di denunciare qualcuno. Ho tentato di parlarne a Charles, il mio fidanzato, ma già dai primi accenni non mi pare voglia accettare questa idea. Nemmeno si è avvicinato a capirla, allora ho evitato di spingermi oltre mettendomi nei guai. Era stata Athilia a farmi rinchiudere in quella clinica, quindi capisci che non posso andare in giro ad accusarla, perché lei mi...»

Incomincio ad agitarmi, mi trema la voce. Dubito che Jackson abbia afferrato qualcosa di comprensibile tra il mio fiume di parole.

«Willy... hai una vita incredibilmente movimentata!»

Si passa una mano tra capelli scuri e mi guarda stringendo leggermente gli occhi.

«Non dirlo a Nate! Altrimenti io...»

Stringo i pugni e lo fisso con aria quasi minacciosa.

«Altrimenti mi prendi a botte? Sì, conoscendoti ora ho veramente paura!» Sospira e posa la mano sul mio pugno ancora chiuso. «Ascoltami... Prima di tutto ti devi calmare.»

«Non mi credi...» Gli punto gli occhi addosso, sconvolta. «Come Charles, mi guardi con la stessa espressione compassionevole! Anche tu non mi credi...»

«Secondo, non mi paragonare mai più al tuo fidanzatino nobile e rammollito.» Si appoggia con la schiena alla sedia e incrocia le braccia, seccato. «Terzo, quello che stavo per dire è che dobbiamo verificare che la tua matrigna cattiva ti abbia detto la verità e non una balla per sconvolgerti e farti stare male. Sarah ha lasciato la sua reggia per andare a vivere con due miserabili come me e mio fratello. Niente di più facile che la stronza voglia vendicarsi su di te che sei la causa di tutto!»

«Tu credi che per quanto stronza, squallida e vendicativa una madre si inventerebbe una cosa del genere sulla propria figlia?» Mi passo le mani sul viso e le trattengo sugli occhi per un istante, poi torno a guardarlo. «Capisco odiare me, ma Sarah...»

«Non saprei, dipende da quanto è pazza quella donna.» In effetti non ha torto. Jackson solleva le spalle e sembra meditare sul da farsi. «Posso cercare di indagare. Sono in polizia, ho delle buone conoscenze nella sezione investigativa. Certo, bisognerebbe risalire a più di vent'anni fa, non sarà facile. Se tu avessi ulteriori informazioni...»

«La madre di Sarah era...» sospiro, devo ripetere quello che Athilia mi ha detto. «A quanto pare era una prostituta. Frequentava la periferia est. Questo è ciò che so, sempre che Athilia non mi abbia mentito.»

«Accidenti...»

L'espressione di Jackson si fa ancora più allibita.

«Jack... non dirlo a Sarah e nemmeno a tuo fratello, per ora. Ti prego!»

Mi allungo verso di lui e lo afferro per le braccia.

«Certo, mi hai preso per un idiota?» Mi accarezza le spalle. «Tranquilla, okay? Vediamo di risolvere la situazione. Intanto cerchiamo di scoprire qualcosa.»

Annuisco e mi stacco da lui.

«Poi dovremo capire che contatti ha Athilia. Io…» Non riesco a non pensare a lui, a quello che gli hanno fatto quando è tornato a cercarmi. «Probabilmente c'entrava anche mio padre, ma quando… hanno fatto arrestare Nate, lo hanno minacciato e ricattato per…»

«Pensiamo a Sarah, per ora. Quello che hanno fatto a Nate è passato ormai.» Jackson abbassa lo sguardo, carico di tristezza. Come se si sentisse in colpa di non essergli stato abbastanza vicino in quel momento. «Poi c'è la storia del veleno… tuo padre non potrebbe semplicemente aver avuto un malore? Forse tua nonna sta esagerando.»

«Certo, ma ormai tutto quello che riguarda la mia famiglia e Athilia soprattutto mi insospettisce e… mi spaventa anche…» Ho paura, una paura tremenda. Non mi sento più al sicuro nella tenuta dei Whitmore, tanto che se potessi chiederei anch'io ospitalità a Jackson. «Non voglio che mi rinchiudano ancora. Non posso permetterlo, Jack. Io non posso…»

«Willy, tu dovresti andartene. Venire a stare da noi. Ci staremo in qualche modo, non è un problema. Devi trovare un posto sicuro.»

Sembra leggermi nel pensiero. Sono tentata di accettare.

«Non posso, rischierei di scatenare Athilia ancora di più. Devo restare a controllarla, per il momento. Potrebbe rivelare la verità a Sarah in modo brutale e io non posso permettere che accada. Fra pochi giorni andrò a stare con mio marito. Sarò al sicuro con Charles.»

Cerco di mostrarmi tranquilla e convinta della mia scelta.

«Al sicuro? Con un tizio con cui non riesci nemmeno a parlare?» Corruccia la fronte, poco convinto. «L'hai detto tu stessa che non ti crederebbe! Se non ti crede come potrà tenerti al sicuro?»

«Sì, ma… lui mi proteggerà, di questo ne sono certa. È una brava persona. E magari riuscirò a spiegargli la situazione con più calma.»

Fra poco più di una settimana sarò la moglie di Charles Greenwood. È un dato di fatto, anche se parlandone mi sembra ancora di parlare di un'altra, non di me stessa.

«A me non sembra la soluzione adatta. Nate...»

Scuote la testa e lascia il discorso in sospeso. Sospira e si morde le labbra.

«Nate ha un figlio a cui pensare. Io non voglio assolutamente coinvolgere Nate...» Anche io lascio il discorso in sospeso. Non vorrei proseguire oltre, ma sono costretta a insistere. «Non dirgli niente, per favore. Promettimelo!»

«Va bene, va bene...» Lancia una rapida occhiata all'orologio e si alza. «Devo proprio andare. Mi faccio sentire io appena ho novità. Cercherò di velocizzare i tempi.»

«Sì, ma dovremo fare attenzione. Avrei preferito che tenessi i contatti con la mia amica Jenna per non creare sospetti.»

«Ce la caveremo comunque.» Mi passa accanto e mi sfiora la spalla, poi la stringe leggermente. «Se ti accorgi che la situazione peggiora e temi di essere in pericolo, sai dove trovarmi. E sai cosa fare.»

«Grazie.» Sollevo il viso e accenno un sorriso. «Grazie davvero, Jackson.»

Fa il giro e lo guardo allontanarsi. Aspetto qualche minuto prima di prendere la mia borsa, devo tornare a casa.

«Willy...» Inaspettatamente mi ritrovo davanti Jenna. Ha un'espressione assorta tendente al triste, come se si trovasse in uno stato di desolazione e abbattimento da cui non sa come uscire. Quasi come me, insomma. «Quel tipo... non è il tuo...?»

«Amante? Fidanzato extra?» No, non lui per lo meno. «No. È solo un amico di cui ho bisogno per risolvere quella situazione di cui tu non vuoi sapere niente, quindi non te ne parlerò.»

«Io... vorrei aiutarti, ma...» Fa un respiro profondo, prima di proseguire. «Ho paura di non essere in grado, di non sapere cosa fare. E mi sento una pessima amica, sono anni che mi sento una pessima amica. Perché poi quando non hai più bisogno di me io... non conto più nulla...»

«Questo significa che sono io una pessima amica, Jenna. Non tu.»

Ha ragione. La sto usando ancora come l'ho usata anni fa, quando ho avuto bisogno di lei per scappare con Nate. L'ho sempre usata, in effetti.

«Io voglio solo aiutarti, Willy. Voglio che tu stia bene, come lo volevo l'altra volta, tanti anni fa...» Sospira, sembra stia per prendere una decisione fondamentale. È spaventata e me ne rendo conto, la conosco bene. Jenna è per indole timida e spaventata, non prenderebbe mai decisioni drastiche e definitive come me e Sarah. «Dimmi cosa devo fare. Se tu credi che io possa farcela, allora lo farò.»

CAPITOLO 55

Cinque giorni. Cinque giorni al mio matrimonio con Charles. Poi diventeranno quattro, tre, due. Vorrei fermare il tempo. Ho una sensazione tremenda, di nodo alla gola. Come se lo stomaco mi si contorcesse su se stesso. Non riesco più nemmeno a mangiare. In realtà sono giorni che non mangio quasi nulla. Se continuo così il vestito mi scivolerà di dosso.

Non ho ancora avuto comunicazioni di Jenna da parte di Jackson. Non so cosa speravo di ottenere. Magari qualche informazione prima delle mie nozze principesche. Qualcosa che mi avrebbe messa al sicuro senza cercare protezione da Charles. Quasi non riesco a respirare. E non riesco a dormire. Ho come un tremito costante e costante è anche la voglia di scoppiare a piangere. E non per l'emozione.

Ho paura. Talmente tanta che vorrei fuggire lontano. E sono sola nella mia paura, nessuno mi può aiutare. Sarah non comprende e non accetta la mia scelta. Jenna ora sa quasi tutto quel che c'è da sapere ed è ancora più spaventata di me.

Mio padre si è relativamente ripreso. Ma quasi non riesco più a riconoscerlo. Sembra incredibilmente fragile e smarrito. Per quanto possibile ancora di più in balia di Athilia. Non ho mai pensato nemmeno come ipotesi di poter raccontare a lui quello che so.

Questo dolore che dal petto mi sale alla gola fino a togliermi il fiato mi devasta. E non oso nemmeno immaginare quello che il mio cuore desidera costantemente, giorno e notte. È come se le mie lacrime fossero bloccate lì, come se io non concedessi loro la libertà di sciogliersi in pianto. Il bisogno sta diventando talmente prepotente che cerco di allontanarlo come posso, ma senza riuscirci.

Mi guardo allo specchio e mi riscopro invecchiata, stanca, con gli occhi segnati e la pelle troppo delicata. Perderò ogni speranza presto. Charles mi garantirà una sicurezza fisica e mentale, ma che ne sarà del mio cuore? Diventerò una delle tante tristi donne che si sposano per tanti svariati motivi, tranne quello giusto. Per garantirsi una stabilità economica, un posto in società, per l'esigenza di protezione, per non restare sole. E mi perderò tra le tante. Come mia nonna prima di me, forse anche come mia madre. Come altre prima di loro, come altre ora, come altre dopo di me. Sarà tutto adorabilmente perfetto, ma sarà tutto finto. Charles riceverà il suo grazioso involucro ben confezionato.

Lascio passare i minuti, le ore. Ancora un altro giorno, poi un altro. Ne sono rimasti soltanto tre e io devo trattenere il singhiozzo che mi esplode in gola. Se è solo per la mia sicurezza, per la mia incolumità, perché sto così male? Vorrei quasi che fosse già tutto finito.

Che cosa devo fare? Io non voglio, non voglio...

Sento squillare il telefono. Ogni volta spero sia Jenna che mi porta notizie che mi sollevino da questa situazione, dicendomi che Jackson ha scoperto qualcosa. Che io posso considerarmi libera, allontanarmi, fuggire.

Nate. Come posso rispondergli adesso? Mi sentirei ancora più distrutta. Ma come posso, come posso rinunciare all'amore della mia vita? Devo sentirlo, devo sentire la sua voce solo per trovare un po' di forza, di coraggio.

«Ciao...» sospiro e cerco di darmi un contegno. Voglio farmi sentire rilassata e serena.

«Mina... davvero vuoi andare avanti con questa farsa?»

Mi aggredisce subito. Il suo tono di voce è quasi alterato.

«Nate, ascoltami...»

Forse sarebbe stato meglio non rispondergli affatto.

«Cosa vuoi fare? Dimmelo... vuoi ferirmi? Vuoi farmela pagare per aver rinunciato a te?» Alza la voce, ancora di più. «Io non ho mai rinunciato a te! Mai, nemmeno in tutti questi anni. Anche quando ti credevo felice chissà dove... Sono sempre stato tuo.»

Ora sono davvero sicura di aver sbagliato a rispondergli. Non mi aiuta e sicuramente non mi dà la forza di andare avanti con quello che sto per fare.

«Sarà solo una formalità.» Invece di mantenere un contegno, non riesco a impedirmi di piangere. «Ti prego Nate, non rendermi tutto più difficile...»

«Te lo voglio rendere impossibile, invece! Tu non puoi farci questo... Io non ho avuto scelta!»

Lo sto facendo soffrire, lo sento. E mi detesto per questo. Ma ho bisogno di Charles, della sua protezione. Anche se è un uomo pacato e tranquillo, anche se non ha l'atteggiamento focoso e irruente di Nate e Jackson, è davvero una brava persona. E mi conosce da sempre.

«Io starò bene, Nate. Non vuoi che io stia bene?»

Devo chiudere la conversazione. Devo smettere di parlargli, ci facciamo solo del male entrambi.

«Certo, è tutto quello che voglio. Che tu stia bene e che sia felice. Vuoi davvero essere felice insieme a quell'uomo?»

Perché questa volta non ha nessuna voglia di scherzare un po' con me, come le altre volte? Perché è così serio e rigido? Considera il mio matrimonio la nostra fine, la fine di ogni speranza. Mi costa rispondergli.

«Sì, io potrei esserlo.»

«Allora... non vedi più una vita insieme a me?»

Lo sento fremere di disperazione, di rabbia. Sono nelle stesse condizioni ma devo mantenere il controllo per entrambi.

«Sarò sempre tua, Nate. Ma credimi, è meglio così.» Vorrei tanto stringerlo, abbracciarlo ancora una volta. Però non voglio che abbia a che fare con questa mia situazione. Lui deve stare al sicuro in Australia. La mia famiglia gli ha già fatto troppo male. «Tu devi pensare a tuo figlio, a... alla tua casa lì... Io ti vorrò sempre bene.»

Resta in silenzio, non so nemmeno io per quanto. Troppo tempo. Percepisco come una corrente gelida tra noi.

«Mi vorrai sempre bene come a un vecchio amico, capisco.»

Sento il cuore rompersi in migliaia di frammenti.

«Sì, come a un vecchio amico.»

Lo sto perdendo? Forse sì, forse davvero per sempre questa volta. Il fatto che non abbia nemmeno cercato di farmi sorridere, che sia così serio, arrabbiato con me... Lo sto davvero perdendo.

«Va bene, Mina. Allora sarò solo un amico. Perdonami se per me non sarà mai lo stesso.»

Riaggancia lui per primo. Se prima stavo male ora mi sento morire. Anche per il fatto che lui mi abbia creduto. Ma forse è giusto così. Forse ha preferito credermi.

CAPITOLO 56

Come può un abito da sposa essere largo e comprimerti allo stesso tempo? Non lo so. Ho perso peso per cui mi balla addosso. Ma mi stringe anche. Cerco di allargare un po' il corpino per respirare. Tutti gli strati di pizzo pesano tremendamente. Più le perline varie. Anche i gioielli pesano.

Il mio anello di fidanzamento, che non ho mai portato con la scusa di non volerlo perdere, è un diamante che occupa quasi un terzo del mio dito. È scandalosamente osceno. Il tipo di gioiello per cui Athilia è sempre impazzita.

Sono rimasta sola in casa, insieme alla servitù e alle domestiche che hanno ricevuto l'ordine e l'incombenza di aiutare a prepararmi. Mio padre con la nonna e Athilia si sono già avviati verso il luogo dove verrà celebrato il matrimonio, la cappella di famiglia di Charles. Dovrò raggiungerli a breve, anche se mi inventerei qualsiasi scusa, pur di ritardare.

Io non faccio che ripetermi di non aver avuto alternativa. Jenna ieri mi ha riferito che Jackson sta ancora indagando, sta facendo del suo meglio. Sta cercando di affrettarsi. In realtà non so nemmeno io che cosa avrei sperato di sapere o scoprire. Qualunque cosa che potesse evitarmi questo matrimonio. Qualcosa di fondamentale che incastrasse Athilia in modo inequivocabile. Senza il rischio per me di essere rinchiusa di nuovo da qualche parte e sottoposta a cure per ridurmi ancora a una larva, un vegetale senza volontà. Le ripercussioni dei suoi trattamenti le sto subendo ancora. Lotto costantemente per ribellarmi alla mia fragilità, alla mia debolezza. Non sempre ci riesco, purtroppo.

Gwen bussa alla mia porta e mi avvisa che è arrivata la signorina Jenna insieme al suo truccatore di fiducia. Spero che riesca a fare un miracolo e a nascondermi le ombre nere sotto agli occhi. Anche la carnagione fa quasi paura. Tra la scarsa alimentazione e la mancanza di ore di sonno, sembro più che altro il fantasma di una sposa.

Seduta davanti alla specchiera della mia stanza, mi appoggio con i gomiti e mi lascio scivolare giù con la testa. Chiudo gli occhi. Qualche istante dopo li sento entrare.

«Dovrà fare un miracolo, per le mie occhiaie soprattutto…» sbuffo e cerco invano di rialzare la testa. «Altrimenti tutti gli invitati fuggiranno spaventati vedendomi. Magari anche lo sposo.»

«Quello non mi dispiacerebbe affatto!»

Mi alzo in piedi di scatto appena riconosco la voce. Mi devo reggere al tavolino per non cadere a terra.

«Nate!»

Si toglie un cappello, gli occhiali e una strana sciarpa colorata che gli copre parte del volto, sorride appena e mi guarda più volte, percorrendo il mio corpo dall'alto al basso e viceversa.

«Mina… sei bellissima. Un po' troppo pallida, ma bellissima…»

I suoi occhi sembrano vibrare di una luce nuova, intensa, appassionata. Si soffermano sul mio viso e poi scendono al mio petto, alle mie spalle scoperte.

«Tu… non dovresti essere qui…»

Mi sento ardere una fiamma che dal cuore mi sale fino al viso, come una febbre repentina. Vorrei muovermi verso di lui, stringerlo, baciarlo e strapparmi questo stupido vestito di dosso al contempo.

«Piccola sciocca, hai creduto davvero che ti lasciassi andare? Che ti permettessi di sposare un altro?» Percorre i pochi passi che ci separano e mi afferra per le spalle. «Tu sei mia, Mina. A te non rinuncio, non di nuovo… Mi dispiace, ma dovrai cambiare i tuoi progetti per oggi! Ce ne andiamo!»

Non riesco nemmeno a rispondergli, mi stringo a lui.

«Non dovresti essere qui... Io non ti volevo qui...» Le lacrime mi inondano il viso. «Se... se ti faranno ancora del male io ne morirò questa volta...»

«Tu rischi di morire se continui a fare di testa tua!» Mi cinge le braccia intorno alla vita e mi bacia la fronte e il viso, spostandosi poi verso le labbra. La sua voce si addolcisce. «Ragazzina testarda... Come hai potuto escludermi, non dirmi niente di quello che ti stava succedendo?»

«Tu non dovevi...»

Non so dire altro, non riesco a resistere ai suoi baci. Gli accarezzo il petto e poi lo stringo nuovamente a me, cingendogli le braccia intorno al collo.

«Scusate, ma dobbiamo andare.» Sento la voce di Jenna, ha un tono preoccupato e impaziente al tempo stesso. La vedo ferma all'ingresso della stanza. Si avvicina e mi guarda un po' dubbiosa. «Sei pallida, hai gli occhi rossi e il vestito sgualcito.»

«Un disastro, insomma.» Concludo io con un sospiro.

«Ti devo sistemare un po', in teoria dovresti andare a sposarti. Dobbiamo almeno salvare le apparenze, non si sa mai...»

Mi indica la sedia davanti allo specchio e cerca tra i cosmetici.

«In pratica una volta fuori dalla tua gabbia dorata, ci incontreremo con Jackson che ti aggiornerà sulle sue scoperte.» Nate mi tiene la mano nelle sue mentre mi siedo. «Da qui devi uscire come una sposina radiosa, non vorremmo che la regina cattiva avesse lasciato delle spie a guardia del suo regno.»

«Hai rischiato a entrare qui.» Stringo la sua mano mentre Jenna cerca di truccarmi, ricompormi un po' l'acconciatura e fissarmi il velo come meglio può. «Avresti dovuto aspettarmi fuori, insieme a Jackson.»

«Dovevo entrare a salvare la mia principessa, non potevo aspettare.» Sussurra e si china al mio fianco. «Non avrei mai dovuto lasciarti sola.»

No, non avrebbe dovuto. Mai, nemmeno la prima volta. E ora… ora voglio solo capire cosa possiamo fare, come uscire da questa situazione.

«Ho fatto del mio meglio.» Jenna mi fa alzare e si allontana di qualche passo per osservare il risultato dei suoi sforzi. «Hai ancora gli occhi gonfi ma puoi sempre dare la colpa all'emozione.»

«Non sarebbe una bugia.» Sollevo le spalle e mi sforzo di sorridere.

«Perfetto. Però cerca di contenerla, almeno per il momento.» Jenna si avvicina e mi fissa nuovamente il velo sulla testa con altre forcine. Poi mi porge la mia borsetta di raso. «Sì, abbastanza convincente.»

Riusciamo a uscire da casa. Nate ha adottato nuovamente il suo travestimento. Lo guardo e cerco di non ridere, tanto è buffo e si atteggia a truccatore delle dive. Lui mi cinge la vita con una mano e poi la lascia cadere cercando di pizzicarmi il sedere. Senza riuscirci a causa dei vari strati del mio abito da sposa. Gli prendo la mano e intreccio le dita con le sue, solo per un istante. Furtivamente mi spingono verso un'altra macchina, non quella che mi aspetta per condurmi al luogo della cerimonia. Una volta a bordo mi accorgo che Jackson è alla guida.

«Un rapimento in piena regola…» Salgo in macchina e il mio cuore si sente finalmente libero, al sicuro, dopo tanto tempo. «E tu Jackson mi avevi promesso silenzio assoluto con Nate!»

«Mi dispiace, ma lui picchia più forte di te. Ho avuto paura! Comunque, sposina… Ascoltami attentamente, abbiamo poco tempo e temo che ci stiano seguendo.» Fuori dalla residenza Whitmore, Jackson continua a guidare, lanciando un'occhiata allo specchietto retrovisore. «Il tuo futuro sposo non è affatto quello che credi. Non sono riuscito a trovare nulla sulla vera madre di Sarah, almeno per ora. Ma… non so come dirtelo senza spezzarti il cuore… Dovresti riconsiderare la tua idea di "brava persona". Perché il tuo caro Charles Greenwood in realtà non ha più un soldo, ha perso tutto tra gioco d'azzardo, bella vita e prostitute d'alto bordo. Tra loro, anche la tua matrigna. Probabilmente da prima ancora che sposasse tuo padre.»

Non riesco nemmeno a replicare, elaboro le informazioni una dopo l'altra. Jackson mi sta dicendo che Charles e... Athilia?

«Ma Charles è...» Cerco di fare un rapido calcolo. Charles è un po' più grande di me, ma non di molto. Athilia è riuscita a farsi sposare da mio padre quando era incinta di Sarah... o meglio, della bambina di cui Sarah poi ha preso il posto. Per anni erano stati solo fidanzati anche se lei era una presenza costante in casa nostra. Odiosa e costante. Io all'epoca del loro matrimonio avevo circa quattordici anni. Quindi Charles diciotto o diciannove. «Oh, mio dio...»

«Sì, la tua cara matrigna si è fatta un bel giro. Passando anche dal padre del tuo fidanzato. Poi si è presa anche il ragazzo. A quanto pare è fatalmente attratta dalla nobiltà. Certo tuo padre essendo libero e non troppo giovane era la preda migliore, con tanto di titolo di barone. Meglio di così sarebbe stato difficile per lei!»

Jackson continua a parlare di Athilia e del suo passato oscuro, prima di entrare nella nostra vita. Io non riesco a non pensare a tutto il male che quella donna mi ha fatto. Anni di sofferenza, anni senza Nate, anni di reclusione, anni di cure drastiche con cui ha giocato con la mia mente.

Mi ha portato via tutto. Si è presa la mia vita e l'ha buttata via, come se fosse un intralcio sul suo cammino. Mi porto una mano al petto, ho la nausea e le palpitazioni insieme. Ma ricordo immediatamente quello che mi ha raccomandato Jenna. Devo cercare di contenere le emozioni, quindi non devo sentirmi male, non devo piangere, non devo mettermi a urlare.

«Ti porto via da qui, tesoro mio.» Nate mi passa un braccio intorno alle spalle e mi stringe a sé, baciandomi la tempia. «Sei al sicuro insieme a me. Da ora in poi mi prenderò cura di te per tutto il resto della mia vita.»

«No…» Sollevo la testa che ho appoggiato per un attimo alla sua spalla e lo guardo negli occhi decisa. Non posso cedere, nemmeno di fronte a lui. Sono determinata a combattere. «Quella donna ha con sé mia nonna e mio padre. Entrambi sono in una situazione precaria. E può ancora fare del male a Sarah. Io devo affrontarla. Jackson portami a destinazione. Questo matrimonio non finisce così.»

CAPITOLO 57

Ho dovuto insistere per convincere Jackson a portarmi alla cappella dove si celebrerà il mio matrimonio, a Reading. Nate è assolutamente contrario. Ma devo essere io ad avere a che fare con Athilia e con le sue nefandezze, una volta per tutte. Siamo alla resa dei conti.

«Se pensi che io ti lascerò sola con quella donna...» Mi guarda accigliato appena scesi della macchina, sul retro della cappella. «Noi dovremmo essere già lontani da qui, io e te.»

«E lo saremo, te lo prometto. Un giorno noi due...» Gli prendo le mani e lo guardo negli occhi. Poi le lascio e gli accarezzo il viso. «Io sono tua, lo sarò per sempre. Ma ci sono altre persone di mezzo, non possiamo dimenticarle.»

Annuisce e poi sospira nervoso.

«Va bene. Ma non posso lasciarti andare da sola lì dentro. Io vengo con te, l'affronteremo insieme.»

«No, amore mio. Tu aspettami qui fuori insieme a Jackson. Io entrerò con Jenna e metterò Athilia alle strette, la costringerò a sparire per sempre dalle nostre vite.»

Lancio un'occhiata alla porta sul retro. In teoria dovrei darmi un ultimo ritocco nella piccola stanza che accede direttamente alla cappella e poi raggiungere Charles e tutti gli invitati che già mi aspettano all'interno.

Uno scenario da favola, un matrimonio principesco. Dopo la cerimonia ci aspetta un banchetto nella residenza dei Whitmore con tanto di giardino allestito. Peccato che invece sia tutto un incubo. Da cui presto io mi sveglierò.

«Se non esci tra dieci minuti io entro e ti porto via di peso!» Nate mi trattiene per un braccio prima di lasciarmi andare. «Fai attenzione.»

Sorrido e annuisco. Nate abbassa la testa mentre mi volto a guardarlo, prima di entrare. Voglio essere fiduciosa. Voglio stare insieme a lui e questa volta per sempre. Non sarà facile ma troveremo il modo.

Jenna entra insieme a me e ci scambiamo un'occhiata mentre ci avviciniamo sempre più.

«Vai a chiamare Athilia.» La guardo cercando di mantenere la calma e sperando che lo sia anche Jenna. Almeno per portare a termine la missione che le affiderò. «Immagino stia intrattenendo gli invitati, mettendosi in risalto come al solito. Solo lei, fai in modo che nessun altro la segua. Dille che voglio vederla da sola, convincila a venire qui. Inventati qualcosa. Poi tu esci immediatamente e raggiungi Nate e Jackson.»

«No, ma io…» Jenna scuote la testa, si ribella alla mia idea. «Non posso lasciarti qui da sola!»

«Per favore, Jenna. Fai come ti ho detto.»

Acconsente, ancora riluttante. Rimango in attesa nello stanzino. Questo è il momento di svolta, il momento in cui tutta la mia esistenza sta finalmente per cambiare. Riuscirò a essere felice con l'uomo della mia vita, ci riuscirò davvero.

Mi ripeto mentalmente tutto ciò che Jackson mi ha raccontato a proposito di Athilia. Dovrà sparire oppure racconterò tutto a tutti. Non me ne importa dello scandalo. Tutti sapranno di lei e di Charles. Tutti sapranno quello che mi ha fatto.

Oh, no… Sarah! Sarah non sa ancora niente, devo fare attenzione. Ma se tutto andrà come deve non sarà necessario. Non ci sarà nessun matrimonio oggi e Athilia sparirà. Poi con calma riuscirò a parlare con Sarah.

«Sei pronta a quanto vedo. Ti stanno tutti aspettando. Finalmente possiamo iniziare!»

Entra e mi guarda con il suo sorriso stampato. Indossa un abito color rosa antico per l'occasione, con numerosi ricami e un cappellino coordinato. Sorrido tra me pensando che sarà l'ultima volta che la vedrò. Congiungo le mani stringendole forte.

«Io non sarò mai pronta per il matrimonio con il tuo amante.»

«Stai scherzando, vero?» Mi si avvicina e me la ritrovo a solo un passo di distanza. «La tua follia è ricomparsa, Wilhelmina. Starei molto, molto attenta se fossi in te.»

«Puoi anche smettere di recitare. So tutto. Tutto di te.» Mantengo un tono di voce basso e mi mordo le labbra. «Ti dico cosa accadrà da ora in poi. Tu uscirai da quella porta, te ne andrai e non tornerai mai più. Sparirai dalle nostre vite. È finita per sempre!»

«Povera Wilhelmina. Povera ragazzina instabile e malata. Tanto tempo senza cure e questo è il risultato. Ecco ciò che dirò di te. Del resto, è quello che gli altri già conoscono, nel nostro ambiente. Sei scappata di casa con un poco di buono, con un ladruncolo che puntava solo alla tua eredità. Una ragazza viziata e troppo ricca che non sa più cosa desiderare e quindi va a caccia di emozioni forti...» La vedo ridere e ondeggiare la testa leggiadra, mentre i capelli le si muovono sulle spalle. Sembra stia recitando una filastrocca imparata a memoria. In effetti, è quello che ripete da anni. È davvero una filastrocca imparata a memoria. «Ci tieni così tanto a tornare nel tuo candido ospedale psichiatrico, Wilhelmina? Il tuo posto è rimasto libero e ti aspetta.»

«Non succederà! Tu non hai più nessun potere su di me. Abbiamo scoperto chi sei e cosa hai fatto!»

La prenderei a botte se potessi. Ma devo stare calma, perché temo sia proprio quello che lei vuole.

«Ora, da brava... Presentati alla porta principale della cappella, così che tuo padre possa venire a prenderti e accompagnarti all'altare. O vuoi che si senta ancora male dopo essersi appena ripreso?»

Mi sta minacciando. Prima me, ora mio padre.

«Tu non puoi farlo... Tu maledetta puttana ipocrita e...»
Fremo di rabbia e non posso fare nulla.

«Consideriamo le altre opzioni, Wilhelmina. La tua cara non
più sorellina Sarah, il suo fidanzatino... La povera nonnina
sognatrice...» Il suo sguardo diventa ogni istante più cinico e
perverso. «Oh, dimenticavo... il grande amore della tua vita!
Ha avuto un bel coraggio a tornare a cercarti! Con lui ho avuto
già a che fare una volta e alla fine si è convinto a sparire. Non è
stato poi tanto difficile, lo sapevi? È stato ben contento della
bella vita che gli è stata offerta in Australia. So muovere per
bene le mie pedine.»

«Lascia fuori gli altri da questa storia!» Non ci posso
credere... Sono ancora io la più debole! Sono ancora io la
vittima! Perché lei usa le persone che amo per farmi del male
visto che ormai a me personalmente ne ha fatto fin troppo.
«Cosa vuoi da me? Cosa vuoi ancora?»

«Niente di così tremendo, ti assicuro. Solo quello che tutti si
aspettano. Che tu faccia il tuo ingresso, raggiunga l'altare e
sposi Charles, il tuo fidanzato.» Incrocia le braccia e sorride
con espressione vittoriosa. «Non mi sembra così irragionevole
come richiesta. Sei stata tu stessa ad acconsentire, ormai da
tanto tempo.»

«Lui è... il tuo amante. Quando te lo sei preso? Era solo un
ragazzino, dannazione! Tu stavi anche con suo padre, con mio
padre...»

Non farò mai quello che mi chiede, non lo farò mai. Mi gira
la testa e la nausea sta diventando incontrollabile. Mi porto una
mano alla bocca.

«La successione non è quella esatta. Comunque ti
aspettiamo tutti, Wilhelmina cara.» Si scosta da me e la vedo
raggiungere la porta che conduce direttamente alla cappella.
«Ricorda cosa rischi, oltre alla tua adorata casa di cura dalle
pareti candide.»

CAPITOLO 58

Devo sposare Charles. Non ho alternative. A questo punto il fatto che Athilia mi faccia rinchiudere ancora è il minore dei mali. Nate... quanto ha già sofferto! Non deve succedere di nuovo. Non oso pensare a cosa gli farebbe. E Sarah... deve sapere che quella donna non è sua madre, ma da me, al momento giusto.

«Mina...»

Nate entra dalla porta sul retro e mi guarda. Vorrei solo che mi portasse via per sempre, ma non posso. Non ho scelta.

«Io devo... sposare Charles.»

Distolgo lo sguardo da lui e mi volto verso la porta per la cappella. Sembra che Athilia abbia intorpidito la mia volontà, offuscato le mie emozioni.

«Ma cosa diavolo stai dicendo! Che ti ha fatto?» In un attimo è di fronte a me e mi prende il viso tra le mani costringendomi a guardarlo. «Mina! Torna in te, ti prego. Te l'ho detto di non restare da sola con quella donna, lei sa bene come manipolarti! Andiamo via! Adesso!»

Mi prende la mano e cerca di indurmi a seguirlo, ma io oppongo resistenza.

Voltandomi vedo Jenna e Jackson sulla porta, anche loro mi osservano come se fossi impazzita all'improvviso. Ma non ho alternativa. E non posso dire nulla, altrimenti... Posso solo ubbidire e sposare Charles.

«Mi farà internare di nuovo se non lo sposo...» Abbasso il viso, non riesco ad affrontare nessuno di loro. Li ho coinvolti inutilmente. Ho lasciato che corressero dei rischi per me, inutilmente. Ma essere rinchiusa non sarebbe la peggiore delle ipotesi, per me. «Lei può decidere della mia vita, del resto lo ha sempre fatto anche quando mio padre stava bene e mia nonna era più giovane e forte. Ha vinto lei, ancora una volta. Vince sempre lei! Se sposo Charles almeno lui potrà impedirle di...»

«Ma cosa dici, Mina?» Nate ora mi guarda con una furia crescente negli occhi. Credo di non averlo mai visto così arrabbiato. «Hai sentito cosa ha detto Jack? Il tuo fidanzato è stato l'amante della tua matrigna! Forse lo è ancora. Credi che ti tratterà bene dopo che lo avrai sposato? Credi che le impedirà di spedirti dritta in manicomio? Perché lasciati dire che è proprio questo che succederà! Ti faranno passare per pazza, entrambi!»

«Io credo che Charles sia stato sedotto da lei... era tanto giovane e...» Nate ha pienamente ragione, ma io cosa posso fare? Se Athilia minaccia lui e Sarah io non posso fare altro che ubbidirle. «Se gli parlo e lo faccio tornare in sé, sono sicura che mi difenderà e insieme denunceremo Athilia. Charles non è cattivo, io lo conosco fin da piccola, non è mai stato cattivo. E io devo toglierle il potere che ha su di me. Qualsiasi cosa mi accadesse, non sarà più lei a decidere, usando il mio passato travagliato a suo vantaggio, ma mio marito.»

«Toglierle il potere che ha su di te, dici? Per questo ti andrebbe bene un marito qualunque, non necessariamente quel fantoccio che lei potrebbe manipolare a suo piacimento!»

Vedo una nuova luce negli occhi di Nate, non capisco dove voglia arrivare.

«Sì, ma poi ci saranno comunque delle conseguenze...»

Mi tiro indietro, staccandomi completamente da lui, e mi avvio decisa verso la porta che conduce alla cappella, pronta a compiere il mio dovere.

«Risolviamo la questione una volta per tutte!» Nate, più veloce di me, mi si mette davanti bloccandomi il passaggio. Penso voglia stringermi a sé, invece afferra il mio vestito per il corpino e lo strappa con un gesto deciso. Resto incredula, annichilita. Non contento mi strappa con foga anche parte del pizzo della gonna, mentre le perline rotolano tintinnando sul pavimento. Nel frattempo anche il velo, che già aveva subito le conseguenze della mia furia nel corso della conversazione con Athilia, finisce a terra. Buona parte dei miei capelli si sciolgono, sfiorandomi le spalle. Intanto lui sembra averci preso gusto «Ecco fatto! Niente vestito bomboniera, niente matrimonio! Avevi ragione, lo odiavo!»

Resto ancora impietrita a guardarlo. Vorrei prenderlo a sberle e baciarlo nello stesso tempo. Ma il problema fondamentale è che ora dovremo subire le conseguenze delle minacce di Athilia se non mi sposerò con Charles.

«Come dicevo…» Nate contempla soddisfatto la sua opera distruttrice. «Devi avere un marito che prenda decisioni per te nel caso tu… Insomma, dobbiamo impedire che quella stronza ti faccia di nuovo del male. Il tuo caro Charlie non mi sembra l'uomo adatto. Dovresti sposare me, ora… subito!»

La sua conclusione mi ricorda vagamente la sua prima proposta, quando progettavamo la fuga. Mi strappa un sorriso. Se non fosse che questa volta è inattuabile oltre che pericolosa.

«Tu non sei disponibile, Nate.»

«Momentaneamente no, questo è vero.» Socchiude per un istante gli occhi e sospira, mi prende le mani. «Io non posso ora, ma...» Esita, non capisco cosa gli stia passando per la testa. «Devi sposare un uomo che sia libero e che possa sposarti senza impedimenti. Così da poterti proteggere e toglierle il potere su di te, visto che anche tuo padre è succube di lei. Sarà tuo marito a prendere le decisioni. Jackson…»

Si volta verso Jackson. Anche io sposto lo sguardo su di lui che, colto alla sprovvista, sgrana gli occhi un po' confuso.

«Ah, io…» È ancora più perplesso di me. «Cosa? Io?»

«Sei l'unico a disposizione al momento!»

Nate lo fissa scuro in volto. Potrebbe sembrare uno scherzo se non fosse totalmente e assurdamente serio. Nate sta veramente chiedendo a Jackson di sposarmi.

«Non era esattamente nei miei piani oggi, ma…» Jackson si passa una mano tra i capelli, incredulo e disorientato. Come se dovesse ancora assorbire l'idea del ruolo che gli è stato richiesto. Poi si stringe nelle spalle. «Non ho mai sposato una baronessa prima... Significa che divento barone anch'io? O baronetto?»

«No Jack. Significa solo che diventerai un'altra vittima di questa situazione assurda!» Non deve succedere, non posso permettere che accada. È davvero una pessima idea. «Non ci pensare proprio!»

«Non posso perderti, Mina.» Nate mi stringe a sé. È sconvolto, disperato. E lo sono anch'io. «Quella donna può fare di te ciò che vuole, gioca con te continuamente e tu cedi ogni volta perché hai paura. E io non so cosa fare, non posso difenderti, non posso proteggerti...»

«Ti farà del male e io non voglio!» Non riesco a trattenermi, mi sembra di esplodere. «A Sarah, a mio padre, a mia nonna... e a te soprattutto! Lei ha minacciato di farti del male come l'altra volta se non sposerò Charles...»

Piango tra le sue braccia. Non avrei dovuto dirlo e lui non avrebbe dovuto sapere. Ora non potrò più proteggerlo.

«Pensiamo a te, adesso. Poi risolveremo anche il resto. Tu hai la precedenza, ora.»

Mi trascina fuori, di nuovo sulla macchina.

Immagino che gli invitati si stiano chiedendo che fine io abbia fatto. E Athilia fra poco scoprirà che non le ho ubbidito. Che ho mandato tutto all'aria, che il grande matrimonio è saltato. Probabilmente si era aspettata dei ripensamenti da parte mia, ma dopo la nostra conversazione di sicuro era convinta che avrei ceduto e avrei messo al primo posto la sicurezza delle persone a cui tengo, non me stessa.

Assecondare il piano di Nate mi sembra una follia. Perché a nessuno viene in mente un'idea migliore? Jenna sta seduta davanti con Jackson ancora alla guida, io dietro con Nate. Stretta a lui.

«Tu sarai al sicuro da ora in poi.» Continua ad accarezzarmi dolcemente le spalle e la schiena. «Dobbiamo solo trovare un ufficiale di stato civile.» Preme le labbra sulla mi fronte. Sollevo il viso e lo guardo negli occhi, è teso e nervoso ma prova comunque a sorridermi per confortarmi. «Andrà tutto bene.»

Mi rendo conto soltanto adesso che ha davvero avuto il terrore di perdermi per sempre, come io l'ho avuto di perdere lui.

CAPITOLO 59

In pochi minuti mi sono ritrovata sposata. È bastato un documento, un celebrante e due testimoni. E lo sposo ovviamente. Così in una sala spoglia sono diventata la moglie di Jackson Berker.

Gli anelli li abbiamo comprati su una bancarella appena fuori dalla stazione della metropolitana di High Street Kensington. Nate e Jenna ci hanno fatto da testimoni. Io mi sentivo morire, Jackson aveva l'aria smarrita di uno che ancora non si rendeva conto di ciò che stava facendo, Nate sembrava voler spaccare tutto solo con la forza del pensiero e Jenna, inspiegabilmente, piangeva. Non è stata poi così commovente come cerimonia.

Comunque, ora legalmente Jackson è mio marito. Dopo la distruzione del mio abito da sposa da parte di Nate, Jenna ha dovuto adattarmelo in qualche modo. Ha retto per i pochi minuti della cerimonia.

In macchina mi stringo a Nate, mentre Jackson guida verso casa sua. Forse è stata la soluzione migliore ma mi sento disperata. Tengo la testa sul suo petto e mi mordo le labbra per non piangere anche se ne ho una gran voglia. Restiamo in silenzio, ognuno perso nel proprio mondo.

Quando arriviamo Nate mi aiuta a scendere. Mi asciugo gli occhi con il dorso della mano, non riesco più a resistere. Ho davvero sposato un altro uomo. So che sicuramente Jackson è stata la scelta migliore rispetto a Charles. Ma in un certo senso non è mai stato così vero come ora. E non ho nemmeno risolto del tutto la situazione così. Mi chiedo come avranno reagito Athilia, Charles, mio padre...

«Ordiniamo una pizza come banchetto di nozze?» propone Jackson appena entrati in casa.

«Sì, io... posso preparare dei dolci se ci sono gli ingredienti...» Jenna sembra assorta o confusa, non so come decifrare la sua espressione. Forse è stata una giornata troppo intensa anche per lei.

«Va bene.» Nate prova a sorridere, anche se la sua sembra più una smorfia. «Tu devi mangiare qualcosa.» Si rivolge a me e mi cinge la vita con un braccio. «Sei al sicuro ora.»

Continua a ripeterlo, come a convincere non solo me ma anche se stesso. Accenno un sorriso e annuisco, è importante per lui.

«Lo so. Io... vi ringrazio per quello che state facendo per me. Credo che mi abbiate salvata da chissà quanti altri anni di sofferenza. Soprattutto tu, Jackson. Grazie per esserti sacrificato.»

«Stai tranquilla, mogliettina. Io e te ci divertiremo un mondo insieme!» ridacchia mentre Nate simula un pugno diretto sul suo naso. «Almeno stavolta non ero ubriaco come al mio primo matrimonio.» Afferra il telefono. «Ragazzi, come la volete la pizza?»

È una giornata strana. Se la situazione non fosse totalmente assurda potrebbe essere anche divertente. Sono sposata con il migliore amico dell'uomo di cui sono innamorata. E qui con Nate, Jackson e Jenna sto bene, sto bene come non lo sono stata da mesi, forse da anni. Riesco quasi a fingere che sia Nate mio marito e Jackson e Jenna una coppia di amici. Riesco quasi ad essere un po' felice.

Mangiamo la pizza, Jenna e io abbiamo preparato dei biscotti al cioccolato, guardiamo un film. Sto abbracciata a Nate sul divano. Sì, se mi sforzo di accantonare per un attimo i dolori e le preoccupazioni, sono davvero quasi felice.

Il terrore mi assale quando sento qualcuno alla porta. Avevo dimenticato che anche Thomas e Sarah abitano qui. Appena mi vede Sarah sorride, mi raggiunge e mi abbraccia talmente forte che rischia di stritolarmi.

«Lo sapevo che non l'avresti fatto!»

Mi bacia sulle guance e torna a stringermi.

«Tu eri…?»

Ho quasi timore a chiedere informazioni. Ma ho bisogno di sapere.

«Sì! L'hai davvero combinata grossa questa volta, sorellina!» ride e poi alza gli occhi al cielo. «Mia madre è furiosa, Charles non credo di averlo mai visto così incazzato… Anzi, non l'ho mai visto incazzato prima in realtà, quell'uomo è talmente amorfo!»

«E… papà e la nonna?» sospiro, non vorrei più sapere niente ma devo informarmi.

«Papà era triste, più che altro. La nonna sorrideva ma sembrava persa nel suo mondo di sogni…» Sarah mi cinge con le braccia, appoggia la testa alla mia spalla, poi solleva il viso e mi guarda. «Avete risolto?»

Lancia un'occhiata a Nate e poi di nuovo a me.

«Io…» Non so come aggiornarla sulla novità, gli altri sono rimasti in silenzio. Io stessa non sono ancora del tutto consapevole di questa follia. «Io e Jackson ci siamo sposati.»

Non c'è altro modo di dirlo.

«Cosa? Ma…» Sgrana gli occhi incredula e si alza di scatto dal divano. «Jackson? Ma… siete impazziti? Non hai sposato Charles per sposare Jackson? E non…» Torna a guardare Nate, sempre più confusa.

«Io non potevo Sarah, non ancora… Sarei stato bigamo. È contro la legge.»

Nate si passa le mani tra i capelli, poi trattiene le mani sulla testa e guarda a terra.

«Sarah, è una situazione complicata» sospiro ma poi mi sforzo di sorridere. Forse la cosa migliore da fare è allontanare lei e Thomas per un po'. Allontanarli prima che la bufera si scateni anche su di loro, travolgendoli. «Ma si risolverà presto.

Io pensavo… Perché tu e Thomas non partite per una bella vacanza?»

«Perché dobbiamo lavorare e Thomas ha gli esami in università.» Sarah mi risponde con una freddezza a cui non sono abituata. «E perché sembra davvero che tu mi voglia mandare via per non farmi sapere cosa c'è che non va in questa storia. E ci sono tante, troppe cose che non vanno, me ne rendo conto da sola. Sei strana, Willy. Ti intestardisci per sposare Charles e si vede che stai male ed è l'ultima cosa che vorresti. Poi mi tratti come se fossi una tua nemica quando dico a Nate di chiamarti e…alla fine aspetti proprio il giorno del tuo matrimonio con Charles per sposare Jackson? Perché non hai semplicemente mandato a monte il matrimonio prima?»

«Perché io…»

Il modo in cui Sarah mi sta guardando mi spaventa. Il suo discorso è sensato, ha obbiettivamente tutte le ragioni. Sembra non fidarsi più di me. Ovvio, non sta capendo il motivo delle mie azioni. Come faccio a dirle che temevo che sua madre, anzi quella che lei crede ancora sua madre, in associazione con il mio fidanzato e suo amante, mi avrebbe nuovamente rinchiusa? E come faccio a spiegarle tutto il resto?

«Mina…» Lo sguardo di Nate è chiaro. Mi comunica che è giunta l'ora che Sarah sappia la verità.

«Io pretendo di sapere che cosa succede qui! Perché siete tutti così strani?» Sarah passa in rassegna tutti gli altri, poi torna a me. «Qualcuno può decidersi a parlare, visto che mia sorella sembra troppo vigliacca per farlo?»

«Sarah, non prendertela con tua sorella…» Nate si alza dal divano, dove è ancora seduto accanto a me e si avvicina a Sarah. «Lei non ha nessuna colpa. Ti spiegherò tutto io… però adesso calmati.»

«No, spetta a me.» Mi alzo anche io e li raggiungo, accarezzo con dolcezza il viso di Sarah. «Io ti voglio tanto bene, lo sai?»

«Sì, anch'io…» annuisce e sorride. «Io voglio solo che tu sia felice! Non mi importa nulla di tutto il resto. Per questo non capisco…»

Ovvio che non capisca. Povera piccola, come faccio a dirle la verità? Dove trovo il coraggio?

«Noi due…» No, così non va bene. «Athilia…»

Forse dovremmo essere sole. Guardo gli altri, incerta. Jackson comprende e con un cenno della testa indica a Nate, Thomas e Jenna di seguirlo in cucina.

«Mi stai spaventando, Willy…» Sarah mi guarda sempre più confusa mentre la guido verso il divano e mi siedo accanto a lei. «Cosa stai cercando di dirmi? È tanto grave?»

«Io… ho sposato Jackson per paura che Athilia mi facesse rinchiudere di nuovo e… Charles è il suo amante, quindi non mi avrebbe mai aiutata contro di lei. Per questo non l'ho sposato. Sarebbe stato dalla sua parte, non dalla mia.»

Trattengo le sue mani nelle mie e la sento irrigidirsi.

«Mia madre è… diventata l'amante di Charles?» Non ero preparata all'orrore che leggo nei suoi occhi. Come riuscirò a proseguire ora? «No, no, non è possibile… lei non può averti fatto anche questo!»

Devo dirlo. Devo dirlo e basta. Nate ha ragione, non si può più rimandare. Anzi, avrei dovuto farlo prima. E purtroppo non esistono altre parole, oppure io non so trovarle. Parole più delicate, meno traumatizzanti.

«Sarah… Athilia non è tua madre e nemmeno papà è il tuo vero padre. Lei ti ha portata via a un'altra donna quando eri appena nata…»

Ora sembra più che altro incredula. Scuote la testa e le sue labbra assumono quasi la forma di una smorfia, come se io stia scherzando, la stia prendendo in giro. Poi cambia nuovamente espressione. Mi guarda come se stesse analizzando la mia rivelazione parola per parola, come se non fosse in grado di comprenderne il significato.

«Quindi, tu non sei…»

Con un urlo strozzato Sarah si alza e corre fuori da casa. Cerco di afferrarla e di trattenerla per le braccia. Senza riuscirci perché mi respinge. Mi alzo e la seguo. Cosa ho fatto! Non posso averla persa per sempre! Come farò a continuare a vivere senza di lei?

CAPITOLO 60

«Sarah...»

Fortunatamente si ferma e si appoggia a un albero poco distante dalla casa, oltre la staccionata. Guarda a terra e temo che si possa sentire male, che il trauma possa portarle conseguenze fisiche.

«Mi avete ingannata tutti...» Sembra parlare più a se stessa. Non a me. «Io sono... chi sono io? Non sono più nessuno...»

«Io non ti ho mai ingannata. L'ho saputo da poco e... per un po' non sapevo nemmeno se crederle. Ho pensato che volesse solo ferire me, di nuovo. Però ci sono numerose circostanze che ci inducono a credere che non abbia mentito. Jackson sta facendo delle ricerche.» Ho talmente tanta paura che mi respinga ancora che non oso nemmeno toccarla. «Sarah, tu sei la mia sorellina. Lo sarai per sempre. Questo non cambia nulla!»

Si volta e mi fissa negli occhi gelida, severa. Come se la rivelazione avesse scavato un solco tra di noi.

«Invece non sono proprio nessuno. Non sono niente per te. E quello che mi sconvolge davvero... è che non mi importa nemmeno così tanto di non essere figlia di Athilia e di tuo padre. Ma tu...»

Inizia a tremare sempre più e scoppia in singhiozzi.

«Io sono tua sorella, piccola...» Non posso fare altro che stringerla forte tra le braccia e accarezzarle i capelli, anche se oppone ancora resistenza. Tenerla stretta a me, come quando era bambina. «Questo non cambierà mai. Tu sei... la parte più importante della mia famiglia, lo sei sempre stata. Se non l'ho mai lasciata del tutto anche tanti anni fa è stato per te, soltanto per te.» Mi mordo le labbra sforzandomi di non piangere. «Se

252

sono sopravvissuta a tutto quello che mi hanno fatto... è stato per te. Per la mia sorellina che mi aspettava a casa.»

«Io non voglio... io...» Si abbandona finalmente, stringendosi a me. «Devi dirmi tutto... Tutto quello che sai...»

«Ascoltami. Tu devi essere felice, molto felice. Nonostante tutto, non devi lasciarti distruggere. Tu e Thomas dovete andare via, almeno per un po'. Io non voglio che anche voi dobbiate soffrire per...»

«No. Io devo stare qui insieme a te. E aiutarti... Io non ti lascio sola, il mio posto è qui con te.» I singhiozzi di Sarah si attenuano, sembra tornare a respirare più regolarmente. «Chi è... mia madre?»

«Non lo so ancora, tesoro. Mi dispiace tanto. Jackson sta cercando di scoprire qualcosa.»

Le prendo le mani, devo ricondurla in casa. Ma lei oppone resistenza. Resta ferma e scuote la testa.

«Io mi sento...» Si passa più volte le mani sul viso. «Come se non fossi più io e forse gli altri non vorranno saperne...»

«Le persone là dentro sono la nostra famiglia, Sarah. Ti vogliono bene.» Devo cercare di essere positiva, almeno per lei. Devo riuscire a infonderle una speranza. La speranza che tutto si risolverà per il meglio, nonostante il disastro, nonostante l'incubo che stiamo attraversando. «Thomas ti ama, lo vedo come ti guarda. Jackson ha accettato l'idea di sposarmi per salvarmi da Charles. Perché Nate al momento è impossibilitato a farlo. Ma si risolverà presto, io e Nate troveremo il modo. E Jenna... lei mi ha sempre aiutata, è nostra amica. Torniamo in casa adesso, saranno preoccupati per noi.»

Una volta rientrate l'imbarazzo di Sarah è palese. Come se si sentisse fuori posto. Rimane bloccata sulla porta finché Thomas scatta verso di lei e la abbraccia. Cerco rifugio tra le braccia di Nate e annuisco rispondendo al suo sguardo interrogativo. Andrà tutto bene, ora ne sono certa. Deve per forza andare tutto bene.

CAPITOLO 61

Ho trascorso la mia prima notte di nozze a discutere sulle varie possibilità. Non abbiamo prove concrete contro Athilia, ma Jackson spera di trovarne al più presto. Anche se in modo discreto sta continuando a indagare, scavando sempre più a fondo nel suo passato.

Mi ha messa a disagio parlare di lei come della causa di tutti i miei mali, anche se in effetti lo è. Una parte di me la vede ancora come la madre della mia sorellina. Sarah invece è stata più risoluta ed è riuscita a distaccarsi nettamente da quella donna, in modo sorprendente. A tal punto da sembrarmi quasi sollevata. Possiede senza dubbio una forza di reazione di gran lunga superiore alla mia.

Quando si è fatto tardi Jenna ha chiamato un taxi per farsi portare a casa. Jackson, Thomas e Sarah sono andati a dormire e io sono rimasta con Nate sul divano del soggiorno. Abbiamo continuato a parlare e nessuno di noi due è riuscito a prendere sonno. Volevo assaporare ogni istante, non avendo certezza di quanto sarebbe durato.

«Sarò più tranquillo sapendoti qui.» Mi accarezza le braccia. Indosso ancora i residui del mio abito da sposa, che lui stesso ha fatto a pezzi. «Hai freddo?»

Scuoto la testa. No, non ho freddo. Vorrei solo prolungare questo momento il più possibile. So che finirà, so che lui presto dovrà andarsene via e lasciarmi. Cerco di focalizzare l'attenzione altrove.

«Mio padre e mia nonna... Athilia si vendicherà su di loro?»

«Non abbiamo avuto alternative. Se tu avessi sposato quell'imbecille...»

Appoggia le labbra sulla mia tempia in un gesto ultimamente così abituale che sta diventando troppo familiare per me. Sto male all'idea di perderlo.

«Mi avrebbero rinchiusa di nuovo e il risultato sarebbe stato all'incirca lo stesso, per loro.»

Annuisco e chiudo gli occhi, poi li riapro e lo guardo. Non voglio addormentarmi, voglio restare con lui, voglio memorizzare il suo viso, i suoi gesti, il modo in cui mi guarda e mi accarezza. Voglio che rimanga con me sempre... per sempre.

«Dovevi salvarti, almeno tu. Mina... Io presto ti renderò felice, te lo prometto. Mi credi?»

Sì, ho voglia di credergli. Non ne posso fare a meno, ormai.

«Sì. Sei l'amore della mia vita, non posso fare a meno di crederti. So che vuoi sistemare tutto per il meglio.»

Il meglio per chi? Questo è il problema. Il meglio per me, per noi non corrisponde al meglio per altre persone.

«Cerca di riposare un po' adesso.»

Continua a tenermi stretta. Finché stiamo così io so che va tutto bene. Sono davvero stanca. E il mio cuore è stato talmente spezzato che si sta ricomponendo poco per volta, stretta a Nate.

Quando mi sveglio non ho idea di quanto tempo sia passato. Mi accorgo che anche Nate si è addormentato. Lo guardo e resto tra le sue braccia, accarezzandogli il petto. Mi rendo conto che non è facile neanche per lui. Anzi, sicuramente per lui è ancora più complicato. Ha delle responsabilità, una famiglia a cui pensare. Cerco di non muovermi, di respirare piano per non svegliarlo. È così bello, anche quando dorme...

Non ho idea di che ore siano quando vedo Thomas e Sarah attraversare il soggiorno per entrare in cucina. Mi salutano con un sorriso. Sembrano tranquilli. Poco dopo sento il profumo del caffè diffondersi per casa. Nate sbatte gli occhi un paio di volte prima di svegliarsi del tutto.

«Ehi... è tanto che sei sveglia? Perché mi hai lasciato dormire?»

Fa una smorfia e corruccia la fronte. Poi mi attira a sé e mi bacia sulle labbra.

«Perché ne avevi bisogno, amore mio…» Sorrido e ricambio il bacio. Mi stacco un attimo e lo bacio ancora. «Ma soprattutto perché sei troppo carino quando dormi!»

«Ragazzi!» La voce di Thomas ci chiama dalla cucina. «Se volete il caffè è pronto e ci sono ancora un po' di biscotti di ieri. E devo svegliare quel ghiro di mio fratello che farà tardi al lavoro, poi come al solito darà la colpa a me!»

Sorrido e mi alzo, tirando Nate per le braccia.

«Il tuo vestito sembra aver fatto la battaglia d'Inghilterra, Mina!»

Sogghigna e mi squadra da capo a piedi. Devo reggermi l'abito con le mani, altrimenti mi cadrebbe a terra.

«Sei stato tu a ridurlo così, cattivone! Il mio perfetto meraviglioso abito da sposa!»

Rido e mi lascio stringere, lo circondo con le braccia appoggiando la testa sul suo petto. Il cuore mi batte forte, sembra impazzito. Non voglio lasciarlo andare, non voglio perderlo mai più.

Sento un telefono squillare. Mi guardo un attimo intorno prima di rendermi conto che si tratta del cellulare di Nate, che ha lasciato appoggiato su una mensola del soggiorno. Come lo prende vedo il suo viso oscurarsi.

Capisco. Non vorrei capire, ma… Sento un nodo in gola che si espande sempre più come a strozzarmi. Esita a rispondere e io velocemente mi sposto verso la cucina.

Sarah mi porge una tazza di caffè, ma a me tremano le mani e rischio di farla cadere. Ho bisogno di sedermi. Cerco di respirare regolarmente ma ho il fiato corto, spezzato. Nel frattempo anche Jackson entra in cucina.

Qualche minuto dopo Nate si presenta sulla porta. Resta in silenzio ma non serve. Si morde le labbra in cerca di parole adatte che non riesce a trovare.

«Io devo…»

Deve andare, lo so. Sapevo che presto sarebbe successo.

«Certo...» annuisco e mi passo la tazza da una mano all'altra.

Mi sento osservata. Oltre a Nate, ci sono anche Sarah, Thomas e Jackson. Non voglio crollare, non posso. E non posso far sentire lui in colpa.

«Mina...»

Allunga la mano verso di me, poso la tazza sul tavolo e mi alzo. Prendo la sua mano e accenno un sorriso mentre ci spostiamo verso il soggiorno.

«Va tutto bene.»

In realtà non c'è proprio nulla che vada bene, ma la vita a quanto pare non ci lascia alternative.

«Non è vero, non fingere con me.» Mi prende il viso tra le mani, io cerco di voltarmi per non guardarlo negli occhi. Senza riuscirci. Non voglio assolutamente piangere. «Era mio figlio. Gli avevo detto che sarei ripartito oggi. Io devo...»

«Lo so, Nate. Devi andare.» Cerco di respirare profondamente e rimandare indietro le lacrime allo stesso tempo. «Tuo figlio ha bisogno di te e tu devi tornare a casa.»

Mi stringe a sé. Mi lascio andare al suo abbraccio, non ne avrò più per chissà quanto tempo.

«Ti prometto che risolverò presto. Questa volta sono partito in fretta, solo per impedirti di fare una sciocchezza e tentare di metterti al sicuro. La prossima volta però...»

Ha gli occhi lucidi. Non voglio che stia male, né per se stesso né per me.

«Lo so. Va tutto bene, Nate. Stai tranquillo e cerca di...» Non so che cosa aggiungere, decido di cambiare argomento e sorrido. «Come si chiama tuo figlio? L'ho visto in fotografia ma non me l'hai detto l'altra volta.»

Evita di rispondere, non mi dice il nome di suo figlio.

«Ti amo, lo sai Mina. Ti amo e tornerò presto da te. Io ti chiamerò appena arrivo e... anche tu chiamami, per qualsiasi motivo. O anche senza motivo...»

«Io starò bene qui.» Appoggio la fronte alla sua, poi lo bacio sulle labbra con dolcezza. «Ti amo anch'io, ti ho sempre amato.»

Mi stringe a sé e mi bacia con più intensità. Sospira e si passa una mano sulla fronte.

«Se Jackson fa in tempo dovrebbe accompagnarmi a prendere le mie cose alla casa di Richmond. Poi da lì andrò in aeroporto.»

«Sì, certo.» Jackson arriva dalla cucina con un'aria infelice e rassegnata. «Nessun problema, sono già pronto. Quando vuoi possiamo andare.»

Così va via. E dentro me qualcosa urla e si spezza allo stesso tempo. Dovrò riabituarmi a non averlo vicino, a non stringermi a lui, a non baciarlo.

«Ci sono qui io.»

Sarah arriva in mio soccorso e mi abbraccia. Mi rendo conto di essere rimasta immobile con lo sguardo rivolto verso la porta da quando Nate è uscito di casa. Come se avessi messo radici nel punto in cui mi ha lasciata.

«Willy…» Thomas rimane a metà tra la porta della cucina e il soggiorno e ci guarda.

«Sto bene.» Accarezzo i capelli di Sarah e mi sforzo di sorridere a Thomas. «Solo un attimo e mi riprendo.»

«No, quello che volevo dire… Il figlio di Nate si chiama William… lui lo chiama Willy, l'ho sentito quando è stato qui l'altra volta e gli parlava al telefono.» Thomas sospira e si stringe nelle spalle. «Anche dall'altra parte del mondo, anche quando credeva di non vederti più… non ha mai smesso di pensare a te.»

CAPITOLO 62

I giorni si accumulano, uno dopo l'altro, senza lui. Nate mi ha chiamata appena atterrato in Australia. Gli ho risposto rassicurandolo. Voglio che stia tranquillo, è essenziale per entrambi. Io sto bene. Qui con Sarah, Thomas e Jackson starò molto meglio. Questo è vero, però mi sento comunque l'anima a brandelli.

E nonostante i giorni siano passati in relativo silenzio, continuo a temere che Athilia possa fare qualcosa di male. Ho evitato di informarmi direttamente, sebbene Jackson stia continuando a indagare. Mi sono salvata a quanto pare, sposando lui e non Charles. Ma come posso controllare quello che lei farà a mio padre e a mia nonna?

«Non farà niente di male, ormai sa che sappiamo… Rischierebbe davvero di perdere tutto.» Jackson tenta di confortarmi. «Devi stare tranquilla.»

Annuisco e sospiro. Non oso continuare il discorso riguardante Athilia e interrogarlo in proposito, ma vorrei davvero sapere di più. Tutte le informazioni a disposizione. Mi mordo le labbra e respiro profondamente.

«Se hai scoperto qualcosa di nuovo, Jackson…»

«Athilia Whitmore, nata a Coventry come Athilia Stockwell. Sembra abbia studiato psicologia, senza mai conseguire una laurea. Anche se probabilmente dichiara il contrario, potrebbe aver corrotto qualcuno per una falsa certificazione. Perché in compenso è diventata una sorta di manipolatrice seriale, Willy. Manipolatrice mentale, ha imparato diversi trucchi per fare in modo di plasmare la volontà altrui.»

«Mio padre, Charles… tanti altri, suppongo.» Sospiro e abbasso il viso per un istante. Mi fa male, più di quanto immaginassi. L'ho chiesto io a Jack, ma conoscere tutti questi dettagli mi fa male. «In effetti anche i nostri dipendenti, domestici, chiunque abbia a che fare con la mia famiglia... hanno sempre preso ordini da lei. Non tanto da mio padre, ancora meno da me. Io non ho mai contato nulla. Da quando Athilia è arrivata nella nostra famiglia, anche prima di sposare mio padre... tutti ubbidiscono a lei. È sempre stata...»

«Una manipolatrice mentale, molto abile e astuta. Willy, ci sono corsi per imparare a manipolare le persone. Come muoversi, come gesticolare, il tono di voce da usare... e molto altro! Athilia è diventata un'esperta nel suo campo. Soprattutto con persone che dipendono da lei, su cui esercita un potere, oppure facilmente suggestionabili.»

«Io mi sono sempre opposta a lei, fin da bambina. Ma non ho mai avuto molto successo, purtroppo.»

«Tu sei stata più forte, ti sei ribellata.»

Sorride e mi accarezza la spalla, con un gesto affettuoso e istintivo.

«Più forte non direi. Più forte è stata Sarah, non io.»

«Sarah aveva il tuo esempio, davanti. Tu eri completamente sola, senza difese contro di lei. Una bambina così piccola, in balia di una donna perfida che la considerava una rivale da distruggere in tutti i modi. È stato orribile quello che hai subito, Willy. Sei stata fin troppo forte, a mio parere. Non hai mai ceduto, non ti sei mai arresa.»

Jackson cerca sempre una scusa per difendermi, per giustificare le mie azioni. È un buon amico, il migliore che potesse capitarmi in questa circostanza. Con lui, Sarah e Thomas possiamo definirci una famiglia. In effetti lo siamo. Jackson è mio marito e Sarah è mia sorella e sta insieme a suo fratello. Però mi manca Nate, mi manca da stare male certe volte. Le altre mi sforzo di controllarmi e mostrarmi serena, per quanto possibile.

«Jack... lo sai quanto conta quello che stai facendo per me?» sospiro e faccio del mio meglio per sorridere. Sto cercando di preparare la cena, anche se sono sempre stata un disastro in cucina. Non sono mai riuscita a imparare abbastanza nell'unico anno trascorso con Nate e con gli altri. «Davvero tanto, anche se ho quasi sempre l'aria triste e depressa.»

«Va tutto bene, tranquilla.» Continua a ripeterlo, ma io sono certa di essere davvero una pessima compagnia la maggior parte delle volte. «Non devi saltare e ballare per casa per dimostrare di essermi grata! Fai già fin troppo, Willy. Ci cucini qualcosa di commestibile!»

Mi volto e mi ritrovo tra le sue braccia. È una sensazione strana, non sono così abituata a essere abbracciata. Tranne da Sarah e ultimamente da Nate, prima che tornasse in Australia. Ma sono tipi di abbracci diversi. Mi mordo le labbra mentre le lacrime mi pungono gli occhi.

«Grazie... Senza di te avrei già fatto una brutta fine, molto probabilmente. Rinchiusa in un ospedale psichiatrico, isolata dal mondo...»

Sorride e mi guarda. Mi abbraccia ancora accarezzandomi piano la schiena, poi torna a guardarmi e ride.

«Certo che ricevere un ringraziamento così non è da tutti! Mi sento importante. Nella competizione con l'ospedale psichiatrico ho vinto io!»

Rido anch'io e mi sento un po' meglio. Mi passo le mani sugli occhi per eliminare le lacrime che mi stanno spuntando.

«Verrà il giorno in cui andrà finalmente tutto bene... ne sono sicura!»

«Sì, ne sono sicuro anch'io!» Mi accarezza la guancia e annuisce. «Devi avere solo un po' di pazienza. Nel frattempo io mi occuperò di te, da bravo marito.»

CAPITOLO 63

Ho smesso di contare i giorni. Vanno solo avanti, uno dopo l'altro. Con qualche telefonata di Nate che promette di sistemare la situazione e di tornare appena possibile. E io gli credo, con tutta me stessa. Credo al suo amore per me. Ma sto male, non solo per me stessa. Anche per lui e per la tensione a cui lo sto sottoponendo.

Sarah ha ottenuto un lavoretto temporaneo come stilista e ne è entusiasta. Sono davvero contenta per lei. Io sto cercando di fare fotografie, voglio imparare per bene e diventare brava, perfezionare la mia tecnica. Jackson vorrebbe che io facessi un corso, gli dispiace che stia sempre chiusa in casa. E io mi sento sempre più in colpa a farmi mantenere da lui.

I vicini ci considerano una vera coppia, non sospettano che sia tutta una finzione. E io mi sento un po' in imbarazzo sentendomi chiamare "signora Berker". Avrei tanto voluto che la mia vita fosse più semplice di così. Ultimamente ho quasi paura di sentirmi meglio, come se una catastrofe potesse abbattersi su di me da un momento all'altro.

Ho notato che Sarah mi scruta in maniera strana in questi ultimi giorni, come se si sforzasse di leggermi dentro, anche se non riesco a comprendere esattamente cosa stia cercando in me. Alla fine, decide di affrontare il discorso.

«Te ne sei accorta?»

Siamo sole in casa e guardiamo distrattamente una commedia in televisione.

«Di cosa?»

Giro la testa e sorrido. Si volta decisa verso di me e resta in silenzio, come in dubbio se rivelarmi qualcosa o meno.

«Jackson...»

«Jackson?»

Non comprendo cosa voglia dirmi. Jackson ha forse dei problemi di cui io non mi sono resa conto? Forse ha scoperto altro?

«Io credo... cioè non solo io, anche Thomas lo crede... che stia succedendo qualcosa...»

Si ferma e mi guarda con espressione sempre più allusiva.

«Cosa?» Improvvisamente capisco. «No, no tesoro. Io e Jackson siamo solo amici. Ovviamente vivendo qui l'amicizia si è intensificata, ci siamo conosciuti meglio. Io gli sono riconoscente, ha fatto davvero fin troppo per me. Ma non c'è... non c'è altro da parte di nessuno di noi due. Io... io amo Nate, amerò sempre solo Nate...»

«Lo so, ma... sono passati mesi e...» sospira e mi circonda le spalle con le braccia. «Io vorrei vederti felice e forse... So che Nate ti ama, ti amerà sempre. E so che tu ami lui. Ma con Jackson si è creata una bella sintonia, le poche volte che ti vedo sorridere sono quando c'è lui intorno. Vi volete bene, lo vedo...»

Non posso fare a meno di darle ragione.

«Sì, è vero... e se non avessi il cuore già impegnato forse sarebbe facile provare qualcosa di diverso per Jack, lui si è dimostrato più fantastico di quanto io abbia mai creduto, ma...» sospiro profondamente, scuoto la testa. «Io non posso... non potrei mai amare un altro. E non so come...» Abbasso lo sguardo, mi mordo le labbra. «Forse hai ragione, anche se io e Nate ci amiamo. Forse la cosa giusta è che lui rimanga con sua moglie e con suo figlio e io...»

«Anche tu dovresti cercare un po' di felicità, Willy.» Continua a tenermi stretta e mi massaggia la spalla. «Magari proprio con Jackson. Noi stiamo così bene qui insieme... a me piacerebbe che durasse per sempre...»

«Lo so, sorellina. E ti capisco, credimi.» Sorrido, mi fa tenerezza la sua idea. «Nel tuo mondo di favola tu con Thomas e io con Jackson, senza mai più drammi o dispiaceri... E vissero per sempre insieme felici e contenti.»

«Scusami, forse è solo una mia idea un po' sciocca. Ma io non sopporto di vederti soffrire ancora.»

Sì, è vero. Forse è solo una sua idea. O forse no. Forse dovrei davvero lasciar andare Nate, indipendentemente da cosa possa esserci tra me e Jackson. Forse è giusto così. Però la vera domanda è come. Come posso lasciarlo andare? È la mia ragione di vita da così tanto tempo. Lo è stato anche quando tutti mi dicevano che non c'era più. Come posso lasciare andare per sempre l'amore della mia vita?

CAPITOLO 64

Non so come spiegarlo, nemmeno a me stessa. Ma temo che Sarah abbia ragione. Jackson è cambiato nei miei confronti. Sono stata abituata, prima in passato e poi recentemente, a essere vista da lui come la ragazza di Nate, il suo migliore amico. Ora questo fatto che Jack sia mio marito ha cambiato le prospettive. E io non so cosa fare. Questa cosa un po' mi spaventa. Però mi ritrovo sempre più spesso a pensare se l'affetto per una persona si può trasformare con il tempo in qualcosa di diverso, di più profondo.

Con Nate è stata un'emozione improvvisa e inarrestabile. Uno scatenarsi di sentimenti incontrollati sempre più intensi, come un uragano nel cuore. Fin dall'inizio, anche se abbiamo litigato e ci siamo aggrediti a vicenda. Con Jackson sto bene, mi sento al sicuro, come se nulla di male potesse capitarmi quando sto insieme a lui. Ed è anche come se conoscesse tutta la mia sofferenza, così non devo sentirmi costretta a spiegarla. La conosce, in effetti. La conosce e la comprende. Conosce tutto o quasi di me.

Ora però la verità è che mi sento in imbarazzo ogni volta che lui mi guarda. E mi riscopro a cercare di interpretare i suoi sguardi, il modo in cui pensa a me. Il modo in cui io sto pensando a lui. Continuo ad avere in testa il discorso di Sarah. E sembra proprio che lei e Thomas si siano accordati per uscire per lasciarci soli in casa. Io e Jackson parliamo a monosillabi.

«Tu... stai bene?»

Mi sorride un po' teso. Cosa sta succedendo? Vorrei chiederlo senza provare disagio e soprattutto senza preoccuparmi di ferirlo.

«Sì, certo. Bene. Tu?»

Forse è meglio cercare di risolvere e spiegarci prima che arriviamo al punto di non riuscire più a comunicare normalmente a causa di questo imbarazzo sempre più incombente tra di noi.

«Certo, bene anch'io.»

Sembra distratto, inquieto. Vorrei sapere cosa sta succedendo. Se davvero sta succedendo qualcosa.

«Jackson, ascoltami... C'è qualcosa che devi dirmi? Perché la situazione sta diventando davvero abbastanza strana per me, con questa tensione che si è creata. Quindi se c'è qualcosa, per favore dimmelo. Qualunque cosa sia...»

«Willy, io...»

Siamo fermi in cucina. Ho preparato il caffè e appoggio le tazze sul tavolo. Incrocio le braccia e lo guardo. Lui aggrotta la fronte, si passa le mani tra i capelli e punta gli occhi verdi su di me. Jackson è bello, anzi molto bello. Questo l'ho sempre pensato, anche anni fa. Però non è Nate.

«Cosa sta succedendo, Jack? Sempre che stia succedendo qualcosa.»

«Non saprei. Io... sto bene con te, mi piace averti intorno. E il fatto è che non ho mai pensato che mi sarebbe piaciuto così tanto averti intorno, tutto qui. Anche perché non ti conoscevo davvero...» sospira e incrocia le braccia, imitando il mio gesto. «Quindi... insomma, sto cominciando a non capire se mi piace solo averti intorno o mi piaci proprio tu. Perché quei due... insomma tua sorella e mio fratello stanno incominciando a pensare e a far pensare anche me che sia proprio tu che... mi piaci, insomma!»

«Sei carino...» sorrido e lo guardo inclinando leggermente la testa. Sembra un ragazzino in imbarazzo ora. «E hai ripetuto tre volte "insomma" nella stessa frase.»

«Oh, ecco. Fantastico, io mi dimostro un imbranato e tu mi prendi in giro. Ora sì, mi sento veramente un cretino. Scusa Willy, dimentica tutto quello che ho detto e facciamo finta che non sia accaduto nulla. In effetti non è accaduto nulla!»

Si volta e si avvia verso il soggiorno.

«Non lo vuoi il tuo caffè?»

Lo richiamo e gli porgo la tazza.

«Ah sì, grazie.»

La prende, senza guardarmi in faccia, e se ne va. Lo seguo con la mia.

«Jackson… vuoi che me ne vada?»

«Cosa?» Sgrana gli occhi e appoggia la tazza sul tavolo in soggiorno. Io faccio lo stesso ma, come lui, rimango in piedi.

«No, assolutamente no! Sono stato solo un cretino ma non si ripeterà mai più, te lo prometto! Anzi, mi scuso per la mia imbecillità!»

«Io penso che forse noi possiamo…» Non so davvero come affrontare il discorso. «Sembra che qualunque cosa faccia, io finisca sempre per fare del male a qualcuno. Nate sta… Io sto provocando la sua separazione da sua moglie e suo figlio ne soffrirà, me ne rendo conto. E anche con te sto sbagliando. Mi sono legata troppo a te, fino a diventare dipendente.»

Mi guarda serio e scuote la testa.

«Per quanto riguarda Nate non sei tu la responsabile della situazione che si è creata. In realtà quella storia non sarebbe nemmeno dovuta iniziare se le cose fossero andate come dovevano.»

«Lo so, ma non è successo. Forse è andato tutto in modo troppo sbagliato, ma ormai non possiamo cambiare il corso degli eventi. E adesso persone innocenti soffriranno. Non è giusto. Io penso che…» Seguo un impulso del momento e mi avvicino a Jackson, gli accarezzo il viso con dolcezza. Poi mi stacco. «No, io penso che tu meriti di meglio di questo. Tu decisamente puoi avere di meglio.»

«Di meglio di una donna innamorata da sempre del mio migliore amico? Però c'è qualcosa tra di noi, vero? Non è solo una mia sensazione.»

Posa la mano sulla mia spalla e scende lungo il braccio. Annuisco, so che ha ragione. Anche se non so ancora definire quello che provo per lui.

Inaspettatamente mi accarezza il viso e si avvicina a me, ancora di più. Appoggio le mani sul suo petto. So che quello che sta per succedere potrebbe cambiare tutto, forse per sempre. Socchiudo gli occhi e sento le sue labbra sulle mie. È questione di qualche secondo perché ci stacchiamo entrambi.

«Scusami...» Abbassa la testa senza sapere che altro aggiungere.

«Scusami tu...» sospiro e chiudo gli occhi per un istante. «Forse abbiamo bisogno di tempo. Forse non succederà mai...»

«Vieni qui!» Mi afferra per la mano e mi stringe a sé. Mi lascio abbracciare, ne ho bisogno. Però non è un abbraccio tra due persone che si piacciono o potrebbero innamorarsi. Non ancora, per lo meno. «Non forziamoci. Se deve accadere, accadrà.»

«Sì, sono d'accordo.» Appoggio la testa sulla sua spalla. «Io credo che Sarah e Thomas ci abbiano condizionati. Il fatto è che Sarah non sopporta di vedermi soffrire, quindi ha pensato che potessi trovare un po' di felicità con... con te.»

«Già, quelle piccole pesti...» Alza gli occhi al cielo e mi accarezza la schiena. «Ci hanno anche lasciati soli oggi! E io ho la giornata libera, Thomas lo sapeva. Che vuoi fare? Una gita sul fiume oppure altro? Hai bisogno di uscire e prendere un po' d'aria secondo me. Oggi sono a tua disposizione, mogliettina.»

«Una gita sul fiume, perfetto! Possiamo organizzare un picnic, vado a preparare i panini.»

È questo ciò che trovo bello stando insieme a Jackson. La possibilità di avere una vita normale. Senza il terrore continuo di poterlo perdere, senza il timore che da un momento all'altro la tranquillità mi scivoli tra le dita.

Mi chiedo se con Nate avrò mai questa sensazione di pace. Però resta il fatto che per essere felice con Jackson o con chiunque altro dovrò strapparmi Nate dal cuore. E per il momento non mi sembra ancora possibile. Probabilmente non sarà mai possibile.

CAPITOLO 65

Da qualche tempo io e Sarah stiamo cercando di vedere papà o la nonna. Athilia però ce lo sta impedendo in tutti i modi e noi non riusciamo a metterci in contatto con papà. Mi sono presentata insieme a Jackson, non sarei mai andata da sola, ma non c'è stato nulla da fare. Non ci ha nemmeno parlato lei direttamente, ha ordinato ad Harold di dirci che non le sarà possibile riceverci. Anche Sarah non ha avuto successo. Eppure Sarah non ha disertato un matrimonio sposando un altro uomo. E oltretutto Athilia le deve delle spiegazioni, deve dirle chi è sua madre!

«C'è qualcosa che possiamo fare, Jack?»

«Temo di no. Se non riesci a parlare con tuo padre e a capire cosa sta succedendo, non possiamo fare molto. Almeno finché non scopriamo qualcosa di più consistente e incriminante sul passato di Athilia. Però per ora sembra essere avvolto nel mistero. Oltre a sapere delle sue relazioni con uomini appartenenti alla nobiltà, alla mancata laurea in psicologia e alle sue doti manipolative, non abbiamo altro.»

«Quindi possiamo solo aspettare, in attesa che succeda qualcosa.» So che lui non ne ha colpa, sta davvero facendo il possibile. Ed è meravigliosa la cura che ha di me e anche di Sarah e Thomas. «Quella donna sta tenendo in ostaggio mio padre e mia nonna, senza contare che ha delle informazioni su Sarah che lei avrebbe il diritto di conoscere. E non si può fare nulla per cambiare la situazione, siamo... Siamo in suo potere, ecco! Come sempre!»

«Mi dispiace davvero Willy. Ma purtroppo non sembra esserci altro che possiamo fare...» sospira e abbassa lo sguardo. Sto davvero pretendendo troppo da lui. «E anche per quanto riguarda Sarah… Qualcuno deve aver aiutato Athilia a strappare la bambina alla madre naturale, ma non riesco a scoprire chi e come. Quella donna è furba come il demonio e ha complici altrettanto scaltri. So per certo che hanno minacciato la famiglia…» Si blocca per un attimo, prima di decidersi a proseguire. «La famiglia della moglie di Nate, anni fa. Probabilmente solo per non averlo lasciato morire. Per questo lui ha deciso di aiutarli e di andarsene. Ma credo che tu questo lo sappia già.»

Annuisco e rimango in silenzio. Solo a sentire pronunciare il suo nome mi aumenta il battito cardiaco e mi bruciano gli occhi. Mi manca da stare male. Le telefonate e i messaggi non mi bastano più. E non c'è nemmeno modo, almeno per me, che questa sensazione mi passi. Continuo a voler bene a Jackson ma la situazione non cambia. Il mio cuore apparterrà a Nate per sempre, comunque vadano le cose.

«Io continuo nella mia ricerca, intanto. Alcuni colleghi mi stanno aiutando. Non ci arrendiamo, Willy. Non farlo nemmeno tu.» Jackson mi accarezza dolcemente le spalle e le braccia. «Mi prometti che non crollerai?»

Annuisco e devo proprio raccogliere tutte le forze che ho a disposizione per sorridere. Però glielo devo. Gli sarò per sempre grata.

«Te lo prometto. Ma se riesco a essere forte è solo grazie a te, Jack. Non saprei cosa ne sarebbe di me se tu non mi fossi accanto.»

È vero. Non è grazie a Sarah e a Thomas, sebbene diano il loro contributo. Tanto meno grazie a me stessa e alla forza interiore che il più delle volte mi manca totalmente. Purtroppo, non è nemmeno grazie a Nate. Se riesco ad andare avanti in qualche modo, a trovare una sorta di coraggio ogni giorno, è solo grazie a Jackson. E in questi momenti, se i sentimenti fossero in qualche modo condizionabili, io vorrei con tutta me stessa riuscire a innamorarmi follemente di lui.

CAPITOLO 66

Non posso pensare di aver rischiato di perdere Jackson. Ero in casa con Sarah e Thomas, quando Thomas ha ricevuto una telefonata che informava che Jack era rimasto ferito nel corso di un'azione. Non mi sono mai resa conto di quanto potesse essere pericoloso il suo lavoro, forse non ci avevo mai pensato prima. Cosa ne sarebbe di noi senza di lui?

Mentre ci stavamo preparando per andare in ospedale Thomas ha ricevuto un'altra telefonata, questa volta da parte di Jackson, che ci avvisava di non muoverci perché non ne voleva sapere di trattenersi in ospedale un minuto di più e stava arrivando a casa.

«Credo che mio fratello sia un incosciente!» Sospira Thomas riagganciando. «Tra le altre cose è riuscito a farsi sparare, di nuovo!»

«Sei sicuro che stia abbastanza bene per uscire? Forse è meglio…»

Non avrei mai immaginato che potesse succedergli qualcosa come ferirsi nel corso di una sparatoria.

«Non è la prima volta.» Thomas solleva le spalle, sembra decisamente meno preoccupato di me. «Nel suo lavoro può capitare, anche spesso. Anzi…» Si ferma e si gratta la fronte. Mi rendo conto che sta cercando di tranquillizzarmi. «Direi che gli è sempre andata abbastanza bene.»

A questo punto non ci resta che aspettare che torni a casa. Ma io continuo a essere preoccupata e il tempo sembra non passare mai. Quando arriva sfoggia la sua abituale espressione tranquilla, come se quello che gli è successo fosse normale, routine quotidiana. Mi accorgo che sotto la giacca ha la spalla fasciata, fino al collo.

«Jack...»

Prima che dica una parola mi precipito da lui e lo abbraccio. Poi mi stacco temendo di fargli male.

«Va tutto bene!» Sorride e mi accarezza la guancia poi rivolge l'attenzione a Thomas e a Sarah. «Perché quelle facce da funerale? Non è ancora scattata la mia ora! Sono stato colpito solo di striscio, non avrebbero nemmeno dovuto chiamare dall'ospedale. Ordiniamo qualcosa da mangiare? Io ho fame!»

Thomas si avvicina e gli solleva la giacca dalla parte della spalla fasciata, come a controllare l'entità del danno. Pur non volendo ammetterlo per non spaventare me e Sarah era preoccupatissimo anche lui. Sarah con cautela abbraccia Jackson.

È come se la ferita di Jackson avesse rotto per un attimo il nostro equilibrio familiare, la nostra stabilità. Per quanto Jack continui a scherzare descrivendo la scena come un banale e trascurabile incidente di percorso e a prenderci in giro, non riusciamo a ridere di quello che è successo.

L'affetto che sto provando per lui si intensifica giorno dopo giorno, ma non saprei definirlo. È una parte importante, anzi fondamentale, della mia vita. E non avevo mai pensato che un altro uomo potesse diventare così importante per me, oltre a Nate. Nemmeno mio padre lo è mai stato in realtà perché non mi ha mai difesa, è sempre stato succube di Athilia, fin da quando ero bambina.

Invece Jackson mi ha protetta sposandomi, mi protegge e pensa a me giorno dopo giorno. Ho pensato di potermi innamorare di lui, sarebbe facile per qualsiasi donna, soprattutto perché è cambiato notevolmente rispetto al gran bel ragazzo muscoloso che cantava in una band anni fa. È diventato altro. È un uomo buono, dolce, protettivo. Per cui io rimango con queste sensazioni inspiegabili e in parte irrisolte nei suoi confronti. Il mio affetto per lui cresce ma nonostante il nostro bacio e il tentativo un po' forzato di portare il nostro rapporto a un altro livello, quello che provo per lui non può essere amore. Perché per me l'amore è e sarà sempre Nate. Non posso pensare all'amore senza che mi compaia davanti l'immagine del suo viso. Non ci riesco, non è possibile.

Nate occupa costantemente la mia mente e il mio cuore. Non sono mai io a cercarlo perché conoscendo la sua situazione non vorrei disturbare. Per cui aspetto. Aspetto ogni giorno una sua telefonata, un suo messaggio. Aspetto che sia finalmente pronto a tornare da me. Senza pretendere, senza forzare, senza rischiare di ferirlo facendogli percepire la mia impazienza, la mia disperazione per la sua lontananza. Il mio bisogno delle sue braccia intorno sta diventando quasi vitale.

Sento costantemente una morsa allo stomaco che sale verso il petto e la gola impedendomi di respirare. Ma cerco di mostrarmi allegra quando mi chiama, rilassata. Scherziamo, a volte. Non gli chiedo nulla, accetto le informazioni che lui mi rivela. Presto. Non è in grado, purtroppo, di quantificare questo presto. Mi ha raccontato di avere diverse opportunità di lavoro qui a Londra, ora. Ma non vorrebbe lasciare problemi in sospeso nel tentativo di stravolgere completamente la sua vita. Ogni volta però io dentro muoio un po'. Nonostante la mia debolezza continuo comunque ad avere fiducia in lui, in noi.

Sarah ha lasciato trascorrere del tempo, dopo aver recepito e assimilato la verità sulla sua nascita. Però mi ha fatto sapere di aver iniziato a cercare notizie a proposito della sua vera madre. Ne ha bisogno e io vorrei fare il possibile per aiutarla. Anche Jackson e Thomas la stanno aiutando.

Continuo a rivivere la scena della rivelazione di Athilia, nel caso mi fosse sfuggito qualche dettaglio, anche insignificante, sulla madre naturale di Sarah. Purtroppo, oltre a quello che ho già detto, non mi viene nulla in mente. Nulla di importante, di significativo. Sarah si sta aggrappando alla speranza che sia ancora viva da qualche parte. E io vorrei, con tutto il mio cuore, che lo fosse.

CAPITOLO 67

I giorni continuano a scorrere e io non riesco a credere che un altro inverno si stia avvicinando. E con l'inverno anche il Natale. Il giorno in cui ho rivisto Nate su quell'autobus. Era il 18 o il 19 dicembre. Mi sforzo di ricordare. Il 18 sì, il 18.

È già passato un anno quasi. Un anno in cui molte cose sono cambiate. E comunque, nonostante la sofferenza, non lo potrei paragonare a tutti gli anni trascorsi in totale assenza di lui. Ho la certezza del suo amore ora e soprattutto della sua vita che per me è sempre stata la cosa più importante.

Potrei sopportare la mancanza del suo amore se decidesse di non amarmi più. Ma senza la sua vita non ci sarebbe più vita nemmeno per me in questo mondo. Diventerebbe un luogo estraneo, desolato, soffocante, in cui non sarei più davvero in grado di respirare.

Sembra un giorno come un altro, di quelli tristi, bui e tendenti al freddo. Invece è il giorno in cui ricevo una sua chiamata.

«Mina...»

Non aggiunge altro e io ho paura. Ho sempre una paura tremenda che mi dica che non è più possibile per noi continuare a illuderci. Che il sogno è finito e che il destino ci ha davvero divisi per sempre.

«Nate...» Sono indecisa su come proseguire. «Come stai?»

«Non so come dirtelo, Mina...» sospira e sembra lottare alla ricerca delle parole più adatte. Io, intanto, mi sento morire dentro. Temo di cadere e mi appoggio allo stipite della porta tra la cucina e il soggiorno. «Mina, sono a Londra. Amore mio... perdonami di non averti avvisata prima, ma fino all'ultimo momento non sono stato sicuro e non volevo darti una delusione. Così ho deciso di farti una sorpresa.»

Non riesco a trattenermi. Lui… è davvero qui? Così vicino a me. Inizio a piangere, non ho più alcun controllo sulle mie emozioni. Le lacrime mi inondano il viso. Mi sforzo per ritrovare almeno un filo di voce.

«Nate… sei qui… Tu sei davvero qui…»

Mi premo una mano sul petto, ho quasi paura che mi esploda il cuore.

«Sì tesoro, ascolta…» respira profondamente, sembra anche lui preso da un'emozione troppo profonda. «Vediamoci alla casetta a Richmond. Io non sono più in grado di resistere senza di te. Riesci ad arrivarci, Mina?»

«Sì, Nate…» In qualche modo cerco di raggiungere il divano e di sedermi. «Io ti amo, io…»

Vorrei davvero sapere se abbiamo una possibilità. Anche solo una piccola, misera. Come posso rivederlo per poi perderlo ancora? Ne morirei davvero, questa volta. So di essere egoista e davvero non vorrei forzarlo. So anche che probabilmente non è giusto quello che stiamo facendo. Però non è giusto nemmeno quello che hanno fatto a noi.

«Vuoi dirmelo guardandomi negli occhi, Mina?» Lo sento sospirare, è nervoso, teso, sembra impaziente. «Allora ti prego, fai in fretta. Se non riesci ad arrivare a Richmond dimmi dove posso venire a prenderti. È meglio che non venga lì da Jackson, io ti voglio parlare qui, da soli. Io ti voglio per me.»

«Sì, vieni a prendermi alla fermata di metropolitana di Richmond, va bene?» Mi asciugo il viso e cerco di riprendere il controllo di me stessa e delle mie azioni. «Io uscirò subito, solo il tempo di cambiarmi.»

«Va bene, amore. Ci vediamo presto.»

Riagganciamo insieme. Resto per un attimo come sospesa, imbambolata. Quasi non riesco a credere che sia vero. Mi lancio verso il bagno. Sono contenta di essere sola in casa e di non dover condividere questa emozione con nessun altro. È solo mia. Mi guardo allo specchio. Sono pallida, ho l'aria stanca e i capelli legati in una coda bassa. Sembro piuttosto distrutta. E se voglio raggiungerlo in fretta non potrò sistemarmi molto meglio. Cerco comunque di truccarmi un po' e di mettere il lucidalabbra. Mi infilo il vestito più carino che ho, azzurro che mi cade dolcemente sui fianchi, mi sciolgo i capelli e li pettino con cura. Sospiro e mi guardo. Mi ha vista in situazioni decisamente peggiori.

Afferro la borsa, la giacca ed esco. Raggiungo in fretta la metropolitana. Purtroppo, non posso più permettermi di spendere troppi soldi per il taxi. Le fermate sembrano allungarsi una dopo l'altra. Questo viaggio fino a lui mi pare infinito.

Sento un nodo in gola, come se le lacrime fossero bloccate lì da troppo tempo e non vedessero l'ora di sciogliersi in pianto. Ho voglia di stringerlo, di piangere tra le sue braccia, ma di gioia questa volta, di dirgli quanto mi è mancato. Non solo in questi mesi, ma in tutti questi anni.

Appena scendo dalla metropolitana mi guardo intorno smarrita. Probabilmente ha parcheggiato vicino, ma dove? Mentre giro intorno lo sguardo, ancora prima di rendermene conto, mi sento afferrare da dietro e mi ritrovo tra le sue braccia. Mi lascio andare per qualche istante, persa nella sua stretta. Poi lo stringo a mia volta, così forte, quasi da aggrapparmi e fondermi in lui. Gli accarezzo dolcemente la nuca e i capelli, sposto il viso per guardarlo negli occhi. E trovo anche le sue lacrime, oltre alle mie. Restiamo così in silenzio, stretti, quasi con il timore che qualcosa o qualcuno ci possa separare ancora una volta.

«Nate...»

Sono io la prima a parlare, sussurro sulle sue labbra.

La sua risposta è un bacio che mi lascia completamente senza fiato, si stacca solo per un istante ma sembra che le sue labbra non abbiano pace lontane dalle mie. Sorride e mi accarezza il viso.

«Sei qui finalmente, sei vera...» Poi mi cinge per la vita. «Andiamo a casa.»

Mi prende per mano e ci affrettiamo verso la sua macchina. Guida in silenzio mentre io lo guardo. Si volta di tanto in tanto e ci scambiamo un sorriso. Cerca di toccarmi appena può, io gli stringo la mano.

Parcheggia proprio di fronte a casa e corre a prendermi appena scendo dall'auto. Lo osservo con più calma. I suoi occhi azzurro scuro sono lucidi, senza ombre di grigio. Ha i capelli e la barba leggermente più lunghi dell'ultima volta, ma gli donano. Non riesco a immaginare qualcosa che non gli doni, in realtà. Sono ancora completamente pazza di lui. Questo non è mai cambiato né cambierà mai. Nonostante io abbia tentato.

«Non ho fatto che pensare a te... per tutti questi mesi, ogni ora, ogni minuto...» Mi prende le mani e mi squadra dall'alto in basso. «Sei bellissima.»

«Non è vero, ero così stanca e... questo periodo è stato davvero faticoso, Nate.»

Appoggio la testa alla sua spalla. Gli dovrò raccontare davvero tutto? Sì, devo.

«Lo so, tesoro. Ma sta per finire. Io e... insomma, ci stiamo accordando. Lei ha capito. Siamo sempre andati d'accordo ma la nostra relazione è sempre stata d'affetto, non d'amore. Lo ha sempre saputo.»

Mi accarezza il viso con le dita appena sollevo la testa per guardarlo.

«Mi dispiace. Io non avrei mai voluto questo. Davvero non avrei voluto.»

Ho sentimenti contraddittori in proposito. Lo vorrei per me, ovvio. L'ho sempre voluto per me. Ma non avrei mai voluto sconvolgergli la vita.

«Non sei stata tu. Già da prima...»

Solleva le spalle e scuote leggermente la testa. Mi prende la mano e camminiamo lentamente verso il nostro posto segreto.

«Però così sei lontano da tuo figlio e io...»

Mi sento in colpa. Mi sento un mostro, anzi.

«Ha scelto una scuola di musica qui a Londra, ha tutta l'intenzione di diventare un musicista serio. L'intenzione che io non avevo mai avuto o che avevo solo sognato.»

«Ciò significa…» Lo guardo perplessa.

«Anche la mia quasi ex moglie e mia nonna sono qui a Londra. Ho affittato un appartamento per il momento. Non l'avrei mai portata qui, questo è il nostro posto.»

Si ferma e mi solleva il mento. Sorride e c'è quella luce meravigliosa nei suoi occhi, quella luce che mi comunica che mi ama, mi ha sempre amata. E che non ha mai amato nessuna così. Ed è lo stesso anche per me. Lui lo deve sapere.

«Nate. Ti amo tanto. Solo te…»

Inclino leggermente la testa e lo bacio sulle labbra. Lui ricambia e mi attira a sé cingendomi per i fianchi.

«Anche io ti amo, Mina. Non ti lascerò mai più, ora. Mai più. Sistemerò in fretta la casa e tu verrai a vivere qui con me. E saremo felici, dopo tanto. Saremo finalmente felici, noi due, come avrebbe dovuto essere fin dall'inizio.» Sospira e appoggia la fronte alla mia. «Ho fatto tutto questo per te. È stato complicato, ma non ho mai voluto niente così tanto. Ho sempre voluto te, dal primo momento in cui ti ho vista.»

Lo sento fremere, sembra emozionarsi esattamente come la prima volta in cui mi ha espresso i suoi sentimenti. Nulla è cambiato.

«Nate, c'è qualcosa che io devo dirti.» Cerco le parole più adatte, mentre raggiungiamo la nostra quercia e forse anche il nostro fiore tra le rocce. Che presto forse sarà finalmente libero. «Ed è stata solo una sciocchezza, davvero… ma io devo dirtela…»

«Quale sciocchezza, Mina?»

Sorride e mi spinge contro la quercia in modo da farmi appoggiare con la schiena ma continuando a tenermi tra le braccia.

Come posso spiegargli? Capirà che si è trattato solo di un equivoco? Che ero disperata, che mi sono lasciata coinvolgere, che... Ho sbagliato, su questo non c'è dubbio. Però non posso fare finta di niente, sarebbe come mentirgli. Non posso tacere.

«Nate, io e...»

«Mina...» Mi bacia la fronte e poi le labbra, preme leggermente il corpo contro al mio. «Qualunque cosa sia, non può essere così grave. Siamo insieme ora, puoi dirmi qualsiasi cosa.»

Mi sento morire. È come se avessi tradito la sua fiducia. Anzi, ho tradito la sua fiducia. Chiudo gli occhi, non voglio vedere la sua reazione, leggere nei suoi occhi la delusione, forse anche il disprezzo.

«Ecco, io e Jackson... È stato solo un momento, però...»

«Tu e... Jackson?»

Non mi serve vederlo. Sento la sua voce incrinata, quasi come soffocata da un grido. E non percepisco più il suo calore, il suo respiro fondersi con il mio, anche il suo corpo non aderisce più al mio.

Apro gli occhi e lo vedo ancora indietreggiare di qualche passo. Mi guarda incredulo. Ma l'incredulità si sta gradualmente trasformano in rabbia mentre gli occhi da azzurri sembrano diventare sempre più scuri.

L'ho deluso, l'ho ferito. Dopo tutto quello che ha fatto per noi, per poter stare con me! L'ho perso? Non posso averlo perso per sempre. No, non posso.

«Jackson ha fatto tanto per me. Ma è solo un amico. È stato un errore, ce ne siamo accorti immediatamente!» Cerco di riprendere fiato. Mi si sta spezzando il cuore. Continua a guardarmi con delusione che si mescola a disprezzo. «Nate, mi mancavi da morire. E allo stesso tempo mi sentivo in colpa e non credevo fosse giusto che...»

Solleva la mano come per bloccare il fluire delle mie parole. Non vuole sentire, non vuole ascoltarmi. Percepisco il suo rifiuto nei miei confronti, sempre più forte.

«Tu e Jackson... Non riesco nemmeno a credere che possiate avermi fatto una cosa del genere! E sono stato io... io l'idiota! In fondo si potrebbe anche dire che me la sono cercata! Tu e Jackson...»

Lo ripete ancora una volta, come se ci stesse ancora assimilando, registrando nella mente, collegando e immaginando uniti. Resto in silenzio e aspetto. So che ora non mi ascolterebbe. Abbassa lo sguardo.

Cosa gli ho fatto! Come ho potuto farlo soffrire così? Sta davvero pensando a me e al suo migliore amico insieme. Gli ho tolto davvero tutto.

«Nate... Nate ascoltami...» Mi avvicino di un passo e protendo le braccia verso di lui. «Ti prego, lascia che ti spieghi.»

«Non toccarmi...»

Indietreggia ancora e stringe i pugni. Volta il viso di lato per non guardarmi. Poi si gira, lo vedo fremere, contrarre i muscoli e poi rilassarli.

Inizia a camminare. Se ne va. Se ne va senza di me. Mi lascia qui, da sola. Resto ferma per un attimo e poi lo seguo. Non dico nulla, lo seguo e basta. È arrabbiato. Di più, è furioso. Ma dovrà ascoltarmi, dovrà capire perché è successo. Dovrò spiegargli con calma cosa significa Jackson per me, perché una cosa è vera in tutto questo. Jackson conta molto per me. Quindi dovrà capire e accettare il motivo per cui abbiamo sbagliato. E il motivo per cui io non potevo tenerglielo nascosto.

Non ti perderò, Nate. Non così. Ti ho già perso troppe volte. Non succederà proprio ora che finalmente abbiamo la possibilità di essere felici. Per cui arrabbiati, sfogati, disprezzami, urlami contro. Prenditi il tuo tempo. Ma non ci perderemo ancora, perché questa volta io non lo permetterò.

CAPITOLO 68

Raggiungiamo la casa. Lui camminando davanti a me e io seguendolo in silenzio. Poco prima di arrivare alla porta si ferma. Temo che entri chiudendomi fuori sia dalla sua casa sia dalla sua vita.

«Nate… ti prego, ora lasciami spiegare. Poi se vuoi odiami, mandami via. Ma lascia che io ti dica…»

«Sei…» Mi interrompe e io mi fermo per lasciar parlare lui. «Sei andata a letto con lui?»

«Cosa?» Davvero è questo che crede? «No! No, assolutamente no! È stato solo uno stupido bacio, ci siamo appena sfiorati!»

«Sei…» Non ho idea di cosa abbia in mente di chiedermi e aspetto. Si passa le mani sul viso. Vorrei stringerlo forte, riuscire davvero a spiegargli tutto. Invece attendo, rispetto i suoi tempi anche se mi sembrano interminabili. «Ti sei innamorata di lui? Oppure ti stai innamorando di lui?»

«Nate… No, no, no!»

Si volta verso di me. L'espressione del suo viso, dei suoi occhi… In lui ora non c'è più rabbia, risentimento o odio nei miei confronti. Solo un immenso dolore. Forse anche misto a comprensione.

«Se vuoi lui, se ti rende felice… dimmelo, Mina. Io mi farò da parte e accetterò che tu sia felice insieme a un altro.»

«Che cosa ti ho fatto?» Davvero? Si farebbe da parte? Non sono più in grado di resistere, mi sta spezzando il cuore. Scatto verso di lui e lo stringo tra le braccia, in lacrime. «Perdonami… Oddio Nate, come puoi pensare che io non ti ami più? Tu sei la mia vita e io sto morendo di dolore per averti causato questa sofferenza ora!»

Lo sento fremere per un attimo, poi mi accarezza piano la schiena. Gli prendo il viso tra le mani e cerco i suoi occhi.

«Permettimi di spiegarti, Nate. Poi… se tu deciderai di non volermi più, se penserai che io non sia degna di te, sarò io a farmi da parte.»

Annuisce e mi indica di sederci sui gradini del portico. Mi siedo e trattengo le sue mani nelle mie.

«Sei stato l'unico uomo nella mia vita, Nate. L'unico. Sempre, da sempre.» Respiro profondamente, prima di continuare. Mi trema la voce ma mi faccio forza. «Quando… quando abbiamo passato quel periodo insieme, anni fa, sono sempre stata con te. Da quella sera, alla mensa di Hammersmith. C'erano anche gli altri… c'era Brandon… e tu sai quanto bene gli volevo. Però c'eri tu, prima di tutti. Ci sei sempre stato tu.» Mi guarda serio e socchiude gli occhi, solo per un attimo. Poi li riapre su di me. Io gli stringo le mani, ma lui non risponde alla mia stretta. «Poi sono rimasta sola. E tu sai cosa mi è successo… Quello che voglio dirti è che… Charles per me non ha mai contato nulla. Mio padre in realtà non c'è mai stato per me, è sempre stato succube di quella donna. Lei lo ha manipolato e lui è stato debole, le ha permesso di rovinarmi la vita per così tanto tempo… Invece Jackson è stato l'unico uomo, oltre a te, ad occuparsi davvero di me e a fare in modo che io stessi bene. Mi è stato accanto in questi mesi, la sua presenza è stata fondamentale non solo per me, ma anche per Sarah, per il trauma che ha subito quando ha scoperto la verità su Athilia. Se c'è una cosa che ti devo davvero confessare è che Jackson è diventato parte della mia famiglia. E io credo di essere diventata parte della sua. Inoltre, era il legame più forte che avevo con te, lui è il tuo migliore amico.» Non stacca gli occhi da me e mi ascolta in silenzio, senza interrompermi. «E io… sì, ho sentimenti per lui, molto forti, molto profondi. E non posso e non voglio nasconderli, soprattutto a te. Ma non hanno nulla a che vedere con l'amore, lo abbiamo capito subito entrambi. Non con il tipo di amore che provo per te, almeno. Lui è diventato anche il mio migliore amico ora, non solo il tuo.»

Sento la sua mano stringere debolmente la mia. Non so ancora come interpretare il suo gesto.

«Quindi, mi hai portato via anche il migliore amico, Mina.» Lo guardo e non riesco a capire se sta parlando seriamente oppure... «Per quanto mi riguarda, devo ancora decidere se è il caso che io lo prenda a pugni per averci provato con la mia donna.»

Il tono della sua voce sta cambiando. Lo percepisco, poco alla volta.

«Se lo prendi a pugni e lui reagisce rischia di rovinare queste labbra meravigliose.» Lo bacio con dolcezza e lo sento corrispondere anche se un po' esitante. «E io non voglio...» Provo a baciarlo ancora, lui risponde al bacio e mi sfiora i capelli. «Nate... riuscirai a perdonarmi? Anche se ti ci vorrà un po', io posso aspettare tutto il tempo necessario, ma ti supplico non perdiamoci proprio adesso o per noi sarebbe davvero la fine. Lo so che ho sbagliato... ma noi non meritiamo di perderci ancora. Io posso aspettare, ma...»

«L'idea di te con Jack mi ha fatto male e non so quando mi passerà.» Si morde le labbra e mi guarda negli occhi, scrutandomi come se nascondessi chissà quale segreto. «Ma come posso perderti? Come posso stare senza di te dopo tutta una vita trascorsa a forzarmi di fare la cosa giusta, a fingere di essere felice con una donna che non sei tu? Forse sarò un cretino, anzi sì, sono decisamente un cretino, ma... non ci riesco... Non ci riesco a non amarti, Mina, nonostante tutto. Tu sei la mia vita.»

«Io ti voglio così disperatamente, Nate. È sempre stato così.» Appoggio la fronte alla sua e lo stringo. «Riuscirò a farmi perdonare da te, anche se dovessi impiegare tutto il resto della mia vita.»

«Vuoi davvero una vita con me?» Mi sfiora il viso con le dita e socchiude gli occhi, poi torna a scrutarmi severo. «Nel bene e nel male? Perché ti avviso che non ci sarà solo il bene tra noi. Avremo problemi, difficoltà, ne sono successe davvero troppe e io ho delle responsabilità nei confronti di altre persone che dipendono da me. Quindi la nostra vita non sarà sempre una favola.»

«Nel bene e nel male. Io sarò con te, ogni istante della mia vita. Io… sono sempre stata con te, anche quando mi dicevano…»

Gli accarezzo il viso e lo stringo ancora. Sento che sta soffrendo e si sente ancora tradito. Io l'ho ferito profondamente. Ma guarirò la sua ferita e sopporterò tutto quanto vorrà infliggermi per riuscirci.

Improvvisamente si stacca da me e si alza. Si dirige verso la porta di casa e la apre, poi torna da me. Si china e passa un braccio sotto le mie ginocchia e un altro dietro la mia schiena.

«Facciamo una prova?»

Accenna un sorriso e poi lancia un'occhiata alla porta aperta.

«Casa nostra, il nostro posto segreto…» Lo cingo con le braccia e sorrido. «E noi due…»

«Appena il mio divorzio sarà definitivo, tu otterrai l'annullamento da…» sospira e mi lancia un'occhiata corrucciata. «Dal nostro comune migliore amico… allora noi due…»

«Sì, Nate. Sì…»

Chiudo gli occhi. Noi due ci sposeremo. Dopo tanti sogni, tanto dolore, tante lacrime, tanti rimpianti. Dopo tanti errori, dopo le minacce e gli abusi subiti da entrambi. La nostra vita insieme comincerà finalmente, anzi… sta già cominciando.

Nate oltrepassa la porta mentre io riapro gli occhi. Si volta e la chiude con un piede. Mi trasporta fino in camera e si ferma per un istante sulla soglia. Mi guarda, io lo bacio sulle labbra e annuisco. Mi stende delicatamente sul letto, non gli do nemmeno il tempo di spostarsi perché lo trattengo a me per le braccia.

«Ti amo. Tu sei mio marito, lo sei sempre stato. Dal primo momento...»

Annuisce e mi accarezza i fianchi con dolcezza, poi il suo tocco diventa più deciso, più impaziente. Lo attiro a me e gli accarezzo la schiena. Sta accadendo davvero, noi due insieme finalmente?

Mi guarda negli occhi con una dolcezza, con un amore che non ricordavo, nemmeno nel momento in cui eravamo giovani, ingenui e innamorati. È lo sguardo di un uomo che ha sofferto, che è stato ferito nel profondo da una vita ingiusta, cinica. Un uomo che invece avrebbe meritato tutta la felicità del mondo. Un uomo che nonostante tutto non ha perso la speranza e la capacità di amare e perdonare.

«La mia Mina... mia per sempre...»

Mi bacia con dolcezza poi torna a guardarmi, quasi temendo che io possa scomparire dalle sue mani, dalle sue braccia da un momento all'altro. Lo capisco, perché anche io ho lo stesso timore.

Sorrido e socchiudo gli occhi mentre scende a baciarmi il collo. La sensazione delle sue labbra mi provoca un brivido lungo la schiena. Intanto si sfila la giacca e la maglia. Io lo osservo incantata. È l'uomo più bello del mondo per me ed è mio, solo mio. I nostri gesti sono lenti, quasi meditati, come se volessimo assaporare ogni istante, prolungare gli attimi nell'eternità. Come se intendessimo recuperare tutto il tempo perduto gustando ogni frammento di pelle, ogni respiro.

Mentre ci stringiamo sul nostro letto e ci fondiamo l'uno nell'altra mi rendo conto che il nostro non è solo un incontro corporale. Sono le nostre anime che da sempre si appartengono, in vita e oltre la vita. E so che nulla è riuscito e mai riuscirà a separare questa connessione delle nostre anime che mai, mai sono state realmente divise. Ora finalmente anche i nostri corpi si sono ritrovati. E restiamo così, avvinghiati senza avere più coscienza del tempo, dello spazio, del resto del mondo.

Mina e Nate, finalmente. Perché è giusto così, è sempre stato giusto così. La nostra storia non è stata una favola, né mai lo sarà. Nate ha ragione in questo e anche io ne sono consapevole. Ci saranno ancora tanti problemi e alcuni ci sembreranno insormontabili. E magari litigheremo, ci assaliremo e saremo una contro l'altro. Magari ci deluderemo e ci feriremo. Ma poi ci ritroveremo e ci stringeremo ancora. Perché il nostro amore ha vinto tante battaglie e continuerà a vincerle. Perché di una cosa sono stata sicura, fin dall'inizio. L'amore mio e di Nate è più forte di qualunque prova a cui la vita e il destino vorrà ancora sottoporci. Il sì che presto gli dirò sarà solo una formalità. Perché la verità è che il mio cuore a Nate l'ho donato dalla prima volta in cui i nostri sguardi si sono incrociati. Quello è stato il mio unico vero sì. Ed è stato da quel momento che è iniziato il nostro per sempre.

CAPITOLO 69

Sono tra le sue braccia, nel nostro letto, a casa nostra. Ed è tutto ciò di cui mi importa, in questo momento. Abbiamo ancora un'infinità di problemi di cui discutere, di situazioni da risolvere. Ma non adesso. Adesso esistiamo solo noi due.

Sorrido e gli bacio le labbra. Non riesco a smettere di baciarlo, di accarezzarlo, di stringerlo a me. Ho perso anche la cognizione del tempo. Ma di tempo ne abbiamo perso fin troppo. Quindi quello che ci stiamo prendendo ora ci è dovuto. Resto con la testa sul suo petto mentre mi prende la mano e intreccia le dita con le mie.

«Sei felice, Mina?»

Mi bacia la tempia e tiene premute le labbra. Il calore del suo respiro sul mio viso mi fa fremere il cuore ancora una volta.

«Sì...» Sollevo il viso fino a incontrare i suoi occhi. Sono dolcissimi e hanno preso una tonalità di azzurro più chiaro ma decisamente più intenso. «Io voglio questo. Io voglio stare con te tutti i giorni, tutte le notti. Voglio vivere qui insieme a te. Possiamo avere davvero questo, Nate? Vorrei continuare a essere felice come sono ora.»

«Sì che possiamo. È quello che ho sognato in questi mesi lontano da te. Che mi ha dato la forza di andare avanti, giorno dopo giorno.»

Il suo sguardo si oscura per un attimo. Non voglio chiedergli delle difficoltà che ha dovuto affrontare con sua moglie, con suo figlio, con la vita che ha dovuto lasciare in Australia per fare in modo di ricostruirsene una qui. Non voglio forzarlo, aspetterò che sia lui a parlarmene spontaneamente.

Restiamo ancora stretti, chiudo gli occhi. Mi rendo conto di non aver dormito, probabilmente dal giorno prima. E non so quanto tempo sia davvero trascorso, persa com'ero in lui, in noi. Così mi addormento al suono del suo respiro regolare e confortante. Siamo a casa, finalmente.

Quando mi risveglio Nate non è più al mio fianco. Mi alzo dal letto e inizio a rivestirmi.

«Perché ti sei alzata?» Appare sulla porta della camera, con i pantaloni ma a torso nudo. «Ti sto preparando la colazione, Mina.»

«Ti aiuto, allora.» Lo raggiungo, sorrido e lo abbraccio. Gli bacio il petto, il collo e poi gli mordo dolcemente le labbra. «Più tardi dovrei tornare a casa di Jackson e spiegare un po' di cose a lui, Sarah, Thomas. Insomma, aggiornarli sulla situazione. Anzi, forse mi avranno già data per dispersa! Non li ho nemmeno avvisati che venivo qui, spero non si siano preoccupati.»

«Ho mandato io un messaggio a Jack, sanno che sei qui con me.» La naturalezza con cui parla di Jackson dopo la mia rivelazione è confortante. A parte la speranza di ottenere il suo perdono, mi fa bene pensare che soffra un po' meno per quello che è accaduto. Mi prende la mano. «Vieni amore, il caffè è pronto e ci sono biscotti, cereali e frutta. Andremo a fare la spesa al più presto, non voglio che tu muoia di fame.»

Facciamo colazione in silenzio. Ci guardiamo negli occhi e ci sfioriamo le mani. Siamo ancora increduli che stia veramente accadendo. I nostri sono gesti naturali in una coppia, me ne rendo conto. Ma per noi è la realizzazione di un sogno. Siamo veramente qui, insieme. E non solo per un giorno, non solo per pochi istanti rubati. Per sempre. Davvero per sempre.

«Anche io devo tornare e definire un po' di cose…» sospira e si morde le labbra un po' nervosamente. Poi inclina il viso e mi scruta, attento a non preoccuparmi troppo. «Ma tutto è sistemato ormai.»

Sorrido e cerco di comportarmi in modo sereno, rilassato. Quando usciamo entrambi di casa c'è una nuova consapevolezza in noi. Torneremo presto e vivremo insieme. Aiuterò Nate a mettere a posto quello che manca nella nostra casa. Andremo a comprare parte dell'arredamento, i soprammobili, i piatti. Tutto ciò di cui abbiamo bisogno, insomma.

Nate mi accompagna alla stazione della metropolitana. Io tornerò a casa di Jackson, lui all'appartamento che ha affittato. Mi bacia sulle labbra e sorride. È un saluto diverso dal primo di un anno fa, quando avevamo deciso che non ci saremmo più rivisti. E anche da quello di qualche mese fa, quando sapevamo che saremmo stati separati per diverso tempo. Ora sappiamo che si tratterà solo di poche ore. Siamo ancora due amanti al momento. Ma presto cambierà tutto per noi. La nostra vita insieme è davvero iniziata.

Prendo la metropolitana e il viaggio è quasi piacevole, confortante. Sono totalmente immersa nel mio sogno d'amore. Comprendo il motivo per cui sono riuscita a sopravvivere in questi anni. Per assaporare questa felicità così completa, assoluta.

Pochi passi mi separano dalla casa che è stata mia negli ultimi mesi. Jackson, Sarah e Thomas già sapranno dove sono stata e con chi. Spero siano felici per me e per Nate. Faccio un bel respiro davanti alla porta e apro con un sorriso radioso. Li trovo tutti e tre seduti intorno al tavolo del soggiorno.

«Ragazzi... già lo sapete, vero?»

Mi guardano in silenzio. L'espressione di Jackson è seria, preoccupata. Thomas, con la sedia accostata a quella di Sarah, le percorre la schiena con la mano. E Sarah... è in lacrime. Il mio sguardo si incrocia con il suo ma restiamo entrambe in silenzio. Abbasso gli occhi su un quotidiano che Sarah tiene di fronte a sé, aperto sul tavolo.

Non capisco cosa possa essere successo. Percorro qualche passo verso di loro e riesco a intravedere la foto sul giornale.

Ma prima che io possa formulare una qualsiasi domanda e Sarah riesca a dire qualunque cosa, Jackson si precipita verso di me, mi cinge le spalle e mi fa sedere sul divano.

«Willy...» La voce di Sarah trema di angoscia, mentre altre lacrime si aggiungono alle precedenti. Lo so. L'ho capito. Non voglio che lei lo dica. Scuoto la testa. Non voglio. Ma lei invece deve dirlo, lo dice. «Papà è...»

CAPITOLO 70

Sono svenuta prima che Sarah potesse terminare la frase. Quando riapro gli occhi sono stesa a letto, nella camera che è stata mia negli ultimi mesi e che Jackson mi ha ceduto, occupando il divano. Impiego qualche istante perché i ricordi affluiscano al cervello e io comprenda ciò che è accaduto.

«Amore mio…»

Nate è seduto a lato del letto. Nate è qui con me. Si china su di me, mi stringe forte e io mi abbandono al suo abbraccio.

«Nate…» singhiozzo sulla sua spalla. Mentre Sarah parlava ho visto tutto buio. E sono svenuta perché una parte di me non voleva sentire, non voleva ascoltare. «Mio padre…»

Cerco conferma in lui, ne ho bisogno.

«Mi dispiace tanto, Mina.» Si siede sul letto appoggiando la schiena al cuscino e mi stende sul suo petto. «Jackson mi ha chiamato e sono corso qui appena ho potuto. Ora sto con te, non ti lascio nemmeno un attimo.»

Il mio dolore, raggiunta la consapevolezza, sta per esplodere di nuovo. Ho perso mio padre. Per sempre. E Nate è corso da me per starmi accanto, per condividere questo momento con me. Nonostante quello che la mia famiglia gli ha fatto.

Mi culla con dolcezza. Non mi asciuga le lacrime, non mi parla. Mi permette di piangere, di sfogarmi e continua a tenermi tra le braccia. Attende con pazienza che io riprenda la capacità e la volontà di dire qualcosa.

«Lei… è stata lei! Io lo so…» Mi aggrappo a lui, mi sembra di esplodere di disperazione e di rabbia. «Io lo sapevo, ma non ho fatto niente. Era troppo infuriata con me, avrei dovuto prevederlo!»

«So che ci avete provato, tu e Sarah. E che lei non vi ha permesso di vedere vostro padre. Avete anche tentato in tutti i modi di mettervi in contatto con lui, inutilmente.»

Si morde le labbra nervoso, continuando a tenermi stretta.

«Aveva minacciato di fare del male, ma noi siamo rimaste qui! Io avrei dovuto...» Mi sento completamente perduta, come se stessi affogando e mi mancasse l'aria per respirare. «Non è giusto, non è giusto...» Poi torno lucida per un attimo. Mi stacco da lui per alzarmi. «Sarah...»

«Non è stata molto bene anche lei, Thomas le ha dato dei calmanti per aiutarla a dormire un po'.» Mi guarda come se volesse aggiungere qualcosa e io non comprendo che cosa. «Mina, io lo so che forse non è il momento e tu avresti bisogno di calma e serenità per superare anche questa disgrazia, ma... quella donna va fermata, prima che faccia ancora male. Va fermata subito.»

Annuisco e resto in silenzio. Lo guardo. Sembra che abbia ancora qualcosa di importante da dirmi. Poso una mano sul suo viso per incoraggiarlo a continuare.

«Ecco, si tratta di...» Si ferma di nuovo e sospira. «Therese, la mia ex moglie, vorrebbe collaborare e raccontare ciò che è successo. Anche la sua famiglia è d'accordo. C'è una lista di ricatti e minacce che hanno subito. La tua matrigna non ha agito da sola, ha avuto dei complici. Già sai che anche l'uomo che avresti dovuto sposare era coinvolto. Costringeremo anche lui a confessare. Ti avrebbero eliminata in un modo o nell'altro e si sarebbero presi tutto. Ora che non c'è più tuo padre potrebbe spingersi davvero oltre... ancora di più. Per questo va fermata, subito.»

Perdo un po' il senso delle sue parole. Capisco principalmente che la sua ex moglie vuole aiutarci a incastrare la donna che ha ucciso mio padre.

«Grazie, sì... Ringrazia la tua ex moglie da parte mia.»

«Ecco, lei vorrebbe parlarti appena ti sentirai un po' meglio. Solo se te la senti, però.»

Mi accarezza i capelli e mi guarda negli occhi, come se volesse afferrare e comprendere la mia reazione alle sue parole.

«Va bene. Se lei vuole vedermi per me va bene.» Chiudo gli occhi mentre altre lacrime mi scorrono sul viso. «Io mi riprenderò in fretta, Nate. Solo qualche minuto e... mi preparerò e sarò pronta per vederla. Non possiamo più perdere tempo. Non sono riuscita a salvare mio padre ma c'è ancora mia nonna... Ci sei tu, la tua ex moglie, la sua famiglia, Sarah... e anche Jack e Thomas. Noi la dobbiamo fermare, Nate. Athilia, Charles e chiunque li abbia aiutati non faranno più male a nessuno, mai più. Io non riuscirei a sopportare un'altra perdita. E comunque almeno questo lo devo a mio padre.»

CAPITOLO 71

Sono la sorella maggiore, devo essere la prima a riprendermi. Mi sono fatta forza e sono andata a confortare la mia sorellina. Anche se in realtà non abbiamo legami, anche se papà non era davvero suo padre, lei lo ha sempre considerato come tale. E sta soffrendo ora.

L'ho stretta tra le braccia, poi le ho spiegato cosa sarebbe accaduto. L'ho affidata nuovamente a Thomas e mi sono preparata per uscire.

Therese ci aspetta nell'appartamento che Nate ha affittato in zona Kensington. Mi sento un po' in imbarazzo, anzi molto. Molto in imbarazzo, molto a disagio.

Nate mi prende per mano mentre percorriamo la distanza tra l'ascensore e la porta. Lo guardo preoccupata. Questa donna mi odierà? Non oso domandarglielo direttamente. Lui mi accarezza la schiena e sembra leggermi dentro.

«Stai tranquilla.»

Entriamo nell'appartamento. È ampio, luminoso e dà subito sul soggiorno. A pochi metri di distanza, affacciata alla finestra, la vedo. Si volta e ci guardiamo in silenzio. Studio i suoi lineamenti. Ha i capelli neri, la pelle ambrata che fa risaltare i grandi occhi scuri. Lo sguardo è gentile, e mantiene il contatto visivo con me mentre si avvicina. Indossa un abito con varie tonalità di arancio che la fascia ma cade morbidamente accarezzandole le forme.

«Mi dispiace davvero molto per la tua perdita.»

Parla quasi senza accento. Da vicino i suoi occhi sembrano ancora più grandi e più scuri. Lo sguardo continua a sembrare gentile, se mi disprezza è molto brava a non darlo a vedere.

«Grazie.»

Non so che altro aggiungere. Mi sento ancora troppo come la donna che le ha portato via il marito.

«Nathaniel, potresti per favore lasciarci sole?»

Anche il modo di rivolgersi a Nate, così lontano dal mio, quasi distaccato, mi fa un effetto strano. Come se lui fosse una persona completamente diversa per noi due.

Nate annuisce, mi lancia un'occhiata che interpreto come rassicurante, raggiunge una porta laterale e sparisce in un'altra stanza.

«Sediamoci.» Therese mi indica il divano e alcune poltrone. «Vuoi qualcosa da bere?»

«No, grazie.»

Prendo posto su una delle poltrone e lei si siede sul divanetto di fronte a me.

«Io credo che noi due dovremmo chiarire alcune questioni.» Lascia ricadere le mani in grembo e sospira. «Ti chiedo perdono per la parte che ho avuto nell'allontanamento di Nathaniel da te, anni fa. Non avevo intenzione di prendermi un uomo che non era mio, che già apparteneva a un'altra donna.»

La osservo confusa. È sorprendente. Io le sto portando via il marito, non viceversa. Prima che possa replicare e dire qualcosa, Therese riprende la parola.

«Se la tua famiglia non avesse interferito, lui sarebbe tornato da te. Questo lo so. L'ho sempre saputo. Infatti, lui è tornato da te appena recuperata la memoria. Ed era te che sognava sempre, anche quando la memoria non c'era ancora.» Distoglie per un attimo lo sguardo da me e socchiude gli occhi. «Ma la tua matrigna, o meglio... chi lavora per lei ci ha promesso una vita migliore, in un paese senza guerre. Alcuni dei suoi complici, uomini pagati da lei, hanno minacciato i miei fratelli e i miei genitori. Nel nostro paese sarebbe stato già così facile morire, nessuno si sarebbe chiesto come, in quali circostanze. Infatti, uno dei miei fratelli è stato ucciso in un attentato. Per cui... noi di una vita migliore ne avevamo davvero un bisogno disperato.» Quando riapre gli occhi si passa le mani sul viso.

«Io ero una ragazzina all'epoca. Mi sono innamorata di Nathaniel dal primo momento, appena mio padre lo ha trovato nascosto in un campo in stato di incoscienza e lo ha trascinato fino a casa. Avevo questo assurdo ideale di un uomo che mi avrebbe portata via, che mi avrebbe salvata... quindi l'ho amato quando era ancora incosciente, prima ancora di sapere chi fosse, prima ancora che lui aprisse gli occhi e mi rivolgesse uno sguardo. Lo amavo e lo volevo per me.»

«Lo so. Io capisco...» annuisco e la guardo negli occhi. «Mi è successo lo stesso, anche se in maniera totalmente differente. Non avevo nessuna intenzione di rovinare il tuo matrimonio. Lo so che può sembrare ipocrita detto ora, ma io ho tentato, ho davvero tentato...»

«Il mio matrimonio con Nathaniel è finito comunque. Non sarebbe mai dovuto iniziare su basi così sbagliate, ora l'ho capito. Lui ha avuto pietà di noi, di me, della nostra situazione. Mi ha sposata per affetto, per gratitudine nei confronti di mio padre. Per salvarci la vita, dopo la morte di uno dei miei fratelli, dopo tanta devastazione, tanto odio. E la guerra che noi abbiamo subìto, noi... vittime innocenti. Con Nathaniel, in Australia, ho avuto finalmente la pace, ho assaporato la libertà. È stato buono e onesto con me in tutti questi anni... mi ha sempre trattata bene e mi ha dato nostro figlio. Tante altre donne non potrebbero dire altrettanto. Tante amiche, tante ragazze con cui sono cresciuta, che invece...» Si asciuga gli occhi e mi sembra persa nei ricordi. Ricordi di lei e di Nate da cui io sono esclusa. Ma soprattutto ricordi del suo povero paese, devastato dalla guerra. «Però, io l'ho sempre saputo che nel suo cuore c'era posto per una sola donna... e quella donna non ero io.»

«Tu sei...» Inclino il viso e la osservo. È una donna dolce, pulita. Con un'anima semplice e schietta. Comprendo i motivi per cui Nate le ha voluto bene e l'ha sposata. Non credo che sia stata solo compassione. «Tu sei una persona buona e gentile. Nate è... voglio dire, Nathaniel è stato fortunato ad avere te e la tua famiglia in questi anni. Gli avete davvero salvato la vita, non solo fisicamente.»

«Io sono stata fortunata. È stato un buon marito per me, ma ora il destino l'ha riportato dalla donna con cui avrebbe dovuto essere fin dall'inizio. Da te.» Si alza, si avvicina a un tavolino e versa dell'acqua da una caraffa in un bicchiere. Mi fa un cenno e io annuisco, ne versa uno anche per me e me lo porge, prima di tornare a sedersi. «Voglio bene al padre di mio figlio, un bene infinito. E voglio che sia felice. E vorrei provare a essere felice anch'io. Insieme come coppia non possiamo più esserlo.»

«Io...»

Mi mordo le labbra per non piangere e sorseggio l'acqua che mi ha offerto.

«So quello che ti hanno fatto, Mina. Lui me ne ha parlato, mi ha raccontato tutto.» Mi fa un effetto strano sentirmi chiamare da un'altra persona come mi chiama Nate. Soprattutto se questa persona è la sua ex moglie. Ma non mi dà fastidio. Probabilmente parlando di me Nate mi ha chiamata così e quindi sono diventata Mina anche per lei. «E ora tuo padre... mi dispiace, davvero. Io testimonierò contro la tua matrigna. Faremo tutto il possibile. I miei fratelli daranno i nomi dei nostri ricattatori.»

«Grazie per tutto, io... non so come ringraziarti, Therese. Io avevo davvero paura di questo incontro e invece...» Stringo il bicchiere tra le mani, mentre la tensione gradualmente mi abbandona. Respiro fino a rilassarmi, finalmente ci riesco e inizio a sentirmi più a mio agio in sua presenza. «Athilia, Charles e chi ha collaborato con loro dovranno pagare il male che ci hanno fatto. È arrivato il momento di fermarli, una volta per tutte. Ora possiamo davvero farcela.»

CAPITOLO 72

Io e Nate abbiamo iniziato la nostra vita insieme. Nonostante le difficoltà, nonostante la situazione non si sia ancora risolta. L'assassina di mio padre non è ancora stata fermata. Ci sono ancora indagini in corso, Jackson e i suoi colleghi stanno indagando sui legami tra lei, Charles e i ricattatori della famiglia di Therese. Ma non sarà facile incastrarla. Io non posso pensare che la passerà liscia. Oltretutto non ci sono vere prove che sia stata lei a causare la morte di mio padre anche se io lo so, lo sento.

Avrei voluto restare vicina a Sarah, quindi continuare a vivere con lei, Thomas e Jack ancora per un po'. Ma Sarah stessa mi ha incoraggiata a non aspettare e a trasferirmi subito da Nate, a Richmond. Vedendola più tranquilla non ho opposto molta resistenza. Forse perché lo desideravo troppo. Per me stessa, per Nate, per la mia serenità emotiva. Devo stare con lui il più possibile. Il tempo per noi non è mai abbastanza.

Ho paura, a volte ho gli incubi. Li ho sempre avuti dopo averlo perso tanti anni fa, quasi ogni notte. I miei sogni sono sempre stati agitati. Ma ora lui è con me. Mi stringe forte e mi accarezza finché riesco a riprendere sonno. Ho trovato finalmente la pace tra le sue braccia e anche lui sembra cambiato. Ci stiamo salvando insieme, come è successo dal nostro primo incontro.

Domani ci sarà il funerale di mio padre. Quindi rivedrò la donna che mi ha rovinato la vita. Io spero che riescano a trovare tutte le prove contro di lei, non la voglio attorno alla mia famiglia. Mi sento soffocare solo all'idea che non pagherà per i suoi crimini.

Sento bussare alla porta. Sono sola in casa, Nate è andato all'audizione di suo figlio per una scuola di musica. Vado ad aprire e cerco di mostrarmi serena.

«Ciao Jenna, come stai?»

Sorrido e la invito a entrare. Non la vedo da un po', dopo il mio matrimonio con Jackson ci siamo sentite raramente. Probabilmente tutta la situazione e il suo stesso coinvolgimento la faceva sentire a disagio.

«Scusami, io non vorrei disturbarti.» Si guarda intorno intimidita. «E mi dispiace davvero tanto per tuo padre.»

«Grazie. Comunque, mi ha fatto piacere ricevere la tua telefonata.» Le indico una delle sedie intorno al tavolo. «Da tanto non parliamo un po', noi due. Hai avuto problemi a trovare il posto? Ti posso offrire qualcosa da bere?»

Mi sto allenando a fare la brava padrona di casa, è una cosa a cui non sono ancora abituata.

«No grazie, sto bene così.» Jenna si accomoda e mi osserva con espressione tranquilla. «Ho passato all'autista l'indirizzo che mi hai dato al telefono e non ha avuto problemi a trovarlo. Poi più tardi lo richiamerò e mi verrà a riprendere. Mi piace comunque questo posto, è davvero molto tranquillo. E sono contenta di vederti felice. Cioè, nonostante tutto... sei felice con Nate, vero?»

«Sì, sono felice. Lui è l'uomo della mia vita. È sempre stato l'unico per me, dovresti saperlo.»

Mi siedo di fronte a lei. Ora che la osservo meglio sembra tesa, come imbarazzata da qualcosa. Forse perché sto vivendo con Nate senza essere sposata? O perché entrambi siamo effettivamente ancora sposati con altre persone? Jenna tiene molto alle formalità, alle convenienze. Conosco bene il modo in cui è stata educata, come una signorina di buona famiglia. Nonostante sia cresciuta, nonostante i tempi siano passati e il suo atteggiamento sia decisamente fuori moda. Probabile che giudichi il mio comportamento un po' troppo libertino. Decido di affrontare subito la questione e toglierci il problema, invece di trascinarcelo.

«Jenna… ci conosciamo da molti anni. Tu non sei d'accordo con la mia scelta di vivere subito con Nate? Pensi che avremmo dovuto aspettare?»

«No, io… no…»

Arrossisce, scuote la testa e abbassa lo sguardo.

«Qual è il problema, allora?» Poso la mano sulla sua. «Siamo amiche, tu mi hai aiutata tanto quando stavo per commettere l'errore più grande della mia vita sposando Charles. Non ci siamo sentite recentemente, ma ci tengo alla tua opinione. E so che tu… Insomma, hai sempre rispettato le regole molto più di me!»

«Non credo proprio. Non ora almeno…» bisbiglia, con la voce incrinata dal pianto. Si morde le labbra e mi guarda. Sta per mettersi a piangere, vedo i suoi occhi castano chiaro diventare sempre più lucidi. «Non le sto rispettando per niente!»

«Jenna, insomma, vuoi dirmi che succede?» Involontariamente alzo la voce, poi cerco di controllarmi. «Mi stai spaventando, qual è il problema? Lo so che da un po' non ci sentiamo e mi dispiace, ma se io posso aiutarti…»

«Mi sono… innamorata…» Si nasconde il viso tra le mani. «E non mi era mai successo, non così almeno. Io l'avevo capito già da prima e ho cercato, ti giuro che ho cercato di evitarlo…»

Non so se assecondarla o mettermi a ridere. Mi sembra una bambina. Devo avere pazienza e tentare di estorcerle le parole.

«Jenna, va bene. Non è un crimine essersi innamorati, anzi…»

«Non hai capito, Willy!» Ora è lei ad alzare il tono di voce. Anzi, mi urla quasi addosso e sgrana gli occhi su di me. «È di tuo marito che mi sono innamorata!»

Mio marito? La fisso inorridita. Nate! Per poi rendermi conto che lei non intende affatto Nate. Jack. Mio marito è ancora Jackson, non Nate! Mi poso una mano sul petto e sospiro.

«Jack?»

«Mi dispiace... lo so, avrei dovuto controllarmi! Ora tu mi odierai e ti posso capire. Per questo quando... ecco, per questo quando vi siete sposati io ho deciso di sparire. Mi sembrava così inappropriato provare questi sentimenti, sentirmi così attratta da lui e...»

Il mio sguardo atterrito deve averla sconvolta ancora di più.

«No, no... Jenna io all'inizio come una sciocca ho pensato che tu ti riferissi a Nate.» Avvicino la sedia alla sua e sorrido. «Ma tu conosci le circostanze del mio matrimonio con Jackson, vero? Sì, per forza. C'eri anche tu!»

«Sì, lo so. Ma io ho pensato che forse voi due...» Solleva le spalle e mi guarda. «Nate se ne sarebbe andato. E io mi sentivo male all'idea...»

Non ha tutti i torti. In effetti qualcosa tra me e Jack c'è stato, ma non ha avuto seguito. Quasi non ha avuto nemmeno inizio.

Decido di essere onesta con lei, come lo sono stata con Nate.

«Ho dei sentimenti molto forti per Jackson, per me lui è davvero importante. C'è stato un momento in cui ero talmente disperata per la mancanza di Nate, che mi sono aggrappata a Jack. Ma è stato uno sbaglio perché tra me e lui non ci potrà mai essere il tipo di rapporto che c'è tra una coppia che si ama. Lui è... il mio migliore amico.»

Jenna ascolta la mia rivelazione in silenzio, poi decide di intervenire.

«Quando è stato ferito, qualche tempo fa, mi ha chiamata e io sono andata in ospedale. Mi ha pregato di non dire nulla a te, Sarah e Thomas per non preoccuparvi. Ma ha rischiato davvero e ha avuto paura. Da quel momento abbiamo ricominciato a vederci, qualche volta. Io... mi sono accorta di provare qualcosa per lui già da prima, da quando vi ho fatto da tramite, ricordi? Quando ha iniziato a indagare sulla tua matrigna. Lui ha cominciato a piacermi... poi mi sono resa conto che a ogni incontro, mi piaceva sempre di più. Per arrivare a piacermi fin troppo e a non sapere più come fermarmi. Eppure, dovevo fermarmi. Perché lui era sposato con te!»

La guardo e sgrano gli occhi, incredula di fronte alla sua confessione. Così spontanea, così sincera.

«Oddio Jenna... Quando io e Jackson ci siamo sposati tu...?»

Ecco perché piangeva! Quanto sono stata stupida ed egoista a non averlo capito!

«Non aveva importanza. Tu dovevi salvarti da Charles e Athilia. E comunque lui...»

Scuote la testa e si passa un dito sotto agli occhi per bloccare le lacrime.

«Cosa prova per te Jack?»

Io spero che le dia una possibilità. Jenna se la merita.

«Da quando mi ha chiamata in ospedale ci siamo visti qualche volta, come ti ho detto. Quella volta mi ha chiesto anche il favore di accompagnarlo a casa, ma non voleva compromettermi. Lui dice di non essere abbastanza per me, ne è convinto. Crede che io meriti di meglio. Invece per me lui è molto... lui è...» Improvvisamente si calma e diventa seria. In un modo quasi ostile, così insolito in lei. Annullando del tutto la sua consueta espressione dolce, armoniosa. «So che di sicuro i miei non approverebbero. Ma non mi importa. Sono pronta a lasciare casa mia e tutto quello che ho per lui. Lo sai come sono fatta, Willy. Come sono cresciuta. Avrei voluto un matrimonio perfetto, con un uomo perfetto. Una grande festa, tanti fiori, un abito stupendo, gli invitati... E con lui non avrò nulla di tutto ciò. Jackson odia questo genere di cose e compresa te è già stato sposato due volte. Non è assolutamente l'uomo per me, non è l'uomo che sognavo. Oltre ad appartenere a due mondi completamente opposti, non abbiamo proprio nulla in comune. Lui è un tipo istintivo, rude, lavora in polizia ed è abituato alle maniere forti. Io sono laureata in storia dell'arte con specializzazione in critica d'arte, insegno all'università... Sono abituata a frequentare ambienti diversi, da sempre.»

«Allora cosa vuoi da lui, Jenna? Se non è l'uomo dei tuoi sogni...»

Comprendo che sia combattuta. Voglio capire le sue intenzioni.

«Il problema è che non amo l'uomo dei miei sogni quanto amo Jack.» Mi risponde semplicemente, senza esitazione. Credo che Jenna abbia già fatto la sua scelta. «Nonostante lui sia convinto del contrario, è davvero il meglio per me.»

«Sarai molto felice con Jackson. Lui è davvero meraviglioso. E presto otterremo l'annullamento del nostro matrimonio. Ti chiedo soltanto di amarlo e di prenderti cura di lui.» Appoggio la testa alla sua e le cingo le spalle con un braccio. «Puoi farlo?»

«Sì, Willy...» sorride e mi abbraccia. «Non c'è nulla che io desideri di più al mondo. Io dovevo dirtelo. Avevo bisogno della tua approvazione, forse. In ogni caso volevo che tu lo sapessi da me.»

«Sono felice che il mio migliore amico stia insieme alla mia migliore amica.» La bacio sulla fronte. «La vita non sempre è perfetta. Però la perfezione spesso è solo apparenza. Forse è l'imperfezione a rendere le persone davvero felici.»

CAPITOLO 73

Non sarei riuscita ad arrivare alla fine della cerimonia se non avessi avuto Nate al mio fianco, a tenermi la mano. Non sarei riuscita a guardare quel mostro di donna fingersi una vedova inconsolabile e affranta dal dolore. Meschina, bugiarda, manipolatrice e assassina.

Forse non riusciremo a trovare le prove della sua responsabilità nella morte di papà, ma almeno non ci saranno dubbi del suo coinvolgimento in minacce, intimidazioni e ricatti. Presenti e passati. La famiglia di Therese sta collaborando. E Jackson sta facendo progressi a proposito delle indagini sul rapimento di Sarah dalla sua vera madre.

Ha rinchiuso la nonna in una casa di cura e non le ha permesso di uscire nemmeno per il funerale. Se Nate e Jack non mi avessero salvata, se avessi sposato quel verme schifoso di Charles, probabilmente avrei subìto la stessa sorte.

Siamo rimasti in pochi intimi nella cappella privata dei Whitmore, al cimitero di Highgate. Mi appoggio a Nate che mi circonda la vita con il braccio. Sento il mio mondo crollare, sgretolarsi a poco a poco.

Sarah è in lacrime, io invece non riesco nemmeno a piangere. Non ora. Non qui. Non davanti al mostro. Per anni mi ha tenuta rinchiusa e mio padre, per debolezza o per eccessiva fiducia, l'ha assecondata. Ha strappato anni alla mia vita, mi ha strappato senza pietà emozioni, sentimenti, persone.

Il mio bambino. Sollevo il viso a guardare Nate. Il nostro bambino. Prima o poi dovrò dirglielo. Darei la vita per non farlo soffrire ancora. Ma devo dirglielo, quando tutto sarà finito e avremo finalmente un po' di pace.

La nostra cappella addobbata, con fiori freschi e lo stemma dei Whitmore in bella mostra, mi sembra un inno alla falsità. Ora che papà se n'è andato non ne resta davvero più nulla. Athilia celebrerà se stessa in carcere, al più presto spero. La nonna invece vive ormai nel suo mondo, forse di gran lunga migliore di quello reale. Sarah, per fortuna sua, non fa davvero parte di questa famiglia. Anche se per me rimane mia sorella. Resto soltanto io. Che però ora appartengo totalmente a Nate e alla nuova famiglia che creerò insieme a lui. Appartengo a Sarah, a Thomas, a Jackson, a Jenna. Appartengo alle persone che mi hanno voluto e mi vogliono bene.

Sento la nausea salire ogni istante di più. Ma è tutto finito, ce ne andremo presto. Nate mi sorregge e non mi lascia un attimo. Appoggio la testa alla sua spalla e chiudo gli occhi. Ancora pochi passi, attraversiamo il piccolo atrio che collega la cappella all'esterno e saremo fuori di qui.

Quando riapro gli occhi però me la ritrovo davanti. È sempre la stessa. Quello splendore fittizio, quella sua avvenenza contrassegnata da un trucco eccessivo, anche al funerale dell'uomo con cui è stata sposata per più di vent'anni, anche indossando un abito scuro. Inconsolabile, tragica, ma perfetta.

«È tutto mio, ora.» Sfoggia il suo sorriso soddisfatto. «Forse ancora non lo sai, ma Edward ha lasciato tutto a me. Tu sei fuori, tuo padre ti ha diseredata nel corso dei suoi ultimi giorni. E quello che ha lasciato a Sarah deve passare attraverso me.»

«Non mi importa.» Cerco di trattenere la rabbia, per non esplodere e rivelare tutto quello che stiamo facendo contro di lei, almeno finché non la incrimineranno. Dovrebbe bruciare all'inferno! «Non me n'è mai importato niente, ho tutto quello che voglio e di cui ho bisogno. Puoi tenerti tutto il resto e saziare la tua fame.»

Era davvero quello che voleva? I soldi, il potere, la residenza dei Whitmore, il titolo? Perché io le avrei ceduto tutto volentieri già da tanti anni, se solo mi avesse lasciata in pace. Non sarebbe stato necessario distruggere la mia vita e quella di Nate, le avrei lasciato tutto senza pretendere nulla.

«So cosa avete in mente. Ma non finirà così, non illuderti.»

Non ho idea di cosa intenda. Questa donna è completamente pazza. Non voglio rischiare di sbilanciarmi. Preferisco lasciarle credere che abbia vinto.

«È finita comunque. Come hai detto tu stessa, è tutto tuo.»

Mi muovo per oltrepassarla ma si sposta, bloccandomi il passaggio.

Gli altri nel frattempo sono usciti. Siamo rimaste solo noi due, con Nate al mio fianco. Con un cenno gli indico di raggiungere gli altri al di fuori della cappella ma lui non si muove.

«Avevo la mia bambina, ma tu me l'hai portata via!» Lo sguardo che Athilia mi rivolge esprime odio allo stato puro. Inizia a tremare e fremere, sta perdendo il controllo. «Tu... l'hai sempre messa contro di me, non mi hai permesso di educarla come avrei dovuto. Lei era mia. Avevo pagato per averla! E tu l'hai spinta a mettersi con un miserabile, con un povero spiantato come il tuo! L'hai resa uguale a te!»

«Sarah non è tua! Non è mai stata tua! L'hai portata via a sua madre... E comunque non è un oggetto, ha fatto da sola le sue scelte...»

«Tu non hai mai capito nulla, stupida ingenua! Sei come tua nonna. Credi che non lo sappia? Stesso nome, stessa storia che si ripete... ma almeno lei è tornata in sé!» Il tono di Athilia ora diventa stridulo, aspro, mentre dà sempre più libero sfogo alla sua ira. «Una donna dovrebbe sempre cercare di elevarsi, di sollevare la propria condizione, non di abbassarla frequentando i bassifondi! E quel che è peggio, essendo ben felice di restarci e di cadere sempre più in basso!»

Resto in silenzio, guardo oltre le spalle di Athilia, spero che Sarah sia già uscita e non senta questa conversazione. Invece è sulla soglia, appoggiata alla parete. Thomas cerca di trattenerla e di accompagnarla fuori.

«La cosa di cui sono contenta è di averti tolto il tuo bastardo quindici anni fa!» Athilia sogghigna divertita. Il ghigno improvviso quasi trasfigura e sforma il suo bel viso, in modo orribile. «E di aver fatto in modo che tu non ne metta al mondo altri.»

Rimango impietrita. Sento lo sguardo di Nate su di me. Come se stesse soppesando le parole di Athilia. Non oso nemmeno voltare il viso a guardarlo. Prego che non abbia capito. Lo sento barcollare mentre si stacca da me di qualche passo. Il silenzio mi fa paura. Nemmeno io ho la forza di parlare. Mi sento morta, esattamente come mio padre e come mio figlio. Questa donna sta uccidendo anche me, mi sta avvelenando l'anima.

«Ah... non lo sapeva?» Athilia rivolge a Nate il suo sorrisetto beffardo, poi torna a fissare me. «Chissà quante bugie gli hai raccontato e quante ancora gliene racconterai...»

Non riesco più a resistere, ho un urlo che dallo stomaco, dalle viscere non è in grado di placarsi. Deve esplodere.

«Era lui tutto quello che volevo nella mia vita! Perché non ci hai lasciati in pace? Perché ci hai dovuto dividere? Perché continui a tormentarmi?»

Mi muovo verso di lei, la potrei anche uccidere ora. Pochi passi ci separano.

«Willy, fermati!» Sento la voce di Jackson alle spalle di Athilia. «Abbiamo ottenuto tutto quello che ci serve, ora fermati.»

«Certo che avete tutto quello che vi serve, luridi pezzenti! Maledetti miserabili! Credevate davvero che non lo sapessi?» Athilia indietreggia e fruga nella borsetta. Ride, ride e ora sembra ancora più folle di quanto ricordassi. Non so cosa stia cercando. «Sarà forse la mia fine ma tu... tu sarai finita ancora prima di me!»

Non comprendo cosa intende. Almeno finché non la vedo estrarre dalla borsetta una pistola e puntarmela dritta al cuore.

CAPITOLO 74

«Sorpresa?»

Athilia sgrana gli occhi su di me. Degli occhi enormi, deformati.

Riemergono gli incubi dei miei anni bui. I ragni dei suoi occhi. I suoi gesti, i suoi movimenti. Tutto ciò che ha fatto per distruggermi giorno dopo giorno, anno dopo anno, dal suo ingresso nella mia vita. Rinchiusa tra quelle mura bianche, immobilizzata, sedata per impedirmi di muovermi, di ricordare. Per strapparmi dal cuore la vita, la speranza.

Jackson, che nel frattempo si era spostato lateralmente, rimane immobile. Suppongo che tema qualsiasi gesto avventato, impulsivo. Immagino che stia meditando di coglierla di sorpresa senza però sapere come. Athilia ci tiene in pugno, tutti quanti. Ancora una volta.

Nate è rimasto indietro ma è a pochi passi da me. Se Athilia mi spara ora, se mira dritta al cuore, non saprà mai il motivo per cui non gli ho detto del nostro bambino. Non saprà che io non volevo infliggergli altro dolore. Ma forse è meglio così. Se crederà che gli ho mentito, che gli ho nascosto la verità, supererà più facilmente la mia perdita. Così deve essere. Lui deve sopravvivere e andare avanti, anche senza di me.

«Non lo volevo il nostro bambino. Me ne sarei liberata comunque, ero troppo giovane.»

Tengo il viso rivolto ad Athilia ma giro leggermente gli occhi di lato, senza però riuscire a vedere Nate. Avrei voluto vederlo, almeno per l'ultima volta.

Quando sento Athilia ridere e distendere il braccio verso di me più decisa chiudo gli occhi. Ripercorro in pochi istanti tutta la mia vita, quasi al rallentatore. Invece tutto sta accadendo troppo rapidamente, secondi e frazioni di secondi. Vorrei tanto avere più tempo.

L'ultimo viso che mi compare davanti è il suo. Nate... Prego che lui ritrovi la serenità. Ci deve riuscire. Perché ovunque andrò il mio amore per lui resterà immutato.

Uno sparo. Poi un altro, in rapida successione. Resto in piedi. Mi chiedo se sono ferita o addirittura già morta e non me ne sono resa conto. Devo lottare per riaprire gli occhi. Ho paura di essere ferita gravemente. Forse accade così... all'inizio non si sente dolore, non si sente nulla. Non voglio vedere le lacrime di chi mi circonda.

Invece trovo Nate steso a terra ai miei piedi, voltato su un fianco con una mano premuta sul torace. Di fronte a noi Athilia, anche lei a terra. È innaturalmente rigida, come se fosse atterrata a testa in giù, con i capelli sparpagliati ai due lati del collo.

All'ingresso dell'atrio Delia, la nonna di Nate, tiene ancora puntata la pistola da cui deve essere esploso il secondo sparo che ho udito.

«Adesso è davvero finita.» Sospira profondamente, prima di abbassare l'arma.

Il tempo non sembra essere trascorso su di lei. Mi guarda un istante negli occhi. Sono più azzurri e gelidi di quanto ricordassi.

«Nate!» Mi inginocchio e lo stringo a me. «Amore mio, che hai fatto? Non dovevi... non dovevi...»

«Mina...» Mi sfiora a fatica il viso con le dita, è pallidissimo. «Pensi che abbia creduto a quello che hai detto per proteggermi? Pensi che non ti conosca? E comunque... io ti amo, lo sai vero?»

Il suo respiro diventa più affannoso, chiude gli occhi.

«No, Nate. Non ci pensare proprio a lasciarmi ora!» Mi siedo a terra e lo trascino sopra di me abbracciandolo da dietro. «Non puoi... Non farmi questo, ti prego... Non farmi questo adesso, Nate!»

Mi guardo le mani macchiate di sangue, mi sembra provenga dal suo petto ma il sangue si sta diffondendo un po' ovunque addosso a lui e anche a me.

Intorno a noi tutti si muovono freneticamente e si agitano. Sento il suo respiro farsi più leggero, quasi un sospiro appena percettibile. Il mondo degli altri sta continuando a girare. Il mio invece sta morendo insieme a lui.

CAPITOLO 75

Sono stesa sul mio letto, nella mia stanza della residenza dei Whitmore. Mi hanno dato dei calmanti, ho ancora difficoltà nel prendere sonno. Il mio mondo si è completamente capovolto, in un solo istante. Devo farmene una ragione. E andare avanti.

Allungo la mano e cerco la sua. Prima o poi prenderò le mie decisioni. Anzi, le prenderemo insieme. Intanto, procediamo con calma. Lui è ancora convalescente e io ancora traumatizzata, abbiamo bisogno di riposo. Per questo resteremo qui, almeno per un po'.

«Nate...»

Mi giro su un fianco e gli accarezzo il petto. Accenna un sorriso e mi attira a sé. La sua ferita non era grave come credevo, ma io in quel momento ho avuto davvero tanta paura di averlo perso per sempre.

La pallottola di Athilia, destinata a me, l'ha colpito al fianco quando si è messo tra noi, ma è stata rimossa senza eccessive complicazioni. Per fortuna non ha compromesso nessun organo vitale. Delia ha fatto in tempo a fermarla prima che potesse ucciderci.

Nate si è ripreso in poche settimane, ma è ancora debole e non si deve sforzare. Io mi occupo di lui ed è sicuramente la mia attività preferita.

«Mi sento davvero molto inadeguato in questa reggia, Mina.» Mi cinge la vita cercando le mie labbra. «Non mi piace essere servito dal tuo maggiordomo e dai tuoi domestici, non sono abituato. Probabilmente non mi abituerò mai.»

«Lo so, ma hai bisogno di riposo assoluto. E io ho bisogno di starti accanto ogni momento. Sei stato un incosciente. Metterti tra me e quella pazza!»

Lo bacio e appoggio la fronte alla sua. Poi socchiudo gli occhi, stringendolo a me.

«Credi davvero che sarei riuscito ad affrontare questa vita senza te?»

Si stacca un attimo e mi guarda negli occhi. Non mi ha ancora chiesto del bambino, né io gliene ho parlato. Forse anche lui, come me, tace per non farmi soffrire. Ma prima o poi dovremo affrontare il discorso o resterà per sempre in sospeso, tra di noi.

«Io lo volevo davvero il nostro bambino. Lo volevo con tutte le mie forze. Ma purtroppo non sono stata in grado di proteggerlo. Mi dispiace.»

Decido che è arrivato il momento, sono stanca di segreti e fraintendimenti. Non voglio più rimandare.

«Non riesco a credere che tu abbia affrontato tutto da sola.»

Mi stringe a sé con entrambe le braccia, lasciandomi adagiare sul suo petto. Ero convinta di ottenere un rimprovero da lui, risentimento per aver taciuto per tutto questo tempo.

«Nate, io avevo già sofferto ormai, non avrei potuto comunque cambiare le circostanze. Ma tu... non ti meritavi un nuovo dolore.»

«Così hai anche pensato bene di farmi credere che non te ne importasse, quando quella donna ti minacciava.» Fissa gli occhi azzurri nei miei. «Mi sottovaluti davvero, Mina. Al punto che potrei offendermi.»

«E non permetterti di rischiare la vita per salvarmi, la prossima volta? Va bene, allora.» Annuisco e gli prendo la mano, gioco con le sue dita. «Ti avrei raccontato tutto del bambino, una volta che la situazione si fosse risolta. Non avresti dovuto venire a saperlo in quel modo orribile. Non è stato giusto, mi dispiace così tanto...»

«Amore, ascolta...» I suoi occhi diventano più cupi, più seri. «Non voglio forzarti, ma promettimi che quando ne sentirai il bisogno me ne parlerai e mi dirai quello che avevi intenzione di dirmi. Dimentica ciò che ha detto quella donna, io voglio sapere di te, di quello che hai passato. Senza paura di farmi del male. Io non sono così delicato, Mina, posso sopportare. Quello che davvero non sopporto è che ti tieni tutto dentro e soffri da sola.»

«Mi dispiace, Nate. Mi dispiace per non aver lottato abbastanza per salvarlo. Mi dispiace per non aver convinto mia nonna a tenermi con sé e ad aiutarmi. Mi dispiace di non essere scappata e di non aver cercato aiuto altrove. Sono stata debole. Ma io credevo...» Mi mordo le labbra quasi con rabbia mentre le lacrime mi scorrono sul viso. Forse devo solo piangere. Piangere per il nostro bambino come non sono mai riuscita a fare prima. «Quando l'ho scoperto credevo di farti una bella sorpresa al tuo ritorno. Quanto sono stata sciocca, ingenua, infantile, stupida! Io avevo cominciato a sognare la nostra vita insieme...»

«Non ti avrei mai lasciata sola se lo avessimo scoperto prima...» Mi stringe nuovamente a sé e mi ritrovo quasi sopra di lui. Sento le sue lacrime sul viso e tra i capelli. «La colpa è stata anche mia. Sono stato uno stupido ragazzino, ho cercato di superare il dolore per la morte di mio fratello, di trovare una ragione, di ritrovare me stesso lontano, quando potevo essere me stesso solo accanto a te. Io ho aiutato il destino a separarci. Se fossi rimasto le cose sarebbero andate diversamente e tu non saresti stata costretta a tornare dalla tua famiglia, in balìa di quella donna spietata. Io, con la mia partenza, ho contribuito alla perdita del nostro bambino. E a tutto il male che ti hanno fatto in seguito.»

Inutile negare, ha ragione. È vero. So che non vorrebbe sentirsi discolpare da me o che trovassi attenuanti al suo comportamento.

«Abbiamo entrambi le nostre colpe. Tu sei andato via, hai subito un agguato, hai perso la memoria. In quegli stessi anni io mi sono lasciata trattare come una bambola, mi sono lasciata annientare, senza trovare la forza di reagire, di ribellarmi. Dentro di me sapevo che eri ancora vivo, ma non mi sono impegnata a cercarti davvero. Mi sono lasciata vivere e basta. Finché il destino che ci ha divisi ha deciso di riunirci nuovamente.»

«Riavremo tutto quello che abbiamo perso, Mina. Il destino ce lo deve.» Mi bacia con impeto e lascia scivolare le mani sui miei fianchi. «Non prenderà il posto di quello che abbiamo perso, ma noi due avremo un altro bambino.»

«Non credo sia possibile, Nate. Io...» sospiro sulle sue labbra. «Hai sentito cosa ha detto lei... Io non potrò più...»

«Ti ha anche detto che io ero morto e tu non le hai mai creduto. Sei stata talmente forte da non credere né a lei né a nessuno.» Mi attira completamente sopra di sé cingendomi con le braccia. «Non crederle nemmeno questa volta. Io sono tornato e ci siamo ritrovati. È un miracolo, Mina. Siamo qui insieme nel tuo letto nella tenuta dei Whitmore. Ci avresti mai creduto? È un altro miracolo. Allora dimmi... perché non potrebbe accadere? Io ho capito che tutto è possibile a questo mondo. Soprattutto se si tratta di noi due.»

CAPITOLO 76

Mi sto chiedendo se sia stata la scelta giusta, questo tuffo nel passato. Nate è convinto di sì. E conoscendo Delia, anche opporre resistenza sarebbe stato inutile.

«Wilhelmina non deve restare in quella casa per vecchi pazzi!» È stata irremovibile. «A Nathaniel non sarebbe piaciuto e io non voglio avere i rimproveri di mio fratello dall'aldilà. Me ne occuperò io.»

Avevo già intenzione di togliere la nonna dalla casa di cura in cui l'ha rinchiusa Athilia. Ma è stato divertente per me e per Nate scoprire tanto accanimento da parte di Delia. Se ne occuperà lei, se ne prenderà lei la responsabilità, dice, anche se sono coetanee. Siamo costretti ad arrenderci di fronte alla sua determinazione.

Bisogna però ammettere che se non fosse stato per Delia, se non avesse sparato ad Athilia alle spalle uccidendola sul colpo, io e Nate non saremmo qui. Ci ha salvato la vita con la sua prontezza di riflessi, con la sua abilità nell'usare le armi e con la pistola che si è portata dietro al funerale in caso di bisogno. Ma Delia è una vera forza della natura, lo è sempre stata. Ora per tutti è diventata anche "la nonnina con la pistola", sarebbe addirittura divertente nella sua drammaticità!

Anche Jackson è rimasto incredulo di fronte a tanta destrezza e sangue freddo. Lui stesso stava cercando di intervenire, di capire come fermare Athilia. Delia non ha avuto scelta, se l'avesse solo ferita Athilia avrebbe premuto nuovamente il grilletto contro di noi. Era troppo vicina perché io potessi mettermi al riparo e Nate era ferito. Io nemmeno immaginavo che Delia sapesse sparare o che possedesse un'arma!

In ogni caso, ha avuto ragione. Evidentemente prevedeva la follia di Athilia, più di me, Nate e Jackson. Nessuno di noi aveva immaginato che si sarebbe spinta a tanto… tentare di uccidermi al funerale di mio padre pur di trascinarmi nell'abisso, insieme a lei.

Dopo aver salutato la nonna, io e Nate ci spostiamo, lasciamo che lei e Delia parlino un po' da sole. È dolce vederle sedute su quella panchina davanti al laghetto, la stessa dove la nonna mi aveva affidato le lettere di Nathaniel da consegnare a Delia. Così ho fatto. Le lettere sono ora nelle mani di Delia che a sua volta le sta restituendo a mia nonna Wilhelmina. Stanno parlando, stanno ricordando, si stanno probabilmente riconciliando con loro stesse e con il loro passato. E intanto il Natale si avvicina. Sono cambiate molte cose in un anno, tutta la mia vita.

Io e Nate osserviamo le nonne in lontananza, mentre passeggiamo lungo il laghetto. Si sente ancora a disagio nella residenza dei Whitmore, come se fosse un ospite sgradito. E io lo posso capire. Non resteremo qui ancora per molto, solo fino a quando si sarà ristabilito completamente e potremo tornare ai lavori per la nostra casa a Richmond.

«Ciao… mi hanno detto che eravate qui!»

Lo stavamo aspettando e lo riconosco immediatamente. Ha gli occhi di Nate, ma i capelli neri e la carnagione più scura. E mi sembra evidente che non provi la stessa soggezione di Nate nei confronti di questo ambiente. Anzi, si trova perfettamente a suo agio. È giusto, ha solo undici anni e non il trascorso drammatico di Nate con questa casa e la famiglia che ci viveva.

«William, ti avevo detto di telefonarmi quando arrivavi!»

Nate incrocia le braccia e lo guarda severo.

«Oh, insomma papà, non rompere! Ho suonato, ho detto chi ero e mi hanno aperto! Qual è il problema?» Rivolge lo sguardo verso di me, poi sospira dubbioso. «Ciao! È un problema?»

«Assolutamente no, William…» sorrido e gli porgo la mano. «Io sono Mina.»

Stringe la mia mano con una sicurezza invidiabile.

«William... sei proprio molto carina, Mina.»

«Grazie, sei davvero gentile.»

Annuisco e sorrido. Non ho mai avuto a che fare con i ragazzini di quell'età ma quel poco che so è che detestano essere trattati come dei bambini. Dovrò fare un po' di pratica con lui, spero di cavarmela.

«Ma è vero che sei carina, non sono gentile!» Solleva il viso verso di me e sorride. Non ha idea di quanto mi ricordi suo padre in questo momento. Suo padre circa quindici anni fa. William guarda Nate e inclina leggermente la testa. «Mi hanno preso a scuola, comunque. Quindi ormai è deciso che diventerò un musicista, che ti piaccia o no.»

«Mi deve piacere per forza, allora.»

Nate gli passa una mano sulla testa e gli scompiglia i capelli. William lo guarda con aria corrucciata e si ricompone, poi sorride.

«Vado a salutare la nonna, a dopo!»

Corre via verso la panchina dove Delia e Wilhelmina stanno ancora parlando tra loro. È come se un po' di futuro stesse per irrompere nel loro comune passato. Un altro discendente di Nathaniel Carpenter.

«Ti somiglia in modo incredibile ed è così... bello, intelligente, vivace, pulito...»

Cingo Nate con le braccia e sollevo il viso per guardarlo negli occhi.

«Ecco, brava vai avanti. Almeno mi illudo che i complimenti tu li stia facendo a me, visto che dici che William mi somiglia...» sogghigna e mi bacia la tempia.

«È un ragazzino meraviglioso e non ha paura di niente. Lui deve avere una vita davvero felice, noi faremo in modo che abbia una vita felice, Nate.»

Le lacrime mi pungono gli occhi. Nate mi stringe tra le braccia e appoggio la testa sulla sua spalla. Credo abbia capito il significato implicito delle mie parole, che nascondevano un "non come noi." No, non come noi. Non come la nostra vita triste, sofferta, disperata. William deve avere una vita felice, un'esistenza serena, circondato dall'affetto delle persone che lo amano e credono in lui.

«Grazie...» Nate mi accarezza i capelli teneramente. «Mina... Io e Therese dobbiamo firmare le ultime carte per il divorzio, fra poco più di sei mesi sarà effettivo. Lei ha conosciuto un uomo e vorrebbe iniziare a frequentarlo. Io spero sia una brava persona, per lei.»

«Capisco. Jackson mi ha chiesto l'annullamento. Firmeremo nei prossimi giorni. Si vuole liberare di me perché vorrebbe uscire con Jenna e sa che stare con un uomo ancora sposato la fa sentire a disagio» sospiro e sollevo le spalle. «Comunque io non rischio più di essere rinchiusa in una clinica dalla mia matrigna, quindi non ci sono problemi.»

«Ci dovremo consolare, Mina. Siamo stati mollati!»

Mi solleva il mento per guardarmi negli occhi. È sempre lui, il mio Nate. I suoi meravigliosi occhi azzurri non sono cambiati. Sono solo più luminosi e intensi, perché ora è finalmente felice. E io voglio vivere per continuare a renderlo felice così, anzi, ogni giorno di più. Gli accarezzo i capelli e lo bacio sulle labbra.

«Va bene, farò del mio meglio per consolarti, amore mio. E non ti lascerò mai più andare via da me.»

CAPITOLO 77

Appoggiati alla quercia secolare, ci siamo rifugiati nel nostro posto segreto. Ricordo come se fosse ieri quando Nate mi ha trascinata qui. Anche il periodo era lo stesso, gennaio. Eravamo così giovani e sprovveduti! Però il nostro amore era forte anche allora, pronto a superare qualunque ostacolo e a vincerlo.

Il fiore tra le rocce non è più lo stesso, ma c'è ancora. Sono più di uno ora, per l'esattezza. E ancora lottano per liberarsi, per non lasciar sopprimere la loro delicatezza dalla durezza della pietra. Mi chiedo quanti fiori tra le rocce esistano al mondo, quante persone lottino ancora ogni giorno per la sopravvivenza, non solo fisica, ma morale, spirituale. L'anima a volte deve riuscire a sopravvivere prima ancora del corpo.

Nate si è finalmente ripreso del tutto e ha iniziato un nuovo lavoro, qui a Londra. E anche io sto guarendo dai miei traumi, dallo stress emotivo e psicologico a cui sono stata sottoposta per anni. Poco alla volta, abbiamo tutto il tempo per salvarci, per guarire, per amarci.

«Sei assolutamente sicura di voler restare qui a Richmond, Mina?» Nate mi fa spostare dalla quercia facendo aderire la mia schiena sul suo petto e accarezzandomi le braccia. «Non voglio che tu abbia rimpianti. Prima non avevi scelta, non potevi stare nella reggia dei Whitmore, ma ora... è casa tua...»

«La mia casa è dove sei tu e io so che tu stai bene qui.» Mi giro e sollevo la testa per incontrare il suo sguardo. «E poi... io mi sono sempre immaginata qui, insieme a te. Intendo in questo ultimo anno. Non nella reggia dei Whitmore. Anzi, io pensavo...»

«Che cosa, tesoro?» Nate mi accarezza la guancia con le dita.

«Io pensavo di venderla, la reggia dei Whitmore. Non so... oppure di affittarla o cederla a qualche ente benefico. Non voglio lasciare i dipendenti senza lavoro, per cui devo trovare una soluzione anche per loro. Però io non voglio restare e ricordare quella donna che gira per le stanze. Percepire ancora l'eco dei suoi tacchi sul pavimento, su per le scale.»

Mi rendo conto che è casa mia, casa di mio padre e della mia famiglia da generazioni. Ma io non posso immaginare per sempre Athilia che si aggira come una padrona, che mi umilia, che mi fa legare al letto, che mi riempie di sedativi. Ho ancora gli incubi, forse li avrò per sempre.

«Io sarò d'accordo con qualunque tua decisione.»

Mi massaggia le braccia, comprende la mia sofferenza. Ma anche lui deve esprimersi e prendere una decisione insieme a me.

«Non devi accettare qualunque mia decisione, Nate. Deve stare bene anche a te. Tu non vuoi vivere alla residenza dei Whitmore, vero? Tu vuoi stare qui.»

Sospira e annuisce.

«Sì, è vero. Il mio sogno è di vivere qui insieme a te. Nella residenza della tua famiglia mi sento ancora a disagio, mi dispiace Mina.»

«Bene, allora ci consulteremo con Sarah, Thomas, Jackson, Jenna e le due nonne e prenderemo una decisone in proposito.» Sorrido e lo bacio sulle labbra. «Potremmo affittare un'ala del palazzo, cedere un'altra a qualche associazione benefica... poi c'è il parco. È così grande e così inutilmente vuoto! Ho ereditato una somma consistente da mio padre. Potremmo allargarci qui e costruire case anche per gli altri... Sempre che vogliano averci intorno.»

«Mina! La residenza dei Whitmore e i soldi sono tuoi. Capisco Sarah e tua nonna, ma io, Jack, Jenna, Thomas e mia nonna non c'entriamo proprio in tutto questo! Non devi assolutamente consultarci.»

«Non è vero. È nostra, di tutti quanti. Ce la siamo guadagnata!» Mi inginocchio al suo fianco e lo guardo seria negli occhi. «Tu sei l'uomo della mia vita. Senza di te io non esisterei. Se Jackson non avesse accettato di sposarmi io avrei sposato Charles e comunque Athilia in un modo o nell'altro mi avrebbe fatta rinchiudere di nuovo, togliendomi tutto, anche la volontà di resistere. Jenna ha contribuito, tenendo i contatti tra me e Jack quando lui stava svolgendo ricerche su Athilia. Thomas si è occupato di Sarah nei momenti più difficili della sua vita, io avevo talmente tanti problemi che non sarei stata in grado di farlo. E infine Delia, tua nonna... mi ha salvato la vita sparando ad Athilia prima che mi uccidesse e che uccidesse anche te. Se io fossi morta sicuramente niente residenza dei Whitmore per me! Capisci perché dico che la mia casa e la mia eredità appartengono a tutti noi?»

«Capisco che sei testarda e vuoi sempre avere ragione!» Ride e mi bacia, sistemandomi i capelli dietro le orecchie. «E capisco anche che sei la donna migliore al mondo e sei solo mia!»

«Mmh... guarda che me lo scrivo e poi ti faccio firmare. Così quando ti lamenterai di me, te lo ricorderò!» Torno ad appoggiare la testa sul suo petto e gli prendo le mani. «Sarah forse è riuscita a rintracciare sua madre. Jackson l'ha trovata. Non siamo ancora del tutto sicuri, ma potrebbe davvero essere lei. Spero che non rimanga delusa, io devo starle vicina.»

«Sarah è più tua sorella di quanto potrebbe esserlo se fosse davvero tua sorella.» Sì, in questo Nate ha proprio ragione. «Qualunque madre si ritroverà, non sarà certo peggio di Athilia. Sarebbe impossibile.»

«È proprio vero. Chiunque sarebbe meglio di lei.»

Io la sogno ancora, però. E ho paura. Sogno che si alza, dopo che Delia le ha sparato. Inizia a muoversi lentamente, quasi come se la linfa vitale tornasse gradualmente a scorrere in lei, donando di nuovo forza e vigore alle sue membra. Poi solleva la testa e mi fissa con l'espressione corrucciata che si trasforma in quel ghigno malefico, che le trasfigura il viso. Infine, con uno scatto repentino, si alza in piedi e viene avanti, per scagliarsi contro di me. Con il sangue che le cola dalla testa e... Stringo forte gli occhi per non pensarci. Athilia è morta. Charles ha lasciato tutto ed è fuggito all'estero. Non avevano elementi sufficienti per incriminarlo, ma non tornerà mai più. I complici di Athilia, da lei pagati, sono stati fermati. Compreso il responsabile della clinica, che lei aveva sedotto e manipolato contro di me.

Qualche giorno fa ho ricevuto una lettera di mio padre. È stato il notaio a consegnarmela. L'ho letta e riletta così tante volte da conoscerla quasi a memoria. L'ha scritta in un istante di lucidità. In quella lettera mi chiede perdono per il male che mi ha fatto, per non aver capito. Per essersi accorto troppo tardi che tipo di donna fosse Athilia e per essersi fidato di lei per tutti questi anni. Si augura che io possa fuggire lontano ed essere finalmente felice con Nate, l'uomo che amo e che ho sempre amato. Sapeva che Athilia non mi avrebbe permesso mai più di vederlo in vita. E sapeva che il suo cuore era sul punto di cedere. In ogni caso temeva per noi, per me e per Sarah, per questo ha evitato di incontrarci anche se lo avrebbe desiderato.

Sono solo poche righe scritte in fretta con una calligrafia tremolante, in un attimo rubato dalla stretta sorveglianza di Athilia. Il notaio mi ha spiegato che papà ha affidato il foglio ad Harold perché lo consegnasse a lui direttamente. Per fortuna il nostro maggiordomo gli è stato fedele e ha rispettato la sua volontà, altrimenti non avrei mai potuto conoscere le ultime parole e gli ultimi pensieri di mio padre.

Ha sbagliato. Mio padre ha sbagliato per tanti anni assecondando quella donna malvagia. Non so se per noncuranza, debolezza o ingenuità. Forse credeva davvero di fare la cosa giusta per me. Però queste sue ultime parole mi riconciliano definitivamente con lui. L'avevo già perdonato prima. Lo perdono, di nuovo. E ovunque si trovi ora io spero che sia in pace.

CAPITOLO 78

Non mi sono mai mossa da qui. È stato tutto un sogno. A volte bello, a volte dolce. Altre traumatico, devastante. Un sogno che sembrava un incubo. Eppure, l'ho vissuto, l'ho amato e l'ho desiderato con tutta me stessa. Desideravo questa esperienza, ne avevo bisogno. La sensazione di essere amata, di essere abbracciata, di essere baciata.

Qui dentro non l'ho mai avuta. Il mio corpo è cresciuto, anche la mia anima è quella di una donna adulta. Pareti bianche, tutto ciò che la vita mi ha regalato. Malattia, dolore, morte nel cuore.

La mia mente in balia degli eventi, delle circostanze. Non ho mai visto nulla all'infuori di questo. Nulla per tanti, troppi anni. Un'eternità di vuoto, di silenzio, di lacrime che mi prosciugano il cuore. Lacrime che scendono e mi affogano. Lacrime sul mio cuscino. Bianco anche quello.

Mi perderò, mi perderò come la Sirenetta della favola. Quella vera. Quella in cui la povera fanciulla diventa spuma e si disperde nell'oceano, non vive felice con il suo principe.

Perché non c'è e non ci sarà felicità per me in questo mondo. Le favole. La dolce, cara Alisa Wagner ha la bontà talvolta di raccontarmi delle favole d'amore, di aiutare la mia mente a svagarsi e a sognare un po'. Un po' di mondo vero, perché si incontra anche la felicità nel mondo vero. Qualche volta, dice lei. Qualche volta. Qualche volta invece no.

La dottoressa Athilia Whitmore non mi concede un attimo pace. Continua a provare, sperimentare. Su di me, sempre su di me. Sono la sua cavia preferita. Crede di ottenere grandi risultati? Di trovare spunti per far emergere la sua carriera? Io mi oppongo, anche restando immobile, in silenzio. La chiamo la strega cattiva, nella mia mente. Ha l'aspetto della strega cattiva. Bellissima, raffinatissima, con quei ragni negli occhi, ma perfida, malvagia. Usa su di me gli strumenti della sua perfidia, quei fili che collega alla mia testa, al mio cervello. Poi una scarica elettrica dietro l'altra. Non c'è nulla da fare, secondo lei. Non sono recuperabile, non lo sono mai stata. Tanto vale provare, provare, provare. Perché comunque io non sento niente. Non sono nelle condizioni di sentire, di percepire, di soffrire.

Si sbaglia. Quanto vorrei dirle che si sbaglia! Ma lascio perdere, nemmeno ci provo. Meglio continuare a sognare la mia favola d'amore. Il principe Nate che un giorno verrà a salvarmi e mi porterà via da queste pareti bianche, da questo letto, da questo carcere che è la mia mente.

Sarah, l'infermiera dai dolci occhi scuri, dai capelli morbidi, dai lineamenti delicati. Nella mia mente la chiamo "sorellina", anche se lei non lo sospetta. Non lo saprà mai, purtroppo. Sarah allevia un po' i miei dolori. Mi prende la mano di tanto in tanto e la stringe nelle sue. Sa da quanto tempo sono qui. Da quando avevo tredici anni, perché per me non c'è mai stata cura, non c'è mai stata speranza. Malattia mentale l'hanno chiamata e hanno continuato a chiamarla. Non mi sapevo esprimere, i miei movimenti sono sempre stati convulsi e isterici. La povera ragazzina pazza. Va tenuta costantemente d'occhio, sotto controllo. È un pericolo per sé e per gli altri.

Mi sono immersa in una storia. Avevo bisogno di una storia d'amore, anche io. Avevo bisogno di una favola che mi salvasse l'anima. Di un uomo dagli occhi azzurri, a volte dolci e intensi, a volte tenebrosi e tendenti al grigio, come un cielo in tempesta. Avevo bisogno di Nathaniel Carpenter. Il mio Nate. E qualunque cosa dicano, sarà sempre il mio Nate. Ho il suo viso impresso nella mente, nella memoria. Le sue labbra, i suoi capelli.

Non so chi era, non so quando e come l'ho incontrato e ho incrociato il suo sguardo. Non ricordo. Ma so che la sua immagine è rimasta impressa in me, ha scalfito il mio cuore da tanti anni. Mi ha tenuto compagnia, mi ha stretta, mi ha salvata. Come le favole che mi racconta sempre Alisa Wagner. I suoi ricordi di scuola, della guerra, della famiglia. Tutto questo insieme ha contribuito a creare la mia storia d'amore. La storia che sono riuscita a scrivere, a forgiare nella mia mente.

Poco importa che sia solo immaginata, sognata. L'amore c'è stato. L'amore esiste davvero. Se una mente inguaribilmente malata come la mia è stata in grado di creare un amore così dal nulla, allora deve esistere da qualche parte. Io ci credo. Forse fuori di qui nessuno ci crede, ma io sì.

Nate deve essere reale da qualche parte nel mondo. E deve esistere per qualunque donna che porta con sé una speranza. Dal nulla, dal mio vuoto, dalla mia desolazione, ho creato l'amore.

Perché, come nelle favole di Alisa, l'amore esiste. E se ci credo io, chiusa qui tra queste accecanti mura bianche, deve esistere davvero.

L'amore esiste. C'è ancora una speranza. Una speranza. Ci sarà sempre una speranza per un fiore tra le rocce. Speranza di vita, di amore, di libertà.

Ho lottato per ogni respiro, in questa storia. Il male era intenzionato a sopprimerla, fin dal principio. Dal suo nascere in me, dai suoi primi germogli. Gli ultimi incubi mi richiamavano insistentemente indietro. Io non sapevo, non capivo come salvarmi. Io mi lasciavo andare e non riuscivo a riemergere quando giocavano con la mia mente, con le mie emozioni. Ma la speranza è stata più forte e l'amore mi chiedeva una possibilità, un lieto fine.

Poi c'era lui, lui che mi chiamava: "Mina... Mina..."

E io tornavo a lui, annientando tutte le obiezioni di questa mia desolante realtà.

Un fiore tra le rocce. Sono ancora io, costretta qui. Tra queste mura bianche di pietra fredda. Costretta, sedata, annichilita. Ma con la mia favola d'amore annidata nell'anima, tra i sospiri.

E in me vive ancora e vivrà fino all'ultimo respiro la speranza. Speranza di vita, di amore, di libertà. Anche per un fiore tra le rocce, come me.

CAPITOLO 79

La mia salvezza. L'angelo dagli intensi occhi azzurri. È venuto a cercarmi. Mi prende in braccio e mi trascina via da qui. C'è solo pace tra le sue braccia. C'è solo amore. Libertà dall'orrore della mia misera, sfortunata esistenza.

Fuori da qui. Fuori da queste pareti troppo bianche, accecanti. Fuori anche da me. Ma invece no... No, no, no! Mi strappano dalle sue braccia, mi riportano indietro, mi tirano per i capelli. Aiuto... Nate... aiutami, ti prego!

«Mina!» Apro gli occhi e mi ritrovo tra le sue braccia. «Sono qui, amore mio, sono qui.»

«Scusami, ne ho avuto un altro...»

Mi dispiace svegliarlo con i miei incubi. Questo è stato tremendo per quanto mi è sembrato reale.

«Raccontamelo, tesoro...» Mi culla sul suo petto. «Raccontami tutto. Io sono qui.»

Chiudo gli occhi per un attimo, mentre riemergono in me quelle sensazioni orribili. Athilia era una dottoressa che mi usava come cavia per i suoi esperimenti. Sarah una dolce infermiera che io chiamavo nella mia mente "sorellina". Alisa Wagner una tenera anziana che mi raccontava favole d'amore. E io da queste favole avevo creato lui, il mio Nate.

«Era tutto un sogno creato dalla mia mente...» sospiro e abbasso gli occhi, alla fine del mio racconto. «Anche tu.»

«No invece. Io sono reale e sono qui. Sono tuo.» Mi attira a sé e mi stringe, accarezzandomi la schiena. «La nostra vita è reale, il nostro amore è reale.» Mi stringe così forte da farmi quasi male. Poi mi lascia andare, ma solo per un attimo. Si alza e mi prende la mano, mi fa alzare in piedi e io lo seguo sulla terrazza della nostra stanza. «Lo vedi, il giardino della nostra casa, Mina? La parte che stiamo ristrutturando e quella oltre il giardino che stiamo ampliando per i nostri amici? La nostra felicità non è un sogno, amore mio. È reale. Forse non sarà sempre perfetta, ma è reale.»

«Grazie... Io non so come tu possa avere sempre così tanta pazienza con me.» Mi appoggio alla balaustra e sospiro. La brezza primaverile mi soffia sul viso con dolcezza, mi fa stare bene. «Sei l'uomo più bello e più buono del mondo.»

«Speravo che dicessi il più innamorato.» Sorride e mi attira a sé. «Perché ti amerò a tal punto da liberarti per sempre da tutti i tuoi incubi, tesoro mio. Come io mi sto liberando dei miei, grazie a te.»

«Sono meno frequenti, comunque.» So che questa è una buona cosa. Il più delle volte vivo serena e riposo tranquilla. Sto scontando le ripercussioni di tante terapie inutili sulla mia mente. Non sono mai stata malata e Athilia lo sapeva. I miei incubi, fortunatamente sempre meno frequenti, sono l'ultimo residuo del male che mi fatto. «Ogni giorno è migliore di quello precedente. Sto davvero imparando a essere felice.»

«Presto passeranno del tutto. Insieme a me mai più incubi, te lo prometto.» Mi rivolge il suo sguardo deciso, quasi ostinato. E si sofferma su di me, sul mio viso, sulle mie labbra, come solo lui sa fare. Poi si rilassa in un sorriso e decide di cambiare discorso. «E oggi voglio assolutamente vedere quelle foto che hai scattato per il concorso a cui ti sei iscritta! Sono io il primo a doverle vedere, non qualcuno a caso.»

«Agli ordini, capo. Ma ti ricordo che io, prima o poi, reclamerò la seconda canzone che tu avevi promesso di cantarmi tempo fa!»

Rido e lo bacio sulle labbra. Poi sollevo il viso e mi lascio accarezzare dal leggero venticello, mentre la camicia da notte ondeggia sul mio corpo.

«Oh, Mina... ormai sono vecchio per queste cose. E la mia voce potrebbe essere ancora più gracchiante di quanto la ricordavi!» Mi afferra con un braccio e riesce a sollevarmi da terra, mentre io lo circondo con le braccia. «Sono molto più bravo in altro, adesso. Vuoi una dimostrazione?»

«Non lo metto in dubbio, amore!» Rido ancora, aggrappandomi a lui. «Ma una promessa è una promessa! Non mi aspetto molto, lo so che ormai sei vecchio e fuori allenamento. Mi accontenterò di un paio di note, cantate da te.»

CAPITOLO 80

La vecchia mensa ad Hammersmith. Sono anni che non frequento più questa zona. Da quando... Sì, da quando mi occupavo dei senzatetto insieme a Nate e agli altri. Ora c'è un'altra responsabile al posto di Delia. Ha preso contatti con Jenna per parlarmi della cessione di una parte della residenza dei Whitmore in favore della sua associazione. Sicuramente troveremo un accordo.

Questo posto conta molto per me e vorrei aiutare come posso. Da qui tutta la mia vita è cambiata e ha preso inizio. Da qui è nato il mio più grande amore, il mio più grande dolore, ma anche la mia più grande felicità.

Ci siamo fatte accompagnare dall'autista proprio di fronte alla mensa. Io, Jenna e Sarah, che ha deciso di venire con noi. Mi fermo a poca distanza dall'ingresso. Quanti ricordi! Appoggio entrambe le mani sul viso. Il cuore, intanto, mi sta battendo davvero all'impazzata.

Jenna e Sarah stanno per entrare, sono alcuni passi davanti a me. Si voltano a guardarmi, probabilmente si stanno chiedendo perché io sia rimasta indietro. Ovvio, loro non possono sapere, per cui non capiscono.

Mi scorrono davanti le immagini di quella sera, di quella Vigilia di Natale. Leila che ha raccolto me e Alisa Wagner dalla strada. Delia, che io avevo soprannominato "la capitana". Nate e la nostra furiosa litigata, subito al primo incontro. Jackson e gli altri ragazzi della band... i "Sons of love". Anche Thomas, che era un bambino all'epoca. E poi... Brandon, il nostro dolce, caro Brandon.

Il mio primo bacio con Nate è avvenuto in questa strada. Volto la testa e rimango con lo sguardo perso nel vuoto.

Riconosco il punto esatto. Mi mordo le labbra e mi porto le mani al petto cercando di controllarmi, di riprendere a respirare regolarmente.

«Scusatemi ragazze, entro subito.»

Devo riprendermi. Non farei certamente una buona impressione se scoppiassi a piangere di fronte alla responsabile della mensa. Sono una donna adulta ormai.

Ancora qualche passo e raggiungo l'ingresso. Poi l'atrio. Un altro piccolo sforzo e mi ritroverò nel salone principale. Chissà se è rimasto tutto come prima?

Jenna è già entrata, Sarah rimane sulla porta e si volta a guardarmi, allunga la mano verso di me e io l'afferro. Sì, forse ho bisogno della mia sorellina per compiere questi ultimi piccoli passi.

Non comprendo perché sia tutto buio all'interno del salone. Sono sicure che l'appuntamento sia proprio qui e che l'ora sia esatta? E poi comunque perché la porta era aperta se dentro non c'è nessuno?

Ancora buio. Continuo a non capire. Sto per chiedere informazioni a Jenna ma vengo bloccata da... dall'attacco di alcune note. Nonostante la mia sorpresa resto immersa nel buio e continuo a dubitare di cosa stia accadendo, finché... quella voce... la sua voce!

Solo il palco si illumina inizialmente, poi poco dopo tutta la sala è inondata dalla luce. Tutto esattamente come prima. E lui... lui che canta e guarda verso di me.

Sarah e Jenna mi prendono per mano e mi incoraggiano ad avvicinarmi fino a ritrovarmi proprio di fronte a lui. Io non capisco nemmeno cosa stia succedendo, non riesco a staccare gli occhi dai suoi.

È meraviglioso, bellissimo. E la sua voce non è mai stata tanto profonda, tanto limpida. La seconda canzone che mi ha promesso. È *She* e la sta cantando fissandomi negli occhi, come se intendesse ogni singola parola.

"She may be the face I can't forget
The trace of pleasure or regret
May be my treasure or the price I have to pay
She may be the song that summer sings
Maybe the chill that autumn brings
Maybe a hundred different things
Within the measure of a day"

Rimango immobile, rapita dai suoi occhi, credo di avere il viso inondato di lacrime ma non ho nemmeno la forza né la volontà di asciugarmele.

Nate... sono completamente travolta dal suo sguardo, dalla sua voce, dalla forza del suo amore. Vorrei che non finisse mai, ma allo stesso tempo che finisse in fretta per correre da lui e stringerlo, baciarlo.

Durante le ultime strofe anche lui perde un po' il controllo. La sua voce è rotta dall'emozione. Quando finisce si stacca dal microfono. Non dice niente e anche io rimango in silenzio. Ci guardiamo e basta. Il resto del mondo non esiste, nessun altro in questa sala esiste. Solo noi due, che ci apparteniamo da sempre, che siamo sempre stati destinati a stare insieme per sempre.

Cerca di ricomporsi e riprende in mano il microfono.

«Qualche tempo fa una ragazza... la mia ragazza... mi ha rivelato che il suo più grande desiderio sarebbe stato quello di rivivere una certa serata di quindici anni prima, con una certa band. Io... ho fatto quello che ho potuto perché quel suo desiderio si avverasse.»

Ero talmente presa da lui da non essermene resa conto. I ragazzi della band! Jackson ha preso il posto di Nate alla batteria. E ci sono anche Trevis, Scott, c'è anche Joyce. Mi guardo intorno... Leila! Leila con le lacrime agli occhi mi saluta con la mano, poi si avvicina e mi abbraccia. Leila e gli altri... È ancora come prima, tutto come prima!

Ci sono anche le nonne però questa volta! Entrambe. E Thomas che stringe la mia piccola Sarah. Anche William, che sta osservando suo padre con aria davvero sorpresa, probabilmente non lo aveva mai sentito cantare prima d'ora. E i tavoloni con i senzatetto!

«Questa è la mia seconda canzone. Ho impiegato un po' di tempo a sceglierla tra tante opzioni...» Nate prosegue, sempre più emozionato. «Io e i ragazzi la stiamo provando da mesi in gran segreto, cercando di incontrarci nei ritagli di tempo, essendo sparsi un po' qua e là. E non è affatto facile avere segreti con te, Mina. Ma te l'avevo promessa...»

«Nate, amore...»

Mi muovo verso di lui ma Nate con la mano mi fa cenno di fermarmi.

«No, no Mina, aspetta. Vorrei che mi riuscisse davvero bene questa volta e... che sentissero tutti...» Fa un respiro profondo prima di continuare. «Mina... ti ho amata dal primo momento in cui ti ho vista, dal primo momento in cui mi hai urlato addosso, dalla mia unica canzone che da quel momento ho cantato solo per te. Sei sempre stata la mia unica canzone, il mio splendido fiore tra le rocce. Dopo di te non ho più cantato. Ora questa seconda canzone, che ti ho promesso tempo fa, è ancora per te. Ma la terza... la terza vorrei che fosse solo nostra, non presa in prestito da qualcun altro. La terza vorrei che la scrivessimo insieme, musica e parole. Come vorrei che scrivessimo insieme il nostro destino, il resto della nostra vita.» Lo vedo corrucciare la fronte e affannarsi a cercare qualcosa nella tasca della giacca. «Tutte le altre volte mi era mancata una cosa fondamentale...» Apre la mano e mi mostra una scatolina, contenente un anello. «Ora te lo posso chiedere ufficialmente. Io ti amo, Mina... vuoi sposarmi?»

«Sì, sì... Ancora una volta... sì Nate!» Ora sono io a restare impietrita dall'emozione, mi gira la testa e non riesco nemmeno a correre da lui. «Ti amo così tanto...»

Ma per fortuna è lui a raggiungermi, a stringermi tra le braccia, a sorreggermi. Mi lascio andare e gli riempio il viso e le labbra di baci. Tremano a entrambi le mani mentre mi infila l'anello al dito. Sento applausi scroscianti intorno a noi, ma per me risuonano come in lontananza. Esistiamo solo noi due, la nostra emozione, la nostra felicità. Una felicità per cui abbiamo lottato con tutta la forza del nostro amore.

«Ti è piaciuta la sorpresa, amore mio?»

Mi prende il viso tra le mani guardandomi negli occhi.

«Sì Nate… certo che mi è piaciuta! Ma…» Un respiro profondo. I suoi occhi, il modo in cui mi guarda mi faranno fremere per sempre, ormai lo so. «Anche io ho una sorpresa per te…» sussurro al suo orecchio. «Ma è solo per te, per ora. Quindi… manterrai il segreto?»

«Quale sorpresa, Mina? Hai vinto il concorso di fotografia?» Sorride e mi bacia le labbra.

«No… ma… sai quel miracolo a cui io non volevo credere e invece tu…»

Non mi dà il tempo di terminare la frase. Ha capito immediatamente a cosa mi riferisco. Sgrana gli occhi su di me, incredulo.

«Davvero?»

«Assolutamente sicura. Il nostro miracolo si è avverato, noi due avremo un bambino.» Gli accarezzo il viso con le mani e asciugo le lacrime di gioia dai suoi occhi. «Te lo avrei detto questa sera a casa, ma la tua sorpresa ha preceduto la mia.»

«Ma la tua è ancora più bella della mia! Hai vinto tu! Tu sei bellissima Mina, sei la creatura più bella, più dolce, più generosa del mondo.» Mi stringe tremante tra le braccia, poi mi lascia un attimo per guardarmi ancora e sembra ancora più rapito, più innamorato che mai. «Allora i miracoli avvengono davvero!»

«Certo che avvengono Nate, proprio come hai detto tu… e noi due ne siamo la prova!» Lo bacio sulle labbra con tutta la passione, l'intensità e l'amore di cui sono capace. «Ma non discutiamo su chi abbia vinto. Perché c'è un'unica certezza in questa storia: noi due abbiamo vinto insieme.»

La storia mia e di Nate è la mia testimonianza che l'amore esiste davvero. C'è ancora una speranza. C'è sempre una speranza. Per tutti, anche per chi è stato spezzato dal destino tante, troppe volte. Anche per i fiori tra le rocce, come lo sono stata io per gran parte della mia esistenza, c'è e ci sarà sempre una speranza. Speranza di vita, di amore, di libertà. E soprattutto, speranza in un miracolo.

PLAYLIST

Mariah Carey: "All I want for Christmas is you"

George Michael: "Last Christmas"

Extreme: "More than words"

Charles Aznavour: "She"

RINGRAZIAMENTI

La storia di Mina e Nate, pur non essendo una delle mie prime in assoluto, è la mia seconda storia d'amore in ordine di tempo. Pubblicata originariamente nel 2015 ora riproposta in questa nuova edizione.

Mi ha fatto un effetto strano rivederla, ampliarla. In alcuni momenti mi sono commossa, alcuni passaggi mi hanno lasciata quasi frastornata per la loro attualità. Infine, la storia di Mina e Nate mi ha preso il cuore, ancora una volta.

Mina, con la sua fragilità ma anche la sua determinazione, la sua fedeltà all'unico uomo che abbia mai amato. Nate, con la sua forza, la sua fiducia e il suo amore appassionato. Sembrano fuori dal mondo, fuori dal tempo. Tanto che, già dalla prima edizione, arrivata al "fatidico" capitolo 78 ero quasi decisa a concluderla lì.

Poi qualcosa o qualcuno mi ha convinta a concedere una speranza a queste due povere anime. A Mina, soprattutto. Una speranza e un miracolo. Perché il dolore non può sempre vincere. Perché il mio "fiore tra le rocce" aveva il diritto di emergere e non si sarebbe arreso. Aveva il diritto di amare e soprattutto di essere libero. Aveva il diritto di aggrapparsi alla vita.

Come sempre, ringrazio voi lettori che siete arrivati fino a qui.

Ringrazio i luoghi che hanno influito nella stesura della mia storia. Luoghi in cui ho vissuto, così diversi ma così importanti per me. Londra e il mondo di cui sono stata parte nel corso della mia vita trascorsa nella città che mi è rimasta nel cuore, più di tutte. Il quartiere di Hammersmith e la mensa per i senzatetto dove Mina e Nate si incontrano e dove si ritrovano ancora alla fine, fa davvero parte dei miei ricordi.

Ringrazio i libri, le canzoni e i film che mi hanno accompagnata nel mio percorso di vita e nella scrittura.

Ringrazio Ghostly Whisper Ltd. e i miei correttori di bozze.

Ringrazio la mia famiglia per essermi stata di grande aiuto da quando ho iniziato a scrivere le mie storie, praticamente da tutta la vita.

Ringrazio i blog e tutti coloro che hanno avuto la gentilezza di condividere la pubblicazione del mio romanzo.

Spero che abbiate gradito la storia di Mina e Nate e che abbiate apprezzato anche gli altri personaggi, nel bene e nel male. Spero, con tutto il cuore, che la loro fiducia nel destino, la loro speranza di realizzare un sogno, il loro amore così puro ma allo stesso tempo così intenso, vi abbiano strappato qualche emozione. Perché l'amore, come un fiore tra le rocce, trova sempre il modo di liberarsi, di riemergere, di tornare a vivere.

Barbara Morgan legge e scrive da sempre. Predilige urban fantasy, horror, distopici e fantascienza ma si avventura spesso in altri generi. Lavora nell'ambito della scrittura, dell'editoria e della moda. Laureata in lingue e letterature straniere, specializzata in letteratura inglese, letteratura americana e letterature comparate, ha vissuto tra Inghilterra, Francia, Italia, Svizzera e Stati Uniti, per poi trasferirsi in Irlanda, dove organizza eventi culturali e book club. Traduce dall'inglese, dal francese e dallo spagnolo.

Ghostly Whisper, la Casa Editrice che ha fondato in Irlanda, è un po' la sua storia.

Website: https://www.barbara-morgan.com

Facebook: https://www.facebook.com/BarbaraMorganAuthor/

Instagram: https://www.instagram.com/barbaramorganbooks/

Twitter: https://twitter.com/BabsiMorgan